*Cet ouvrage composé
par D.V. Arts Graphiques à Chartres
a été achevé d'imprimer sur presse Cameron
dans les ateliers de Brodard et Taupin
à La Flèche (Sarthe)
en octobre 1998
pour le compte des Éditions de l'Archipel
département éditorial
de la S.A.R.L. Écriture-Communication.*

Imprimé en France
N° d'édition : 246 – N° d'impression : 1114V-5
Dépôt légal : novembre 1998

GASPARD

RENÉ BENJAMIN

GASPARD

Roman

préface de
Pauline Bochant

l'Archipel

Si vous désirez recevoir notre catalogue et être tenu au courant de nos publications, envoyez vos nom et adresse, en citant ce livre, aux Éditions de l'Archipel,
4, rue Chapon, 75003 Paris.
Et, pour le Canada, à
Édipresse Inc., 945, avenue Beaumont,
Montréal, Québec H3N 1W3.

ISBN 2-84187-146-0

Préface

Le 3 août 1914, l'Allemagne déclare la guerre à la France. La mobilisation générale réquisitionne huit millions d'hommes. Parmi eux, René Benjamin, appelé dès le troisième jour. Simple fantassin, le voilà parti pour la Lorraine où, quelques semaines après, non loin de Verdun, il est grièvement blessé par deux éclats d'obus à l'avant-bras gauche. « Une petite blessure de rien du tout », écrit-il à sa mère pour la rassurer, dans le train qui le rapatrie vers l'hôpital de Saumur. René Benjamin n'aura passé que trois semaines au front.

Fantassin anonyme, René Benjamin n'est pourtant pas un inconnu. En 1909, alors qu'il collabore depuis un an à *L'Écho de Paris*, à la *Revue universelle*, à *Candide*, paraît son premier roman, *Madame Bonheur*, publié à compte d'auteur, suivi, en 1911, d'une comédie, *Le Pacha*, et d'un essai, *Les Justices de paix,* chez Fayard, remarqué par Léon Daudet. Benjamin est un jeune journaliste qui ambitionne une carrière littéraire. Dès les premières semaines du conflit, le projet d'un nouveau roman naît, qui sera inspiré par la vie des soldats en guerre. Dès mars 1915, les notes rassemblées par Benjamin fournissent la matière d'un feuilleton que publie *Le Journal*. Bientôt, son auteur ne doute pas qu'il devra concourir pour le prix Goncourt, en automne. Le titre est déjà trouvé : *Gaspard*.

Lorsqu'il reçoit le prix convoité, René Benjamin, l'auteur de deux romans, a trente ans. Il est né le 20 mars 1885, au sein d'une famille de la haute bourgeoisie parisienne. L'année même de la publication de *Gaspard*, il perd son grand-père maternel. Tailleur sur pierres fines, celui-ci lui a transmis l'amour du travail bien fait et le respect des œuvres d'art. De lui, René Benjamin a aussi hérité le goût immodéré de la lecture. « Je revois mon grand-père chez lui, se rappelle-t-il [...], toujours dans un fauteuil en train de lire. Jamais inoccupé. Toujours avec quelques beaux textes, en compagnie d'un poète ou d'un penseur, d'un homme qui avait tenu à laisser un message [1]. » L'enfant passe de longues heures dans le bureau de son aïeul, à lire en paix sous le regard des jeunes nymphes peintes par Jean Gougeon.

Ernest Benjamin, son père, fondé de pouvoir dans une entreprise de commerce de drap, rue de Paradis, est lui aussi un grand lecteur, qui semble ne vivre que pour assouvir sa passion et ne s'être lancé dans les affaires que par nécessité. Le soir, René est autorisé à venir jouer dans le bureau où son père se consacre à son tendre vice : la lecture. S'il n'est pas devenu un artiste, il est fier d'avoir pu intégrer la Société des gens de lettres, où il a longtemps occupé le fauteuil de secrétaire général. Là, sa convivialité, sa passion, son honnêteté lui ont valu l'estime générale. Il côtoie François Coppée et Octave Mirbeau, qui deviennent des amis. Homme cultivé, il transmet à son fils l'amour des belles lettres et son horreur de la bassesse. Des années plus tard, René Benjamin écrira : « [...] un ange rôdait dans cette maison. Il protégeait mon père [...], mais le même

---

1. *L'Homme à la recherche de son âme.*

ange déjà avait posé son doigt sur mon épaule d'enfant – et cela, tout le monde, moi compris, l'ignorait[2]. »

Sa mère joue du piano. Le soir, en s'endormant, son petit garçon l'entend égrener des valses de Chopin dont il gardera, des années plus tard, le souvenir.

Son père sort beaucoup, au théatre ou au musée du Louvre, où son jeune fils l'accompagne. C'est au sein de cette famille que naît la vocation d'écrivain de René : « Vocation de créer à mon tour pour faire plaisir aux hommes, pour les arracher à leurs fatigues et à leurs laideurs, pour essayer, moi aussi [...], de les enchanter. » Dans cette atmosphère aimante et cultivée, René Benjamin ouvre son âme au monde.

Après le collège Rollin, le lycée Henri-IV et une licence de lettres obtenue brillamment à la Sorbonne, René Benjamin est reçu à l'École normale supérieure. Mais, avant même la fin de la première année, il doit partir sous les drapeaux en qualité de sous-officier. Il conservera de cette période un souvenir contrasté : « Mon année de service est la plus abominable de ma vie. Elle a été la plus utile pour me former[2]. » Il regrette, surtout, de n'avoir pu faire la connaissance de plus de supérieurs, et se plaint de n'avoir guère appris autre chose que le maniement des armes et le cirage des cuirs. Une expérience dont il ne saisira que plus tard l'utilité...

A son retour, en 1908, il embrasse la carrière journalistique. L'année suivante, il est rédacteur à *Gil Blas*, l'un des journaux les plus lus de l'époque. Sa carrière est lancée. Tout au long de sa vie, René Benjamin écrira, outre quelques pièces de théâtre, de nombreux romans qui se distinguent notamment par ce sens de l'observation, du burlesque et du pathétique, cette intime connaissance des sujets abordés que lui ont

2. *Ibid.*
3. *L'Homme à la recherche de son âme.*

appris le journalisme. Les premiers, dans la lignée de *Gaspard*, auront encore pour sujet la Grande Guerre. Ce sont *Sous le ciel de France* (1916), *Un pauvre village de France* (1917), *Les Rapatriés* (1918) et *Grandgoujon* (1919). Suivront des pamphlets sur la vie politique, l'éducation, la justice, la science officielle, ou même la S.D.N. et le marxisme triomphant (*Amadou bolcheviste*, 1920), mais aussi des romans moins ambitieux, et plusieurs ouvrages à caractère autobiographique. Le monde est son objet d'études, et il puise son inspiration dans sa correspondance, ses rencontres, ses lectures, et la fréquentation d'amis tels Guitry, Daudet, Anna de Noailles, Cardinne-Petit, Copeau, etc.

Mais le talent littéraire de René Benjamin trouve d'autres modes d'expression. A partir de 1916, il va donner pas moins de mille quatre cents conférences dans une vingtaine de pays, expérience qu'il racontera dans un livre de souvenirs malicieusement intitulé *La Table et le Verre d'eau*. Ses dons d'orateur, son humour, sa haute silhouette, son visage fin rehaussé d'une légère moustache et d'une petite barbiche produisent sur le public un effet assuré. Si les premières ont pour sujet *Gaspard* et, bien sûr, la Grande Guerre, les autres mettent en scène ceux qu'il considère comme des auteurs décisifs ou des personnalités de premier plan – Saint Vincent de Paul, Balzac, Molière, Anna de Noailles, Sacha Guitry, mais aussi Marie-Antoinette, Charles Maurras, Georges Clemenceau, le maréchal Joffre, Mussolini, Philippe Pétain, etc. La plupart de ces conférences trouvent leur aboutissement dans des biographies, telle *La Prodigieuse Vie d'Honoré de Balzac*[4]. Lorsqu'il s'éteint, en 1948, René Benjamin laisse derrière lui une quarantaine d'œuvres, oubliées aujourd'hui. Or, cette estimable carrière littéraire, c'est au succès de *Gaspard* que Benjamin la doit.

---

4. Réédité en 1990 aux Éditions du Rocher.

Blessé trois semaines après la déclaration de guerre, René Benjamin est transporté vers l'arrière, en Anjou, dans un hôpital militaire. C'est là qu'il fait la connaissance d'une jeune infirmière, Élizabeth Lecoy, engagée volontaire à ce poste avec sa sœur. Il ne tarde pas à être séduit par son charme, sa culture, ses attentions. Elle aime Balzac. Mieux : elle dort dans son lit, comme elle le confie un jour à son protégé ! De fait, ses parents sont propriétaires du domaine de Saché, où l'auteur de *La Comédie humaine* a écrit *Le Lys dans la vallée* et *Le Père Goriot*. Quelle joie, pour le blessé, de pouvoir ainsi côtoyer, par l'intermédiaire de la jeune fille, l'un des écrivains qu'il admire le plus ! Et quel bonheur, quelques semaines plus tard, d'entendre Élizabeth accepter sa demande en mariage !

Mais quelles garanties René Benjamin offre-t-il à M. Lecoy père ? Il n'est encore qu'un journaliste débutant et son premier roman, *Madame Bonheur*, vieux de cinq ans, ne lui a apporté ni fortune ni célébrité.

Pourtant, René Benjamin a peut-être un atout dans son jeu. Depuis les premiers jours du conflit, il tient un carnet de notes, et parallèlement livre presque quotidiennement ses impressions à sa mère dans une abondante correspondance. Or, très tôt, il ne doute pas que ces notes lui serviront à la rédaction d'un nouveau roman. Mieux : depuis 1900, il connaît Lucien Descaves, membre éminent de l'Académie Goncourt. Le 4 février 1915, il apprend à sa mère qu'il a écrit à cet important personnage, lequel lui a répondu : « Je vous avoue que je vous en voulais de ne pas me donner signe de vie ! » Et, le 8 février, ne doutant peut-être pas de l'issue prochaine du conflit, il écrit à sa mère : « La guerre finie, comme je te l'ai dit, le livre sera parfait pour le prix Goncourt. » Mi-février, Descaves propose à Benjamin de faire paraître dans *Le Journal* sinon des extraits du roman en cours, du moins une série d'articles en forme de roman-feuilleton. « Puisque le journal m'offre une collaboration, écrit-il à sa mère, je voudrais commencer par lui donner deux ou trois articles sur le "peuple de Paris à la guerre". Comment un marchand d'escargots, à lui seul, met en route toute une compagnie, ce qu'il est en campagne, dans le train de blessés, à l'hôpital. [...] Comme tu le dis, toi, ça sera un peu des extraits de mon livre... mais moins soignés que le livre, pas complet. Plutôt une recopie de mes notes. Et je voudrais de tout mon cœur que ça passe. »

Ainsi, dans l'idée de Benjamin, *Gaspard* ne saurait être seulement un roman. Il s'agit aussi d'un récit inspiré de faits véridiques, de « choses vues » – ce qui était d'ailleurs son projet initial. N'écrit-il pas à sa mère le 29 août 1914 : « J'ai un carnet de notes, sur lequel en deux mots je marque les choses crevantes, tragiques ou pittoresques... » Dès cette époque, il ne doute pas que le spectacle de la guerre puisse être le sujet d'un roman. « Je t'assure qu'en revenant de la guerre, il y a un livre *formidable* à écrire, confie-t-il encore à sa mère. Il y a cent choses par jour qui vaudraient d'être notées, soulignées, travaillées. [...] Avec de l'eau plein nos chaussures et ma culotte, je me dis encore : il y a une page épatante à faire là-dessus. Et ceci fait oublier cela. » Ainsi, les personnages, les situations de *Gaspard* puiseront à leur tour dans cet incroyable « réservoir » d'images pittoresques. Le héros lui-même, Gaspard, est inspiré d'un camarade de tranchées, marchand d'escargots à Belleville. Il n'est pas jusqu'à Élizabeth Lecoy qui n'ait inspiré le personnage de Mlle Viette, l'auteur ayant pris le soin de demander à sa fiancée la permission de l'inclure dans son roman « sous un nom d'emprunt ».

Lucien Descaves est comblé par la truculence, l'authenticité des scènes de genre de Benjamin, telles qu'elles sont publiées dans *Le Journal.* Désormais, plus rien ne saurait faire obstacle à la publication du futur roman... ni au mariage avec Élizabeth. Seule crainte : tenu à la réserve par le règlement militaire, le chroniqueur du *Journal* a dû signer « René X »... et redoute que son *Gaspard* ne soit demain accusé de plagiat ! Le feuilleton, qui paraît dans *Le Journal* à partir du 3 mars, connaît d'ailleurs un beau succès, au point que, le 23 juin, l'éditeur Fayard réclame de connaître l'identité de ce « Monsieur X ». Les articles continuent cependant à paraître, illustrés par le dessinateur Poulbot.

Le travail d'écriture, quoique lent et difficile, remplit Benjamin d'exaltation, même si la lecture des grands maîtres le plonge momentanément dans l'abattement : « Je lis Tolstoï, ou je fais du René Benjamin... et j'aime mieux Tolstoï ! René Benjamin, pour l'instant, est médiocre et vaseux. » Son premier lecteur est sa mère, à laquelle, depuis le début du conflit, il envoie quantité de lettres – dont on retrouve d'ailleurs, parfois mot pour mot, des passages entiers dans *Gaspard.* Le 22 juillet 1915 – trois mois seulement avant l'attribution du Goncourt –, il lui annonce : « J'ai écrit ce matin le dernier mot de mon livre. Il se trouve, comme par hasard, que c'est "Invalides" ! Je me demande ce que vaut cette fin. Je l'expérimente sur toi [...]. »

Le 4 août 1915, un an après le début de la guerre, Benjamin remet le manuscrit de *Gaspard* à son éditeur, qui le transmet aussitôt à l'imprimeur sans même le lire. Le 29 septembre, Benjamin annonce à sa mère que son éditeur vient enfin de lire le roman !

La parution est annoncée pour le 20 octobre. Un premier tirage à quatre mille exemplaires, puis l'attribution du Goncourt... et ce seront en tout cent soixante-huit mille exemplaires vendus !

Le succès de *Gaspard* va durer un an. Fin 1916, il apparaît évident que le conflit va s'éterniser, et de nouveaux romans paraissent, plus durs, plus noirs, plus féroces, qui dénoncent avec fougue l'horreur des tranchées ou les fusillés de 1917. Le prix Goncourt 1917 est l'un de ceux-là : *Le Feu*, d'Henri Barbusse, dont le succès s'entoure de scandale. Dès lors, *Gaspard* n'échappe plus aux critiques : il présente un tableau idyllique et truculent d'une guerre qui n'est plus qu'une boucherie, et est devenu le livre favori de ceux qui ignorent tout de la situation militaire. Quand à Gaspard, prototype du soldat pittoresque, Parigot hâbleur et débrouillard, il apparaît comme une caricature. C'est oublier que *Gaspard* n'est pas tant un roman de guerre qu'un roman de la mobilisation, qu'il décrit l'enthousiasme guerrier des premières semaines du conflit. Benjamin s'en est très bien expliqué : « Parler de Verdun à propos de *Gaspard*, c'est reprocher à un peintre de Reichshoffen de n'avoir pas mis sur son tableau les couleurs du siège de Paris. [...] *Gaspard* n'a la prétention de peindre que 1914. [...] La guerre de l'été 1914 se caractérise par deux traits : l'élan charmant de cette race qui courut au feu, pleine de gaillardise, sans soupçonner du tout où elle allait, comptant sur les Russes, jugeant l'Allemagne en complète folie, et la croyant en révolution dès la troisième semaine ; – puis la criminelle incurie de la plupart de ceux qui nous menèrent : politiques ou officiers. C'est le double sujet de mon livre, qui est un livre triste. On y rit ? Rien n'est plus triste que le rire dans le drame[5]. »

Gaspard se veut avant tout un « volume d'impressions, au cours duquel un grand diable d'ouvrier parisien, bricoleur et débrouillard, crie, s'indigne, fanfaronne, le cœur sur la main, comme ils le sont tous, avec un mot

---

5. Préface à une réédition de *Gaspard*, Fayard, 1925.

cocasse ou dédaigneux au bord des lèvres, même et surtout au nez de la mort[6]». Benjamin n'a eu d'autre prétention que de décrire les aventures d'un poilu gouailleur qui amuserait la France.

René Benjamin réussit dans *Gaspard* à concilier verve journalistique et ambition littéraire, l'accumulation de détails authentiques, souvent cocasses, n'ayant d'autre fonction que de témoigner des conditions de vie des poilus et de l'intense camaraderie qui lie les hommes au front, tels Gaspard et le capitaine – un point qui avait frappé Benjamin. En ce sens, *Gaspard* est aussi un document irremplaçable sur les premiers mois de la guerre, en ce qu'il repose uniquement sur des observations réelles. Ainsi, le nom même de Gaspard appartient à la vie quotidienne des poilus, qui désignaient de ce terme les rats peuplant les tranchées... Quant au langage populaire, imagé et cru, enrichi de l'argot spécifique des tranchées, il est un témoignage supplémentaire de l'acuité de Benjamin qui, lors de la rédaction définitive du manuscrit, privilégie le vocabulaire argotique et bouscule volontairement l'orthographe, changeant «casquette» pour «cassiette», «les mecs de la rue» pour «les mecs ed la rue», etc. Quant au mot «poilu», Benjamin est le premier – et le seul – à l'utiliser dès 1914, quand d'autres auteurs datent son apparition des années suivantes. Mais Benjamin, fin observateur, sait que ce mot, dès avant la mobilisation, désigne un individu, tout comme «type» ou «pékin». De même, il est l'un des seuls à employer le terme «alboche», qui ne sera remplacé par «boche» qu'à partir de l'hiver 1914-1915. Si *Gaspard* n'est donc pas le roman le plus saisissant de la Grande Guerre, il est néanmoins l'un des plus justes sur cette

6. *La Galère des Goncourt*.

période oubliée des autres romanciers : celle des premiers mois du conflit.

Mais *Gaspard* peint aussi, on l'a trop souvent oublié, la souffrance et la mort. « Pourquoi tout cela ? », s'interroge Gaspard. « Qu'est-ce qu'on cherchait ? Mais alors, pour exprimer son dépit, il trouvait des mots comiques au milieu de ces horribles choses. » Voilà bien, s'il en est besoin, la preuve que René Benjamin n'a pas voulu faire œuvre légère, pas plus qu'il n'a souhaité écrire un roman douloureux. Simplement, il a placé, dans le contexte réaliste de ce conflit, un personnage de fiction que l'on espère devenu inoubliable.

Si la notoriété de *Gaspard* a porté et suivi son auteur jusqu'au crépuscule de sa carrière littéraire, le lecteur pourra s'étonner qu'elle ne lui ait guère survécu. C'est que, lorsqu'il s'éteint le 4 octobre 1948, à Tours, René Benjamin est un homme brisé. En 1944, il a été arrêté, accusé d'être un écrivain « pro-allemand ». Singulière ironie, car, s'il n'a jamais caché sa sympathie pour Charles Maurras et Philippe Pétain, rarement écrivain fut autant anti-allemand que Benjamin, comme le montre cette lettre adressée à Cardinne-Petit : « J'ai eu toute ma vie l'horreur physique, intellectuelle des Allemands. Au point d'en radoter. » Quant à son fils, Jean-Loup, apprenant l'arrestation de son père, il peut fièrement écrire au ministre des Armées : « Je me suis battu, en 39, pour que la terre de mon pays, ma famille, ma maison ne soient pas allemandes. Je l'ai fait parce que je suis le fils d'un homme qui m'a élevé dans l'horreur des Allemands, avec un instinct et une constance que je n'ai pas rencontrés souvent. » Mais rien n'y fait. Le 9 février 1945, Jean-Loup est tué par ces mêmes Allemands devant Mulhouse. Son père porte son deuil dans un livre bouleversant, *L'Enfant tué*, que la critique passera sous silence, sauf pour en dénoncer l'indécence.

Gaspard, le livre le plus célèbre de René Benjamin, n'a pas survécu à l'opprobre qui a frappé son auteur. Dès les années 20, une polémique injuste l'a accusé d'avoir habillé les poilus de culottes rouges, ce qui était pourtant un détail exact pendant les premières semaines du conflit. Parce qu'il peint de la Grande Guerre un tableau différent de ceux que nous ont laissés les Barbusse, Dorgelès, Genevoix, Jünger, Remarque, parce qu'il décrit l'aveugle euphorie d'août 1914, on a oublié qu'il fut le premier grand roman de guerre, et surtout l'un des mieux documentés. Enfin, son indéniable succès populaire, avec le temps, plaide pour ce livre dont la valeur de témoignage, la saveur réaliste, ne sauraient être mises en doute.

Pauline BOCHANT

1

C'était la grande semaine d'août 1914, où chaque ville de chaque province offrit un régiment à la France. Alençon, chef-lieu de terre normande, eut le sien, comme les autres, à assembler et à équiper. Ses maisons et leurs habitants n'ont pourtant rien de guerrier. Race avant tout pratique. Vous lisez clairement dans tous les yeux que deux et deux font quatre, dans certains le regret que deux et deux ne fassent cinq ; mais dans aucun vous ne voyez briller le désir vibrant de sonner la charge. Les casernes se cachent ; on ne les trouve pas seul : il faut qu'un soldat vous mène. La première est un antique couvent, dans un cul-de-sac ; et la seconde, du siècle dernier, est dans un autre cul-de-sac. Quand les quartiers sont consignés, que les rues sont vides, les gens chez eux, – l'été, vers deux heures, – lorsque la ville somnole et que les nuages glissent lentement, on aurait peine à croire que d'Alençon il pût sortir un vrai régiment, solide et discipliné, qui marche en cadence, avec un bruit de baïonnettes et de souliers ferrés.

Et pourtant ce miracle s'est accompli.

On vit d'abord les boutiquiers sur leurs portes. M. Romarin, le coiffeur de la Grand'Rue, sortit le premier. Le bras en l'air, comme s'il agitait un drapeau, il fit signe à l'épicier, M. Clopurte, qu'il partait. M. Clopurte partait aussi, mais, moins ardent que le coiffeur, il préféra se réserver. Sait-on jamais ? On venait de coller sur les murs une consolation du Président de la République : *« Citoyens, la mobilisation n'est pas la guerre... »*

– Non ! c'est histoire de secouer ses puces ! dit avec un rire méchant le premier clerc d'avoué de maître Farce qui, lui, semblait nerveux.

Il traversait la place d'Armes, sortant du Palais de Justice, et il venait de rencontrer M. Fosse, le marchand de nouveautés.

– Cela vous sourit, à vous, d'aller vous faire estourbir ?

M. Fosse, un peu pâle, avait la gorge sèche. Il balbutia :

– Que voulez-vous...

Ces quatre hommes, sans s'en douter, représentaient assez bien quatre formes de pensées, qui étaient les plus répandues à cette heure dramatique dans les cerveaux d'Alençon.

L'un, juvénile et flambant, criait : « Vive la France ! » Il pensait à des Alsaciennes de cartes postales, et il avait unc mèche blonde qui dansait sur son front.

M. Clopurte était chauve et maigre : crâne plus lisse que ses bougies ; corps plus sec que ses balais. Il dévisageait la Guerre comme une nouvelle pratique et, en calculateur, il s'arrangeait d'avance avec elle. M. Clopurte, c'était l'espérance muette au seuil d'une épicerie.

Chez le premier clerc, au contraire, l'écroulement. Un vrai cœur-château de cartes. Seulement, il s'ébrouait, ricanait, cherchait du secours ; et, trouvant M. Fosse, il songeait, les nerfs crispés, à sa vendeuse, Mlle Romance, qui commençait de lui accorder des rendez-vous le dimanche, sur les bords de la rivière. Il se disait fébrilement : « Adieu les amours !... Guerre... batailles... la mort... » Si jeune ! Il en avait des frissons.

Tandis que M. Fosse, lui, nourrissait un sentiment du devoir contre lequel il n'y avait pas à se rebiffer. Il était né d'un percepteur, d'un homme qui avait usé sa vie à vérifier des additions. Pour M. Fosse, une date fatale, c'était un compte qui tombe juste. « Deux août : mobilisation », cela s'imposait à lui et il en pâlissait, mais sans acrimonie.

La moitié d'Alençon pensait comme ces quatre hommes ; l'autre moitié ne pensait pas.

N'importe : la soirée était belle. Le soleil baissant, les toits devenaient roses. Un rayonnement heureux caressait les maisons. Le bleu du ciel, en s'allégeant, donnait des ailes à la soirée ; et il y avait des promesses dans la tiédeur de l'air.

Le lendemain, on vit s'en venir les gars des champs. En carriole, par le train, sur des vélos, à pied, – tous les jeunes hommes des fermes à dix lieues à la ronde. Ils marchaient pesamment, et ils sentaient l'étable. Leur baluchon dans un mouchoir, souliers à clous, pantalons damiers, chapeaux mous, gilets à manches. C'étaient les « terreux », une tout autre race que les gens de petite ville. Ils avaient laissé leurs pommiers, leurs bestiaux et leurs femmes, et ils s'en venaient gourdes et surpris, mais de se revoir les éveillait.

– Tia ! l'gars Pinceloup ! Ah ! c'te vieille vâche !

– Ça va, mon gars ? Tu viens t'faire tuer ?

– Dame, ça s'peut ben. Personne sait ren !

– Ça sent pas bon pour la fanfare.

– C'est pus la chasse : on est gibier !

– Gibier, mon gars, les aut'aussi !

– Oh, ça, c'est sûr. L'mieux, c'est de s'en foute !

– D'autant que tout ça vaut point l'amour !

– Eune tite fille bien pommelée, qu'on en ait plein les mains.

– T'occupe pas. Par là-bas on trouvera ben d'quoi faire !

Et ils riaient, naviguant d'un trottoir à l'autre, dans les rues trop étroites pour leurs pieds campagnards. Solides, ils représentaient une force. Alençon, les recevant, prenait du caractère. On comprenait soudain la dureté du pavé. Chef-lieu de province musclée et têtue, préfecture loin de la frontière, bien portante, en bon air, sans fièvre, mais sans génie, méfiante, et comptant tout son monde, homme par homme, pour pouvoir se plaindre au retour de ce qui manquerait.

Le beau temps de la veille s'était corsé et il faisait un soleil vigoureux qui coloriait de petits nuages ronds, sans poésie.

Mais dans la nuit le vent changea brusquement, et une averse drue tomba sur la ville. Elle s'éveilla pourtant sous le ciel bleu. Il ne dura pas. De nouveau, toute une bande de petites nuées rapides s'en vinrent crever en trombes rageuses, dont l'eau séchait, sitôt tombée. Le ciel se faisait noir et redoutable : il inondait les rues. Puis le soleil, énorme et généreux, fondait les nuages pour que les toits se reflètent dans les mares. On ne savait si le temps riait ou pleurait. Matinée nerveuse, de colères et de rayonnements. Soudain, on apprit que le train des Parisiens venait d'entrer en gare.

Les Normands ricanèrent :

– Un Parigot et un Parigot, ça vaut jamais deux gars des champs !

On eût pu croire qu'ils avaient quelque crainte ou de l'envie.

Dès que le train eut stoppé, on entendit une acclamation. Enthousiaste ou ironique ? Salut joyeux ou bonjour nargueur ?

Le chef de gare rôdait sur le quai. Le premier homme qui sauta à terre s'en vint à lui :

– Alors, camarade syndiqué, ça boulotte dans ton port de mer ?

L'autre essaya de rire, fit une grimace et se coula dans son bureau. Il ne vit qu'un Parisien.

Ils étaient sept à huit cents, du quartier Montparnasse, avenue du Maine, rue de la Gaîté, qui s'en venaient chercher les gars du Perche, matois mais un peu lents, car les Parisiens sont les clairons d'un régiment : ce sont eux qui mettent en route et puis qui marquent le pas.

Ceux-là, on les eût crus dix mille, tant ils tournaient, tant ils parlaient. Ils parlaient à la gare, aux rues, aux nuages, forçant leur voix :

– Bonjour, c'vieil Alençon ! On se retrouve, ma vieille branche !

Et un gros marchand de vin, sur la place du Chemin-de-Fer, agitait sa serviette et répondait de sa porte :

– Les v'là donc, les poteaux, et ils sont un peu là ! Alors, le XIVe est toujours à sa place ?

Ils accouraient vers lui :

– Quoi ? T'es de Pantruche ? Non, mais sans blague ?...

– Un peu, mon neveu ! J'ai resté dix ans dans la rue de la Gaîté.

– De la Gaîté, comme Gaspard ? Ben, tu connais Gaspard ?

– Ça se peut bien. Qui que c'est-il ?

– Gaspard ! Eh là, Gaspard ! Où qu'il se cache, ce fourneau-là ?...

Et en attendant qu'il parût, ils se présentèrent quinze pour faire son portrait et conter ses exploits :

« Voilà : un type crevant, avec un blair sur le côté. Une balle crevante. Il était dans le même wagon comme eux : toute la nuit on s'était crevé ! »

– Ah, dis donc ! fit le marchand de vin, et qu'est-ce qu'il fout de son métier ?

– Voilà : marchand d'escargots ; l'avait d'abord été aux-z-Halles, et pis débardeur, et pis tout. Ah ! un poilu !

– Ah, ah, dis donc ! fit le marchand de vin, mais je veux le connaître, moi, c't oiseau-là.

Tous défilaient, sauf lui.

Ouvriers, bourgeois, les casquettes, des chapeaux, le grand Rocton, le tapissier, et Moreau, le machiniste, qui montrait aux copains un petit bonhomme court et rond, coiffé d'un canotier trop étroit pour sa tête, et disait :

– Tu vois çui-là... c't un journalisse. Il loge avenue du Maine. Un type à la hauteur, et pis qui sait causer.

Tous les autres demandaient :

– Comment que c'est-il, son nom ?

Gaspard le sait : c't un copain à Gaspard.

Toujours Gaspard ! D'ailleurs, le journaliste le cherchait aussi. Il rentra dans la gare et il aperçut Gaspard aux prises avec un employé. Ce dernier avait trouvé blessant pour la Compagnie que Gaspard, qui débarquait, chantât sur l'air du « Petit Navire » : *Il est cocu, le chef de gare !...* et il avait remarqué tout haut : « Voilà bien le régiment ! Dès que les Français ils deviennent soldats, ils se conduisent comme des dégoûtants ! »

– Comme des quoi ?... Répète-le ! Veux-tu que je te bouffe les foies ? avait dit Gaspard.

Et, depuis cinq minutes, c'était une dégelée d'injures et de menaces.

– C'est-il parce que t'as une cassiette et un galon ? Moi, j'en ai jamais voulu des galons ! Alors, faut pas nous en faire un plat avec ton chemin de fer à roulettes, qui met douze heures pour s'amener de Pantruche !... J'causerai du chef de gare, si ça me plaît d'en causer ; et si tu veux pas qu'on dise qu'il est cocu, c'est p't-être qu'il l'est par toi, comprends-tu ! Alors, ferme ça, fumier de lapin !... Nous, on va se battre ; nous, on va se tuer ! Toi, avec ta cassiette, tu continueras à faire des trous dans les billets. Tais-toi, tiens, tais-toi !

– Allons, allons, Gaspard, dit le journaliste, qui s'approchait.

– T'arrives à point, Burette, emmène-moi : je ferais du vilain !

Ils sortirent ensemble.

Sur la place, une clameur les accueillit.

– Le v'là déjà ! Mais t'presse donc pas !

– De quoi ! fit Gaspard. Qu'est-ce qu'ils ont ces tourtes-là ?

Il cracha avec colère :

– Pourquoi qu'c'est qu'ils m'attendent ? Eh, marchez donc ! Je rattrape toujours. – Berlin ? Tout droit, sans se retourner !

Et ses yeux verts luisaient comme ceux d'un loup.

Puis, soudain, il éclata de rire. Il fouillait dans sa poche et montrait à Burette :

– J'y ai chauffé sa trompette, à l'autre outil. Dis donc, déjà le boni de la guerre ! Ah, poteau, t'en fais pas : on va se payer des bosses !

C'était bien Paris faisant irruption dans la petite province.

Une pierre ricochant sur une mare, un mirliton se moquant d'une grosse caisse, un épouvantail au-dessus d'un champ de choux. C'était l'esprit populaire qui disait : « Ne m'oubliez pas dans vos bagages ! » C'était l'amour-propre du pays, quelquefois fanfaron, plus souvent débrouillard, jamais à plat, rebondissant, le coup d'aile de la victoire... avant qu'on se soit battu. C'était, – pour commencer la guerre, – le mot de la fin, qui s'essayait.

Ce Gaspard était grand, comme il faut l'être pour faire la nique aux petits et se mesurer avec les autres. Des mains d'homme qui ne travaille pas de la tête, mais une tête à savoir se servir de ses mains. Lèvres humides, œil fureteur, cheveux rebelles, un brin de moustache satisfaite, et surtout un nez comique, un long nez tordu, mais honnête, ne reniflant que d'une narine, mais de la bonne, si bien qu'il semblait que c'était le front, curieux et remuant, qui laissait pendre ce nez à gauche, pour pêcher dans le cœur des idées et des mots.

Le premier clerc de maître Farce, qui se tenait près de la gare, regarda passer Gaspard avec un étonnement qui l'immobilisa. Il se sentait entraîné, quoique défiant. Il pensait avec quelque estime : « Celui-là ne doit s'épater de rien. » Mais il se disait avec inquiétude : « C'est un ouvrier : il n'a pas de cravate. » L'esclave du papier timbré jugeait le peuple en liberté ; l'étude de petite ville contemplait le faubourg de la capitale.

– Eh ! toi, le « monsieur », tu prends aussi un billet pour Berlin ? cria Gaspard.

Il tressaillit.

– Bien sûr !

Et soudain, il eut envie de le suivre, et de gagner son amitié.

Un de plus : Gaspard n'était ni gêné, ni content ; il ne s'aperçut même pas que l'autre se joignait à son cortège. Il avançait dans Alençon comme un homme familier avec les maisons et les rues. Vieilles connaissances : il était déjà venu trois fois dans ce « trou », essayer son « déguisement de guerre », et il avait l'air de dire doucement : « Allons, la province, c'est nous : va falloir se grouiller ! »

Au coin de la rue Saint-Éloi, il entendit :

– Tiens, mon homme débrouillard !

Il tourna la tête :

– Mon capitaine !... Ah, mon capitaine !... Comment que vous allez, mon capitaine ?

– Et toi ?

– Moi, ça va... Alors, ça y est ?... On leur-z-y fout la pile !

– Avec l'aide de Gaspard !

– En ce cas, y a du bon. Gaspard s'engage ! On paye toujours un sou par jour ? Bath, ce truc-là : on se fera des rentes !

Il avait de la joie plein les yeux de revoir son capitaine. Il pensait : « C't un bon vieux, qu'aime qu'on ait des godasses à sa mesure, et qui goûte la soupe le premier. » Heureux d'avance, il offrit tout de suite ses services :

– Mon capitaine... dites voir... si y a du boulot, je suis là pour un coup.

Le capitaine répondit :

– Tu vas m'habiller ma compagnie.

– Ça colle ! Où sont les frusques ?

– On va te montrer. Viens avec moi.

Gaspard était flatté. Il marchait maintenant à côté de l'officier. Tous deux de Paris, n'est-ce pas, on se comprenait... Quand ils passèrent la grille du quartier, l'homme de garde présenta les armes, et Gaspard eut un sourire négligent.

Dans un coin de la caserne, le capitaine montra tout un groupe d'hommes mêlés. Il dit : « Voilà les nôtres. » Il y avait des provinciaux, des campagnards, des Parisiens. Deux jours après, grâce à Gaspard, il y avait une compagnie de soldats.

Il commença, avec un bon du capitaine et trois charrettes réquisitionnées, par toucher le fourniment.

On vidait les magasins par les fenêtres, des glissières plongeant sur les voitures. Gaspard, pour « faire vite », n'avait choisi que des Parisiens : ils s'exécutèrent avec une ardeur enragée. Capotes et pantalons, les képis, sacs et cuirs, et surtout les marmites avec leur bruit de fer-blanc, partaient au-dehors, à la volée, et s'écroulaient dans les charrettes. Par le poids, les brancards se soulevaient, et la sangle des chevaux les écrasait au ventre.

Gaspard encourageait :

– Approchez, messieurs dames, prenez l'article en main !

Et Burette, qui transportait des piles d'effets, reprenait : « C'est pas cher ! »

Il avait une bonne face avenante, ce journaliste, un peu poupine, avec des yeux d'enfant qui admiraient Gaspard. Il faisait chorus :

– Ah, les Alboches, ils veulent la guerre ? Eh bien, on va la leur faire voir, la guerre ! Et puis, bien nippés, bien chaussés, bien armés ! Et allez donc, emplissez les voitures ! Ah, les cochons !

– Ça me change pas de mon métier, disait Moreau, le machiniste du Châtelet. J'ai fait assez de pièces à féerie. Je connais les remue-ménage : en scène pour le un !

– Moi, j'attends le ballet, dit Gaspard, et c'est nous qu'on dansera avec les p'tites Allemandes.

– Et moi ? demanda Burette.

– Toi, t'seras de l'apothéose !

Un rire général répondit, et trois piles de bonnets de coton filèrent par la fenêtre en culbutant, comme s'ils se tordaient aussi.

– Bonnets de nuit, en été ? dit Moreau. Pas la peine !

– Spèce d'andouille, fit Gaspard, et pour passer le café ?

C'était fini. Magasin vide ; les planches nues ; tout raflé. Il prit la pancarte qui portait le numéro de la compagnie, et il la pendit à la fenêtre après avoir écrit dessus : *A louer, – en meublé.*

Quand tout fut porté à la compagnie, il organisa son magasin, avec une prestesse et une ingéniosité qui étourdirent le capitaine, homme à l'âme tranquille et à la cervelle minutieuse.

– Que mon capitaine ne se fasse pas de mousse, dit Gaspard, mais qu'il m'envoie les bon'hommes un à un, et en ordre !

Le capitaine s'exécuta. Alors, la chemise bouffant à la ceinture, dépoitraillé, et mains aux hanches, Gaspard faisait :

– Enfile ça ! Et te dépêche. Ça va. T'es beau !

– Un peu court... risquait l'homme.

– Un peu court !... De c'temps-ci ? Tu sues déjà pas d'trop ?

Le suivant se présentait :

– Essaye vite ! Et du nerf !... Épatant ! Sur mesure !

– Un peu long... risquait l'homme.

– Un peu long !... Et quand viendra la fraîche, monsieur en redemandera ?

Il n'y a que pour Burette qu'il changea de ton. C'est Burette qui disait :

– Ça va, je t'assure, ça va...

– Tais-toi, t'y connais rien, t'es journalisse, toi, tu sais pas. Moi, je veux te nipper à mon idée, parce que t'es un copain, et un copain pas fier, quoiqu'tu soyes bachelier... J't'ai reniflé, comprends-tu, et je sais comment qu'tu causes.

– Mais comment voudrais-tu...

– Enfile voir... Pas si vite... Ça colle pas. Ôte-moi ça.

– Tu ne vas pas tout retourner ?...

– Je ferai ce que j'ai à faire ! Je te dis qu't'es un copain : donc, je me conduis comme un copain.

C'est pas parce qu'y a la guerre que le sentiment fout le camp... Prends c'falzar-là ; t'es bath avec... Moi, quand j'ai des copains, c'est sacré, comme ma vieille, ma femme et mon gosse... Tiens, essaye c'te capote... Ah, on rigole comme ça, on fait des blagues... avant-hier, poteau, ce que j'ai eu l'cœur dans les talons !... Enlève ça : c'est trop grand... Quand j'ai pris mon salé et que je te l'embrassais, et qu'il faisait : « Mon pépé, ti t'en vas, dis, pépé ? » Ah ! je me suis dit... Tiens, v'là la taille, enfile pour voir... je me suis dit : « Nom de nom, j'voudrais encore être socialisse ! »

Il s'était assis soudain sur un tas de vêtements et regardait le plancher, en hochant la tête. Il y eut un silence. Burette reprit lentement :

– Même socialiste, tu ne te serais pas défilé...

Gaspard se mit à rire :

– Dame, y a pus mèche ! Où se débiner ? V'là ces cochons qu'entrent en Belgique !... Ben, elle va, ta capote. De quoi tu t'plains ?... T'as pas de képi ? Tiens, prends çui-là... Ta femme à toi ça l'a retournée de te voir partir ?

– Tu penses...

– Elle est mignonne, ta femme ?

– On ne fait pas mieux.

– Veinard ! La mienne c'est pas qu'elle est jolie... mais elle est propre. Le gosse il est tenu, vieux, on croirait un gosse d'esposition !

– Bravo !... Et... tu es marié ?

– Marié ?... Je suis pas marié à la mairerie... mais je suis marié... dans mon idée.

– Oui, et alors... ce n'est pas plus rigolo de partir ?

– Tu parles, fiston !

– Surtout en cette saison, où les femmes ont des corsages transparents.

– Ah, dis donc !

– Et que c'est fameux, le soir, de prendre un apéritif à la glace !

– Non, ah non... parle pas de ça ! Je déserte !... Tiens, l'est cinq heures. Décampons : on va bouffer. Je te paye à bouffer.

Et ils sortirent.

Ils prirent par la Grand'Rue, qui grimpe vers la Préfecture, et de loin ils aperçurent la chaussée montante, pleine de soldats. L'épicier Clopurte lui-même méditait devant sa porte, en uniforme, et la lumière très douce de cette soirée d'été atténuant les tons neufs des pantalons et des capotes, il ne restait, pour les yeux, que la gaîté des couleurs vives, à la française, qui donnait à ce coin de ville paisible l'air de vivre une fête nationale. Devant la Préfecture, on s'écrasait pour une dépêche. Un curé, au premier rang, proposa de lire à ceux qui ne voyaient pas. On applaudit ; on fit silence ; et il commença d'une voix vibrante, roulant de gros yeux dans une face rose et encore jeune, qui faisait paraître étrange un dos de tête et des tempes couvertes de cheveux tout blancs, blancs comme neige, et si légers qu'ils s'agitaient pendant cette lecture émouvante : *« L'Allemagne avait déclaré la guerre à la Belgique. Alors l'Angleterre déclarait la guerre à l'Allemagne. Et le Tsar avait embrassé l'ambassadeur de France ! »* Quand il se tut, on applaudit de nouveau.

Et on se regardait... en pouffant. Ce n'était qu'un cri : « Ils sont fous ! Enragés ! Tout le monde à dos ! Qu'est-ce qu'ils pensent faire ? »

Gaspard dit :

– Viens bouffer. Je te dis qu'ils sont piqués !

Burette était radieux.

– Il y en a pour un mois ! On va les tenir tout de suite. De tous les côtés ! Dans trois semaines ils demanderont grâce !

– Ah, fit Gaspard, ça va être la bonne vie !

Et, en chantant, ils allèrent jusqu'à la place du Chemin-de-Fer, où Burette, qui était gourmet, connaissait un petit restaurant tenu par une ancienne cuisinière ayant vingt ans de fourneau chez des bourgeois cossus.

Ils y trouvèrent un soldat de la compagnie, que Gaspard avait habillé, et un gros boucher de Vaugirard, dont le ventre n'avait voulu rentrer dans aucune capote. Ce dernier se leva, lança sa casquette et s'exclama :

– Des copains ! l'était temps : j'avais déjà le cafard.

Le fait est que l'autre convive n'avait pas l'air folichon.

– Comment tu t'appelles ? dit Gaspard à ce dernier.

– Hommage.

– Où t'as pêché c'nom-là ? Qu'est-ce tu fous dans le civil ?

– Gérant d'immeubles.

– T'es pas dégoûté !... Et pourquoi que tu fais c'te trombine aujourd'hui ? Y a quelqu'un de mort chez toi ?

– Ça ne va pas... Je ne me sens pas bien.

– D'où ça ?

– J'ai de l'endocardite.

– De l'endo quoi ?...

– Je ne pourrai jamais faire campagne.

– Ben, reste dans ta vouate, mon vieux, dit Gaspard, on t'enverra des cartes !

Et se tournant vers le gros :

– Quoi c'est qu'on bouffe ?

– Un potage à la fleur des pois, dit le boucher.

Ce boucher était remarquable. Une tête bestiale, énorme. Le nez épaté tenait du museau du bœuf ; ses petits yeux, mal fendus dans la graisse, faisaient songer à ceux d'un porc ; les joues charnues, tendues, n'avaient rien d'un visage ; aucune espèce de front, les derniers cheveux formant sourcils ; pas l'ombre d'un menton, car la bouche se perdait dans le cou. A la réflexion, ce devait être un homme, mais à le regarder simplement, c'était un monstre farce. Qui aurait cru que ce fût un tueur et qu'il passât sa vie à donner la mort ?... Il était bavard, roublard, paillard. Il savait faire des yeux blancs, rouler sa langue, remuer les oreilles. Gaspard n'était pas là depuis deux minutes qu'éclatant, les coudes sur la table, il répétait :

– L'est pilant, mon vieux, c'mec-là !

L'autre était habitué au succès. Il chatouilla d'abord la bonne :

– Comment c'est-il, votre nom ? Prudence ? Eh, gentillet ! C'est comme ça d'abord qu'on m'avait appelé. Pendant un an, on a cru qu'j'étais une fille...

Et soudain, d'une voix de basse : « J'étais si tendre et si meugnon ! »

La bonne riait en devenant rouge. Burette lui-même était heureux. Bonne ou autre, Burette était toujours heureux près d'une femme, et il se frisait la moustache avec satisfaction. Puis, il aimait à se mettre à table. Il regardait la buée du potage, le pain frais, le cidre doux, et il dit :

– Allons, mangeons, et ne parlons pas de la guerre.

– La guerre ? fit le boucher, qui s'emplissait la bouche de veau. On verra même pas les Alboches !

Burette approuvait presque. Mais à Gaspard cette parole parut excessive. Il fit avec sérieux :

– Sur quelles raisons qu'tu te bases pour dire c'te chose-là ?

Le boucher cligna des yeux :

– Sur quelles raisons ? Tu sais-t-il lire ?

– Un peu, mon neveu.

– Ben lis, mon oncle ! Lis ce qu'y a marqué su les journaux ! A Berlin ils ont déjà la frousse. A Vienne ils sont en digue-digue... Et Guillaume, t'en fais pas, il a pus ses moustaches en bataille !

Le temps de saucer largement son assiette, de se bourrer les joues, d'avaler tout à la fois, puis il reprit pour conclure :

– D'ailleurs, j'leur-z-y ferai voir mon caillou...

Il ôta gravement son képi, et découvrit un crâne si ras tondu, qu'il n'y avait plus là qu'un espoir de cheveux, mais sur son ordre le coiffeur avait laissé une petite mèche frisottante et impayable, qui sautait comme une plume au moindre hochement de tête. L'effet était admirable, et Gaspard s'abandonna à l'idée que l'ennemi s'en arrêterait net. Il riait, riait, tapant la table, des glouglous dans la gorge.

– Non, non... mais l'est pilant, c'mec-là !... Dis donc, vieux ?

– Eh ?

– Tu t'mets avec nous, hein ! T'es un copain : on est qu'des copains. Avec Burette, c'est un journalisse, un bon copain !

– Pas mèche, fit gravement le boucher, je suis à la viande.

Gaspard en devint mélancolique. Il se grattait la tête, murmurant : « Ça... ah ! ça, c'est pas d'veine ! »

On ne l'entendit plus rire du dîner.

En rentrant se coucher, il grognait.

Un sergent-major passa, dans les chambres, demander l'adresse des familles, en cas de décès. Il eut un haut-le-cœur.

– Ah, ça... ça me dégoûte ! Non, c'est pas des manières... Je veux bien m'faire tuer, je veux pas qu'on m'en parle... Si je me retenais pas, je leur fouterais un faux renseignement, parce que ça... ah, ça, je trouve ça cochon !

Heureusement, les nuits d'août sont courtes, et les idées noires des hommes ne résistent guère à un lever de soleil éclatant, qui met d'abord le ciel en feu, puis qui lance à la terre tous ses rayons ensemble, qui s'impose, qui ne laisse pas libre une seule fenêtre, qui vient chercher le dormeur sur sa paille, l'éblouit paupières baissées, lui sonne un réveil en fanfare, illuminant toutes ses idées, et qui, d'une cour de quartier morne et vide, où chacun parmi tous soupire d'être seul, – lui, le soleil, d'un coup, fait une vaste tache de lumière où l'on se découvre une ombre fidèle à qui se confier.

Le régiment mi-constitué, mi-équipé, mi-éveillé, était descendu sur un appel de tambour, et soudain le soleil le doubla, en allongeant à terre les silhouettes falotes de ces hommes, qui prenaient confiance dans ce bain de jour bienveillant et prometteur.

On formait des sections, des escouades ; les camarades s'appelaient : « Eh, gars, viens-t'en par là, qu'on soye ensemble, dis, pour bouffer ! » Groupes de Normands et de Parisiens : les premiers, comploteurs et craignant d'être vus ; les autres, fanfarons, tout heureux qu'on les voie. Et les sergents disaient, moitié rechignant, moitié cédant :

– Allez-vous vous placer, qu'on prenne vos noms, bon Dieu !

De son magasin, Gaspard cria :

– Moi, je suis avec Burette. Burette est mon copain !

Et Burette, joyeusement, répondit :

– On mourra sur la brèche ensemble : sois tranquille !

Puis, les sergents furent affectés et les hommes de chaque demi-section, sitôt qu'ils avaient vu leur chef, chuchotaient entre eux :

– Ah, c'est de la veine de tomber comme ça !

– Tu le connais, toi, çui-là ?

– Ah, vieux, ça c'est un bath !

– Et pis un rigolo !

– Et pis un qui s'en fout !... C'est pas comme l'autre, là-bas !

Et alors, ils regardaient avec une satisfaction apitoyée les voisins, qui leur rendaient ce regard condescendant, persuadés aussi de tenir la chance unique.

Sur tous les capitaines on pensait pareillement. Chaque compagnie avait le meilleur ; mais la 24e, au dire de Gaspard, était servie comme pas une. Quand il avait dit : « Puche », il avait dit le Bon Dieu.

– C'est pas un bonhomme à foute le pied dans les marmites. La soupe d'abord. Ah, avec Puche, on va faire du travail !

Avec lui aussi on en faisait. Il donnait dans son magasin des trousses, des cravates, des pattes d'épaules, des écussons, des lacets, des flanelles, des couvre-nuques, des crochets pour les cuirs. Puis, il sortait dans la cour avec des sacs de café en grains, de sucre en poudre, de biscuits, de conserves, de pansements. Il faisait former les rangs et il passait, le front en sueur :

– Tes pattes ! Allons, tes pattes ! Encore un qui se doute pas que les Alboches ils arrivent !

– Où ça qu'ils arrivent ?

– Chez ta bourgeoise !... Et pis grouille-toi !...

Il était déjà populaire. On sentait un meneur et une poigne.

Soulignant chacun de ses actes d'un mot de large bon sens, il était en vingt-quatre heures devenu le conseil et le confident d'une compagnie. Son rôle pratique se doublait d'un effet moral. Aux geignards, il disait :

– Ah, bébé, nous rase pas avec tes boniments ! On t'emmène à la campagne, et on va te faire bouffer la cuistance à Gaspard.

Mais il n'aimait pas les parleurs, les encombrants, et les stratèges dans le secret de tout :

– Avale ta langue : ça te nourrira ! Pis tu causeras, si t'sais causer, quand qu't'auras travaillé. On te paye un sou par jour, pas pour des prunes. Crève d'abord des Pruscots. Un sou, c'est le prix du cent !

Quelqu'un venait se plaindre : « J'ai un képi trop petit... » – « Suis-moi voir. » Et il le remettait aux mains du coiffeur : « Ordre du capitaine : tondre ras c'poilu-là qu'a la citrouille trop grosse. »

Au moment de la revue du départ, le cheval du commandant se dressait tout le temps sur ses pattes de derrière. Gaspard vint : il lui parla dans l'oreille : « Pégase, voyons, Pégase ! » La bête, flattée, se calma.

Le drapeau ne voulait pas sortir de sa gaine. Il est vrai qu'il était aux mains d'un tout petit sous-lieutenant, un prétexte de porte-drapeau, comme ils devraient être tous, pour qu'on ne voie que les trois couleurs avec les franges d'or. Mais pour cela, il faut le déployer, et c'est encore Gaspard qui vint au secours du sous-lieutenant. Tenant ferme la hampe, il protestait, furieux : « Ah, le chameau ! Sait-il pas qu'c'est la guerre ?... » et sa poigne en vint à bout.

Bref, quand on se mit en route, tous les hommes, jusqu'aux Normands les plus ennormandés, se fussent trouvés heureux de marcher à côté de lui. Mais il fut implacable :

– La rue de la Gaîté, d'abord !

Il disait cela avec orgueil, et il la voyait en la nommant, sa rue de la Gaîté, derrière la gare Montparnasse, et ses bars, ses music-halls, ses boutiques de mangeaille. C'est là que tout le quartier parle, s'amuse, se nourrit. Plus grouillante que la rue de Belleville, elle sent les frites comme la rue Montorgueil. Le soir, elle s'aveugle de lumières et s'étourdit de phonographes.

Gaspard, marchand d'escargots de la rue de la Gaîté, répéta avec émotion :

– Allons... les mecs ed la rue !...

Et c'est Moreau, le machiniste, qui s'avança le premier, avec l'air d'un officier d'ordonnance se rangeant à la droite de son chef.

Burette vint se mettre à gauche. Gaspard le dévisagea :

– Toi, t'es pas de la rue, mais t'es un copain, alors ça va ! Et maintenant à Berlin : donne l'adresse au colo !

On s'était comptés quatre. Les officiers sifflaient. Le régiment s'ébranla.

Deux mille hommes, dans ce petit chef-lieu demi-mort et banal, il se trouvait tout à coup deux mille hommes, dont la capote portait le même chiffre, l'épaule la même arme, dont le visage posait la même question : « Alors ?... On y va ? » Et ils se répondaient entre eux : « On y va ! » trois mots qui signifiaient l'élan des uns, et cachaient le serrement de cœur des autres.

Ce qui fait l'étrange beauté d'un régiment qui part, c'est d'abord l'uniforme, cette première discipline qui éclate aux yeux. Mais sous des képis pareils, la pensée elle aussi s'égalise, et il semble à chacun que c'est le pas de la Fatalité qu'il emboîte, dès qu'on commande : « En avant... marche ! » et que les sergents vous comptent : « Un !... Deux !... » Que deviennent alors les amours, les intérêts, les peurs, dans cette mise en route générale, où la cadence du corps emporte les idées ?

Les enfants et les femmes aiment voir passer des soldats, mais les hommes n'aiment pas moins être des soldats qui passent. Les voilà pris dans une foule qui remue. Sont-ils portés ? Donnent-ils de l'élan ? Ils ne savent ; ils ne s'appartiennent pas. Ils ne pensent plus «Je»; ils sont devenus «Nous», et le cœur se gonfle, comme leur énergie se tend. – Ceux qui n'ont pas servi, qui n'ont pas traversé une ville, sac au dos, ignorent une des plus fortes sensations que l'homme puisse avoir, de n'être dans la machine sociale qu'un tout petit rouage, très dépendant. Mais c'est une servitude qui donne de l'orgueil, car elle exalte en chacun une valeur nationale. Un homme armé, qui marche au pas, se découvre une force et une mission. Il n'agit plus pour son compte; il devient un symbole; son uniforme est aux couleurs du pays, et il sent que c'est une grande chose qu'un régiment qui part.

Lorsque celui-ci s'ébranla, un soldat sans armes s'approcha de Burette et de Gaspard:

– Au revoir, messieurs... Bonne chance!

C'était M. Hommage, le gérant d'immeubles à l'endocardite, qui avait obtenu du major de moisir au dépôt. Burette, bonhomme, lui fit au revoir, mais il ne put s'empêcher de dire à Gaspard:

– Te rappelles-tu nos derniers dix-sept jours?... Que la guerre éclate, affirmais-tu, les proprios pourront se pocher; il y a leur galette qu'ils préserveront. Moi, bougerai pas: rien à défendre... Eh bien, Gaspard, c'est toi qui bouges, et ce proprio qui reste!

– Attends... dit Gaspard, ma combine était fausse! Moi, ayant rien, j'ai rien à perdre. Donc, j'hésite pas: je cours me cogner! Mais lui, le client, tient à ses sous. Vaut mieux qu'on le laisse! l'a quéque chose à garder!

Son bon sens simple et robuste avait adapté à la guerre une théorie de paix.

Ils passèrent la grille du quartier. Les tambours battirent ; les clairons sonnèrent ; et l'on vit le régiment s'avancer par les rues.

Il faisait un après-midi adorable, d'une tiédeur vivante, et il courut comme un frisson dans l'air, trahissant tout l'émoi de la ville.

Les boutiquières sortaient, des fleurs dans les mains ; Gaspard tendait les siennes, et il criait aux femmes :

– Quand nous reviendrons, ce qu'on s'embrassera !

La nouvelle courait que cent mille Allemands venaient de tomber devant Liège. Cent mille ! Il semblait qu'il n'en restât plus. Les hommes faisaient des pas énormes.

– Le train pour Berlin ! Le train pour Berlin !

Quand ils l'aperçurent, quel cri !

La place de la Gare était noire de monde. On avait couru pour les voir passer ; on se pressait maintenant pour les voir partir. – Dimanche. Les femmes avaient leurs corsages clairs, leurs souliers neufs, leurs chapeaux à fleurs. On voyait la femme de M. Fosse, Mlle Romance, Mme Clopurte, la colonelle.

– Ah, c'est embêtant, dit Burette, de ne pas avoir aussi sa petite femme là-dedans.

Gaspard dit : « Console-toi en zyeutant les autres. » Il n'y manquait pas. Il faisait des signes à celles qu'il voyait.

Le colonel, raide, nerveux, arpentait le quai, comme s'il voulait habituer ses chaussures à la marche, et sa femme, une forte personne avec une poitrine comme en ont les Victoires, passait au-dessus de la barrière des roses à un capitaine aux yeux galants, qu'elle regardait derrière son face-à-main.

Enfin, on fit embarquer les hommes. – Ils étaient massés par groupes, comptés d'avance. Ils n'avaient qu'à monter dans le wagon dont on leur avait désigné le numéro. Et, en cinq minutes, le régiment disparut dans ces petites cases noires et brunes qui allaient emporter deux mille hommes jusqu'à la frontière. On ne voyait plus que les têtes qui se pressaient dans les ouvertures, et les portes étaient remplies par les gradés, sergents et caporaux, qui voulaient voir et être vus les derniers.

Cependant, on apercevait Gaspard, Burette et Moreau, quoiqu'ils n'eussent aucun galon sur les manches. A leur wagon, c'étaient les gradés qui se tenaient derrière.

A trois heures juste, le convoi se mit en route. Acclamations : « Hourra ! Hourra ! A Berlin !... A bas Guillaume !... Au revoir, les amis !... Bonsoir, la grosse blonde !... A Berlin !... Berlin ! » Les civils répondaient : « Bonne chance ! Bon courage ! Tuez-en beaucoup ! Revenez-nous vite ! »

Et la colonelle, qui regardait toujours derrière son face-à-main, lançait encore des fleurs, qu'un lieutenant attrapait au vol en grimpant dans son compartiment.

La machine sifflait, sifflait : adieu vibrant à la Normandie.

Le chef de gare était sur le quai, agitant son chapeau. – Soudain, une voix goguenarde lança sur l'air du « Petit Navire » : *Il est cocu le chef de gare !...*

C'était Gaspard... qui partait se battre.

2

Les trains à bestiaux ! Quoi de plus médiocre et quoi de plus morne !

Il fallait la guerre pour les voir s'animer soudain, et devenir ce que la France avait de plus passionnant. – Les femmes, aux passages à niveau, les acclamaient. Elles riaient de lire sur les bois des wagons : *Train de plaisir pour Berlin.* Les soldats de crier : « Bonjour, Marie !... Ça va, Margot ? » Elles agitaient leurs mouchoirs, lançaient des fleurs ; et les régiments en route pour la frontière traversaient des provinces françaises, qui paraissaient en fête.

Gaspard, Burette et Moreau ont conscience de ne s'être jamais « payé une telle bosse ».

Afin de respirer, de voir et de descendre au moindre arrêt, ils avaient pris possession de la porte dans leur voiture à bétail, et rien ni personne ne les en délogea. A chaque plainte Gaspard répondait :

– Tu vas pas nous bourrer le mou ! Si ça te plaît pas, va te plaindre au capiston et parle-z-y de Gaspard : tu verras ce qu'il va te passer !... Parce que Gaspard, il a fait du boulot, pendant qu'toi tu regardais les hirondelles. Alors, il m'semble que j'ai le droit de voyager comme ça me plaît de voyager... Gaspard et toi, ça fait deux, comprends-tu... Faut pas confondre autour avec alentour, ni un tirant de botte avec une femme enceinte.

– Ben, et les deux autres ? grognait le plaignant.

– Les autres, c'est mes copains ; pis ça fait le compte ! Et ferme-nous ça... sans blague, s'il est culotté comme culot çui-là ! C't un Normand, un croquant, un cul-terreux ; ça possède que de la bouse de vache, du fumier de poule et des crottes ed'lapin, et ça voudrait la place d'un journalisse et d'un machinisse ! Ah, c'est malheureux de voir ça !

– Écoute... écoute, disait Burette conciliant, je pourrais, pour quelques minutes...

– Tu vas rester là, hurlait Gaspard, ou t'es pus mon copain !

– Parfaitement, disait Moreau, quand on est copain... on est copain.

– Pis, j'ai la pépie ! concluait Gaspard.

Assis sur le plancher du wagon, jambes pendantes au-dehors, il n'avait qu'à se laisser glisser, dès que le train stoppait. Les camarades criaient parfois :

– On n'a pas donné de signal ! Le colo va te foute dedans !

– Pour pouvoir m'espliquer, j'vas toujours m'rafraîchir !

Sans équipement, sans sa capote, la chemise ouverte sur sa poitrine velue, remontant son pantalon qui lui tombait des hanches, avec une demi-douzaine de bidons lui pendant à l'épaule, il sautait sur le ballast, de traverse en traverse, courait aux barrières, aux maisons, secouait les portes, frappait dur, criait fort, repartait avec toute sa ferblanterie et remontait furieux, disant :

– Je marche pus ! Si y a pas d'flotte, je marche pus !

Mais le train remarchait pour lui. Nouvel arrêt. De nouveau reparti. On l'excitait de loin, puis il disparaissait, tel un rat dans un trou. Burette se faisait des cheveux : « Il va rater son train !... » Jamais. Sitôt que le convoi s'ébranlait, de droite ou de gauche on voyait ressurgir Gaspard, une fois sur deux le torse trempé.

Ses yeux brillaient.

– Je m'suis foutu sous une fontaine. Ah, si c'est bath !

Et il tendait les bidons ruisselants.

Burette dit une fois, l'œil voluptueux :

– C'est un bon bock, moi, qu'il me faudrait.

Gaspard le regarda.

– Tiens, tu m'plais, Aglaé !

Il n'avait pas dit cela qu'on s'enfonça sous le hall d'une grande gare. A contre-voie, ouvrant l'autre porte du wagon, Gaspard, sur le quai, aperçut un fût de bière. Il y a des miracles dans la vie... Ma foi, il lui parut qu'il n'était à personne : pas de nom ni d'adresse. Il appela : « Moreau !... Moreau, boule-toi par là. » Le jour tombait ; aucun officier : ils le roulèrent dans le train.

M. Fosse, qui était sergent, protesta :

– Gaspard... ça, non ça... c'est un vol !

– Un vol, fit Gaspard, tiens, ça m'étonne pus que tu soyes gradé. Y a qu'un gradé pour vous servir de ces boniments à la graisse d'oie !

Et, avec sa baïonnette, il cognait sur le tonneau pour le débonder.

– Un vol ! Su le réseau d'l'État ! L'État, qui c'est ? C'est nous. Donc, je voyage su not'réseau et si je trouve ça, c't à nous... Les potes, passez vos quarts !

Burette passa le sien, comme les autres, s'excusant près de M. Fosse.

– A la guerre !... Il va y avoir un tel gâchis !

– Bave donc pas ! dit Gaspard. Bois ça, reprends-en, pis t'occupe pas !

Il y en avait trois litres pour chacun. Heureusement, un grand tiers se perdit sur le plancher. Les hommes avaient les pieds dans la mousse. C'était la vie abondante, la « nouba ».

Une seule inquiétude leur venait par moments. Où allait-on ? Dans l'Est ? Dans le Nord ? Tous disaient : dans le Nord. Alors, ce fut dans l'Est. On tourna Paris ; on traversa la banlieue de Champigny.

De gros territoriaux gardaient les ponts. On leur criait : « Salut, Grégoire ! ça colle ? T'en fais pas. C't à toi ce ventre-là ? »

Puis, on cassait la croûte ; on se partageait des sardines, des œufs durs, du saucisson, du chocolat ; et on s'assoupissait, ballottés par le train, calés tant bien que mal les uns contre les autres, ronflant, hoquetant, s'éveillant et jurant dans cette mauvaise cage à bestiaux, dont le bois craquait, dont le fer grinçait, et dont on eût dit que les quatre roues se dispersaient à chaque arrêt brutal du train.

Au bout de vingt-quatre heures, on entra dans la gare de Reims.

– Est-ce qu'ils vont pas bientôt nous descendre ! dit Moreau... On va tout de même pas se battre maintenant : on est réserve, on est pères de famille... Alors les jeunes, qu'est-ce qu'ils foutent ?

– Ça, fit le tranquille Burette, c'est un raisonnement enfantin.

– Vraiment ?

Moreau haussait les épaules, vexé.

– Comment qu'tu signes, toi, dans les journaux ?

– Je signe : *Socrate.*

– *Socrate,* ah, c't'allure !... Ben, tu ferais mieux d'signer *Trufaillou.* Parce que, comprends-tu, quand on est journalisse, faut dire des choses sensées, ou alors on se fout de l'opinion.

– Aussi, je répète : nous serons demain à la frontière !

On y fut le soir même.

Moreau lâcha : « C'est ce Socrate qui nous porte malheur ! »

– Ah, ça va bien ! répliqua du coup Gaspard, en se redressant. On croirait jamais que t'es de la rue de la Gaîté !... T'as donc du sang de mauviette !... pisqu'on y va, quoi, on y va. Moi, j'aime mieux les voir, et que ça soit fini. L'premier Alboche que j'poisse, t'occupe pas, j'y demande pas s'il est député ni s'il a des recommandations. Je serai pas long à t'en faire du boudin !

C'est avec ce mot valeureux qu'il mit le pied sur la terre lorraine.

Mais sa phrase n'eut pas le sort qu'elle méritait. – Il faisait nuit. Dans l'ombre, un officier grogna : « Silence, sacré nom ! Ce n'est pas le moment de rigoler, ou on va se faire zigouiller comme des lapins ! »

– Zigouiller... murmura Moreau. Alors ça y est... ils sont là... on est bons comme la romaine !

Une stupeur pesa brusquement sur ce régiment engourdi déjà par un jour et demi de voyage en wagons à bestiaux. Il débarquait à une heure mystérieuse, sur un quai sans lanternes, dans une campagne inconnue, dont on savait seulement qu'elle était « la frontière ». Les hommes, bouche bée, levaient la tête vers le ciel immense. Étoiles lointaines et bien faiblardes. On entendait un vent étrange dans de hauts peupliers ; et, pour les yeux saisis, l'horizon semblait une ligne noire, fermé par une colline droite, qui formait un mur à la plaine, derrière quoi... l'on se figurait l'ennemi.

Sans bruit, on se mit en route. On passa une rivière, d'où s'élevait une buée douteuse, sur un pont miné et gardé. On le suivit, deux par deux, avec précaution. Cette fois, c'était bien la guerre, la tragique guerre... M. Fosse marchait, raide : il commençait à accomplir son devoir. Les Normands marchaient, mous : leur prudence s'inquiétait. Burette songeait à sa femme : onze heures du soir, l'heure de l'embrasser plus tendrement et de se mettre au lit... Et Gaspard s'en allait de son pas balancé de grand Parisien, se disant seulement :

– Où qu'on nous mène ? Qu'est qu'c'est qu'tout ça ?

Le régiment traversa deux villages organisés pour la défense, de vieilles charrettes barricadant à demi la route. Des patrouilles de dragons, les hommes tout secoués sur leurs bêtes au galop, débouchaient tout à coup d'un chemin creux ou d'un champ. Les fantassins se garaient, pestaient, dédoublaient les rangs, puis couraient avec un bruit de gamelles pour rattraper la colonne.

Moreau ronchonna :

– Qué cauchemar ces frères-là, avec leurs bourrins !

Puis, la fatigue tua les idées. Après trois heures d'une marche rapide et presque haletante, par une nuit molle, ces hommes ne songeaient plus à l'ennemi invisible, mais seulement à leurs pieds, à leurs reins et au bonheur de s'arrêter.

– C'est pas possible, dit Gaspard qui traînait la patte, ils sont tous foutus le camp ! On va-t-être à Berlin demain matin !

– Serais-tu fatigué ? demanda le capitaine Puche.

– Moi ?... Oh, c'est pas que je soye fatigué... Je dis ça... quoi, c'est pour dire.

Mais quand, au petit jour, on fit halte enfin dans un village et qu'on enfourna chaque compagnie dans une grange, Gaspard tomba le nez sur la paille, à plat ventre, n'importe où, avec sac, fusil, équipement, sans répondre aux autres qui l'injuriaient :

– Y a plus d'place... Tu peux pas ranger ta panoplie ? Tu parles d'un outil... C'cochon-là, il s'en fout : le v'là déjà qui ronfle !

Jusqu'à Burette qui était furieux de ne pas avoir ses aises :

– Il a ramassé toute la paille ! Et il a mon bonnet de nuit ! Il me dégoûte ! Je me couche sur son dos !

L'autre s'en moquait bien ! Il rêvait de ses escargots et de la rue de la Gaîté avec des soupirs profonds, coupés de phrases courtes :

– C'est du p'tit gris... du p'tit... du p'tit gris.

Au bout de deux heures : debout. Ordre du colonel.

– Le colonel, qu'est ça peut m'foute, le colonel ? dit Gaspard.

– Le premier qui m'dérange, dit Moreau, j'y balance mon saint-frusquin sur la gueule.

– On est déjà assez mal pieuté, fit Burette, on ferait mieux de nous apporter un chocolat !

– Ah, là là... ça au vingtième sièque ! dit Gaspard.

M. Fosse, de la paille plein les cheveux, les yeux bouffis, la voix pâteuse, affirma quand même en titubant :

– Soyez raisonnables... Il faudrait faire du café... Gaspard...

– Gaspard, il roupille !

– Ça m'étonne de vous, Gaspard... pour un Parisien.

– Ah, cause pas de Paris ! Sais-tu seulement ce que c'est que Paris ? A Paris, quand on dort, on est jamais poissé. A Paris, on a pas des gradés sur le poil. A Paris... enfin, on est à Paris, tandis qu'ici qu'on est traité comme des veaux : c'est pas le moment de causer de Paris !

– Quelle mentalité !... Mais nous sommes en guerre, sacrebleu !

– M'en fous... je roupille !

– Fixe !

Le capitaine passait son nez dans la porte.

– Gaspard est ici ?

– Présent !... Voilà !

– Je compte sur toi, dis donc, pour un bon café.

– Mon capitaine, ça va !

– Tu m'en apporteras un quart.
– Compris !
– Et un au lieutenant.
– Vous en faites pas : y aura le compte.
Le capitaine disparut. M. Fosse remarqua :
– Quand c'est le capitaine...
Gaspard le regarda sous le nez.
– Tu vas tout de même pas comparer. Lui, l'est poli ; il sait vous dire les choses.
– Oui, il vous a flatté en vous demandant un quart.
– Tu crois peut-être que toi, si tu m'avais demandé...
– Je ne dis pas moi...
– Non, parce que les galons, comprends-tu, ça m'impressionne pas !
– Allons, suffit ! dit M. Fosse. Ne m'énervez plus, ou je vous fous dedans !
– Sans blague, tu vas pas maintenant la faire à l'influence...
– Préparez votre café !
– Tu parles pas à un gosse...
– Préparez votre café !
– J'suis père de famille, moi ; pis j'écosse quèque chose comme boulot.
– Assez !...
M. Fosse sortit, les yeux fous, serrant les poings. Gaspard regarda Moreau :
– L'est piqué c'mec-là ! C'est quand même malheureux d'partir faire la guerre avec des mecs piqués !
Burette s'étirait :
– As-tu du bon sucre, au moins, pour ton café ? Quelle marque ?

– Tiens, la fine gueule !

– Et de l'eau-de-vie ? Y a-t-il de l'eau-de-vie dans ce patelin-là ? Est-ce que tu as vu des indigènes ?

– On va esplorer.

Gaspard sortait. Burette cria :

– Si tu trouves aussi une petite femme mignonne...

– Je la garde !

Gaspard fit son café. Deux heures après, il fit la soupe ; le soir, il fit le rata. Et le lendemain, il recommença le tout.

Le régiment campait à cent mètres de la Meuse, dans un pauvre village lorrain à toits presque plats, dont les tuiles rouges paraissaient assemblées tant bien que mal, par des mains de miséreux maladroits. Les maisons, le long de la route, étaient posées au petit bonheur. Le clocher de l'église chavirait, – une église de dessin d'enfant. Il y avait des fumiers épais devant les portes. Et l'aspect de tout était minable et poignant en ces heures d'angoisse, où l'approche de malheurs nouveaux faisait revivre pour l'esprit tout ce que cette terre avait enduré déjà. Pays éternellement victime de la guerre, qui subit l'invasion comme un autre l'orage, et qui ne s'étonne même plus, lorsque l'ennemi en armes est annoncé. Il est reconstruit hâtivement, comme pour s'écrouler sans douleur à la première secousse. Les visages sont durs et résignés. Et les soldats qui sortent de provinces aux destinées heureuses ne comprennent pas que cette rudesse de l'habitant vient de sa souffrance, bien plus que d'une animosité.

Gaspard qui, d'une porte à l'autre, avait quémandé du beurre, des oignons, une brochette, une «castrole», revint furieux, maugréant: «Des chameaux, tous des chameaux! C'que ça m'dégoûte d'aller me faire crever pour des tourtes comme ça!»

Seulement, c'est à sa marmite qu'il dut confier son amertume, car les camarades, avec le capitaine, étaient partis sur les bords de la rivière faire tranquillement l'exercice, comme un jour de paix.

L'ordre était général pour le régiment; mais le capitaine Puche avait une manière si paisible de le faire exécuter, qu'on lui doit ici une parenthèse pour présenter sa curieuse personne.

Le colonel et les autres officiers avaient, depuis cinq jours, la bouche vibrante et toujours prête à quelque allocution patriotique. Lui, pas encore une fois n'avait parlé de la guerre. Il y allait sans trouble; mais l'événement ne lui suggérait aucune phrase enflammée: il n'était pas avocat; il était capitaine; c'est-à-dire que, d'abord, avant de songer à la bataille, qui était pour lui comme pour ses hommes l'inconnu, il pensait: «Mon premier devoir est de m'occuper de leur nourriture et de leur entraînement.» Il ne disait donc pas: «Soldats... la Patrie... la Gloire... le Drapeau... le Sacrifice... le Sang versé...» Non; il disait: «Mes enfants, avez-vous de la graisse pour vos pieds? Les pommes de terre sont-elles cuites? Tous les hommes ont-ils touché leurs vivres de réserve?»

Cette sollicitude, d'ailleurs, n'était pas comprise. Le peuple français est amateur de discours un peu ronflants. Ce chef, à la conscience méticuleuse, toujours occupé de détails terre à terre, ne satisfaisait pas, chez ses deux cent cinquante soldats, le goût du panache, que les Parisiens surtout ont dans la moelle des os. Il les fatiguait par ses questions. Et eux ne voyaient pas le bien-fondé de ce contrôle et de ces attentions.

Quand, à quelques kilomètres de l'ennemi, il commanda des exercices avec la même lenteur minutieuse que si la guerre n'était qu'une hypothèse lointaine, il se heurta à une mauvaise humeur têtue. Les hommes ronchonnaient :

– Ah ! salut !... On n'est pas ici pour faire le Jacques ?... Pourquoi aussi qu'il nous ferait pas astiquer nos boutons !

On n'avait pas touché de tripoli : sans cela il y eût songé... Car l'astiquage, pour le capitaine Puche, était une des formes de la discipline, un des moyens les plus sûrs d'assouplir sa troupe et de l'habituer à obéir, toujours. Chaque fois qu'il la ramenait au cantonnement, il disait en descendant de cheval : « Nettoyage des effets et des cuirs : je passerai moi-même me rendre compte. » Et l'ordre était donné sur un ton de bonhomie sérieuse.

La guerre ne changeait rien à cet homme singulier. Il restait en Lorraine ce qu'il était chez lui, dans le quartier provincial de l'École Militaire, recopiant le soir des états de chemises ou de chaussures, sous sa suspension. Échantillon de bourgeoisie moyenne, mais vertueuse, qui fait l'été des confitures pour l'hiver, et qui, toujours pratique, continue, pendant les plus grandes heures, à croire à l'importance de toutes les petites choses. Ces soucis d'apparence mesquine révoltent les esprits exaltés ; ils ne comprennent pas l'utilité et la force d'un officier fonctionnaire, restant strictement à sa place et à sa tâche, sans s'absorber dans des pensées qui paraissent plus hautes et plus larges, mais... qui ne sont peut-être que divagations. La Guerre, la Vie, la Mort, fort beaux sujets qu'il est prudent de laisser aux civils : ils ont le temps d'y rêver. Un capitaine n'a pas de loisirs. Il doit veiller sur « l'ordinaire » des hommes. Les ventres et les pieds, voilà son premier soin. L'étrangeté du destin, l'effroyable aventure qu'est l'existence à certaines heures, l'immense point d'interrogation que la guerre cloue devant l'esprit, tout cela regarde des philosophes... non mobilisés. Le livret militaire, avec son fascicule rouge, est une défense de s'attarder sur des problèmes sans solution. Le soldat agit : il ne pense pas. Dès qu'il pense, l'ennemi lui saute aux épaules. Le premier acte de la guerre, c'est un éteignoir sur l'imagination. Le capitaine Puche, qui en semblait dénué, était un chef précieux.

Aucun de ses hommes, même Burette, ne s'en aperçut les premiers jours. Gaspard, qui pourtant n'allait pas à la manœuvre, puisqu'il ne quittait plus ses feux, avait, dans son langage de faubourien, défini l'emploi du temps de la compagnie par deux mots méprisants : « Exercices byzantins ! » et il voulait dire à la fois « vieux jeu » et « tout à fait fous ». Puis il expliquait :

– Dans ce métier-là, faut pas essayer de comprendre. Ils nous possèdent et nous autres, on est que des matricules !

– Ah ! faisait Moreau, tu vas fort !

Romarin, le garçon coiffeur d'Alençon, reprenait nerveusement :

– Moi, je suis ici pour me battre, et je demande à me battre !

L'épicier Clopurte ne bronchait pas.

Quelquefois, le gars Pinceloup, qui avait une balle rougeaude de campagnard cuit au soleil, disait, les mains aux poches, en balançant son gros corps maladroit :

– On les verra peut-être seulement point, les Alboches !

– Non, et ta sœur ? disait Gaspard.

– Mon gars, y a pas de ma sœur ; nous autres on est réserve !

– Continue : tu m'intéresses !

– Si l'active, elle fait ben son boulot...

– Pauve pochetée ! D'où que tu sors ? T'es échappé d'un vase de Chine ?

– J'suis pas pus bête equ'toi, mon gars !

– C'est pas que t'es bête, c'est que t'es marteau !

– Quand même, on est là depuis cinq jours ; et eux ils sont foutus le camp ; pourquoi qu'ils l'sont foutus...

– De quel patelin que t'es ? dit Gaspard.

– D'Pin-la-Garenne, mon gars.

– Combien que ça coûte, par là, la graine d'innocents ?

Le sergent Fosse entra dans la grange, en courant :

– On part ! Il faut être prêt dans un quart d'heure !

– Où qu'on va ? demanda Moreau.

– On y va, cette fois, ça y est. Numérotez vos abattis !

– Sans blague ! cria Gaspard. T'en es sûr ?

– Le colonel l'a dit devant moi à Puche.

– Ah, les poteaux ! Ça, c'est la vie !

Il s'était jeté sur Pinceloup, et il le fessait de toutes ses forces :

– Eh ben, mon gars, t'avais du flair ?

Pinceloup était devenu pâle. L'épicier Clopurte aussi. Romarin rayonnait. Gaspard fit valser Burette :

– Et toi, t'entends donc pas ?

– Si, si, j'entends !

– Et t'es pas content ?

– Je suis content !

– Alors faut rigoler, mon copain ! On va voir si l'Alboche c'est tout lard ou cochon !

Et dans la façon dont il chargea son sac en faisant : « Oust, Azor, à nous deux ! » il y avait tant d'allégresse, que les plus mous eurent de la honte. Il les fixait de ses yeux luisants, et il disait, la lèvre humide :

– On va se cogner enfin, sans qu'les flics ils aient rien à voir !

Le régiment partit.

Il faisait un bon temps vif, avec de petits coups de vent qui donnaient du jarret à cette colonne de troupes fraîches, neuves, au premier jour de leurs misères. Gaspard, en marchant, fumait, parlait, chantait, mangeait. De temps en temps, on le voyait avec deux fusils : Moreau secouait un prunier. Il rapportait des prunes dans son képi. Vingt mains se tendaient, vingt bouches s'ouvraient, et on recrachait tout sur la route : ce n'était pas mûr : « Pouah ! Saloperie ! » Deux minutes plus tard, Moreau portait deux sacs : Gaspard s'était coulé dans une ferme. Il reparaissait en sueur, les bouffées de sa pipe plus pressées que jamais, et, reprenant son bagage, il montrait aux amis :

– Du beurre, du vrai beurre ! Pis qui sent pas : colle ton nez d'ssus. Et ça... ça... devine ?... De la bleue, Ferdinand, c'est de la bleue !

– Ah, dis donc, faisait Moreau, tout comme avenue du Maine !

C'était si bien comme avenue du Maine, qu'on rencontra des autobus de Paris, une file de douze, tout un convoi de ravitaillement. Gaspard s'inquiéta de « l'arrêt facultatif ». Moreau imitait une grosse dame : « Conducteur, soyez poli ! » Même les campagnards qui se rappelaient des voyages dans la capitale – l'Exposition ou le mariage d'un parent – s'égayaient à retrouver des souvenirs dans la bouche de ces blagueurs de Parigots. Et on oubliait le poids du sac et les montées.

L'entrain était même revenu à Pinceloup et à Clopurte, car on n'avait pas l'air d'attaquer souvent l'ennemi. La campagne était sereine, toute au beau temps qui l'animait. Collines molles et vallonnements larges, dans lesquels le régiment s'enfonçait sans effort, pour regrimper avec un refrain de chanson que Gaspard, nez en l'air, lançait aux nuées :

Paraît qu'la cantinière,
A de tous les côtés,
Par-devant, par-derrière,
Des tas de grains d'beauté.

Elle en a des pieds jusqu'aux seins ;
On raconte un tas de machins :
Vous n'y qui qui
Vous n'y com com
Vous n'y comprenez rien !

Tout à coup, – il venait de terminer le couplet – l'air fut ébranlé comme par un coup de gong sourd et lointain, dont l'écho parut un grondement de la terre. Il n'y eut qu'une voix : « Ah... le canon ! »

Gaspard renifla ; d'un coup de reins, il remonta son sac, dont la marmite et la pelle brinquebalèrent, et de sa voix traînante :

– Bong ! Et allez-y ! Ça leur-z-y fait toujours un marron su l'coin de l'œil !

Ce mot fut un succès. On avait beau marcher depuis six heures, les hommes étaient gaillards et bavards. D'ailleurs, une nouvelle admirable courait les rangs : la révolution venait d'éclater en Allemagne... oui, la révolution ! Alors, ils se tapaient les coudes : « Ah ! dis donc ! », mais ils n'étaient pas surpris, car depuis le 2 août la chose était prévue. Est-ce qu'un peuple ne se retourne pas toujours contre ses chefs, quand il voit tant de voisins lui tomber sur le dos ?

– Le copain Burette l'avait dit, remarqua Gaspard. C't un type qui sait les choses.

– C'était forcé, fit tranquillement Burette, la face épanouie et le képi sur l'oreille. Dans les journaux, tout le monde le savait. La coalition contre l'Allemagne, c'est pour elle, au bout d'un mois, la guerre intérieure, la banqueroute ou la famine.

– Parfaitement, dit Gaspard, et ils en sont peut-être à bouffer leurs semelles de bottes à la croque-au-sel !

Le capitaine longeait la colonne sur son cheval.

– Mon capitaine... y a la révolution en Allemagne ?

Puche répondit simplement : « On le dit », et il n'expliqua rien de plus, parce que sa bête énervée le secouait en se cabrant.

– Allons, Cocotte, ma petite Cocotte...

Gaspard se mit à rire :

– Le piston, il s'en fait toujours pas !

Une heure après, on atteignit un village. Arrêt : cantonnement ; on n'entendait plus du tout le canon.

– J'l'ai ben dit, déclara Pinceloup, les Alboches on les verra point.

Le fait est que ce nouveau village lorrain semblait paisible et loin des batailles. Il était pauvre comme le premier, avec des murs fendus de lézardes et des fumiers sur la route, mais il faisait une journée d'été si bienveillante pour la misère, que le dénuement de toutes ces bicoques semblait plus curieux que pitoyable.

– Où qu'on est ? demanda Gaspard à une vieille femme, qui, d'une clé rouillée, essayait d'ouvrir sa grange pour la compagnie.

– On est... on est chez nous, pardi ! grogna la vieille.

– Mais... est-on loin d'chez eux ?

– D'ici à Metz, ça fait huit lieues.

– Huit lieues ! Oh, y a du bon... on est réserve, faut pas s'en faire... Les copains, eh, les copains, on va toujours se taper la cerise avec une bonne soupe mitonnée !

Sitôt qu'on s'arrêtait quelque part, Gaspard jetait dans un coin sac et fusil. Il disait : « Je balance mon bazar. Burette, veille dessus. » Et il courait chercher le « frichti ».

Ce soir-là, il voulut lui-même aller à la distribution de viande, pour être servi honnêtement. A Alençon, n'avait-il pas dîné avec le boucher : c'était un poteau.

Les chariots de ravitaillement se trouvaient massés sur la place de l'église, et dans une voiture à claire-voie, où étaient suspendus d'énormes quartiers de bœuf, on apercevait le monstre à la tête rasée, avec sa mèche dansante qui faisait rire tous les hommes accourus. Il apparaissait et disparaissait entre des cuisses sanguinolentes, des épaules et des carcasses. Les manches troussées sur ses biceps, il plongeait, fouillait, s'enfonçait dans l'intérieur des bêtes ouvertes ; puis, il les dépeçait avec couteaux et scies, et, parmi ces paquets de chair morte, il avait l'air de se livrer à un carnage pour rire, le geste mou, les yeux farceurs, essuyant du bras le bout de son nez ruisselant.

– Pour moi, dit Gaspard, tâche equ'ça soye pépère. Une entrecôte, pis qui se pose là !

Le boucher le regardait avec malice :

– M'sieur est-il chargé de la cuistance ?

– Un peu, dit Gaspard, les autres veulent pas en foute une datte !

Et il le disait avec orgueil, car il savait bien que dans une compagnie il y a deux hommes importants : celui qui la mène et celui qui fait la soupe : capitaine et cuisinier, *piston et cuistot.* Lui, il était le cuistot.

La guerre, pour le soldat, pour l'homme qui « sert », au sens le plus esclave du mot, c'est surtout une longue suite d'épreuves pour le corps, la marche avec tout un bagage sur les reins, les veilles, les suées, le froid, toutes les peines et la faim surtout, la faim qui est la grande ennemie, avec la mort. Mais à la mort on ne songe même plus quand les courroies du sac étouffent la poitrine, ou quand les pieds paraissent enflés et plus pesants que les godillots. D'ailleurs, la mort, parfois, tue d'un coup, sans souffrance, tandis que la faim vous talonne une armée pendant des jours. Elle ne terrorise ni n'anéantit. Elle angoisse, elle affole ; et quand elle tient ses hommes et qu'elle en fait des loques ou des fauves, il n'y a plus d'obus qui comptent et l'ennemi n'est qu'un petit péril. Aussi, quel homme précieux, l'homme qui fait manger, l'homme de la soupe chaude, grâce à quoi on lutte avec la fatigue, on dompte le sommeil, on trouve un mot de blague, on a... les larmes de bonheur aux yeux.

Gaspard sentait tout cela, et dans son amour-propre de Parisien si heureux d'être indispensable et vanté, tout de suite, de lui-même, il s'était mis au fricot :

– Ayez pas peur. Je vous ferai ça à l'oseille !

Rien, dans la vie, ne le disposait à la cuisine. Il était débrouillard, mais l'habitude d'acheter et de préparer des escargots ne l'aidait nullement à faire la soupe. La sienne fut une « lavasse » déplorable. Gaspard était l'homme-jus. Sa viande fondit : il noya l'escouade. Pourtant, il y avait de la fierté dans sa voix, quand il déclarait : « C'est cuit. Bouffez ! » Et les hommes, qui savaient qu'un cuistot est sensible, n'étaient pas chiches de compliments. La bouche pleine, ils s'arrêtaient de mâcher pour dire : « C'est bath... »

– Hein, faisait Gaspard, je sais me débrouiller ; j'ai trouvé du beurre et des oignons. Je crois qu'il y a ce qu'il faut, pis que c'est foutu.

Et les autres, s'inondant l'estomac de leurs cuillerées d'eau chaude, reprenaient :

– Pour ça, oui... quant à ça... ah, ça... tu sais y faire !

– Il ne manque, dit Burette, qu'un petit verre de vin d'Espagne.

Il était voluptueusement allongé dans la paille, pieds nus et remuant les doigts pour se délasser. Il regardait la grange immense, avec ses murs poussiéreux, ses poutres vermoulues et ses toiles d'araignée si épaisses que quelques-unes avaient un air de vieilles quenouilles pendant du toit. – Il y avait des coins et des recoins, des trous noirs comme des nids sinistres, et du foin par paquets, pêle-mêle, embaumant, entêtant, tout un champ ratissé qu'on avait tassé là. – La nuit tombait. On avait poussé le grand portail ; il n'entrait plus qu'un filet de lumière mourante sur les hommes, dont les têtes, dans l'ombre, prenaient des formes étranges. Dans le fond, certains déjà ronflaient. Gaspard reprit sa chanson :

Paraît qu'la cantinière,
A de tous les côtés,
Par-devant, par-derrière,
Des tas de grains d'beauté...

La compagnie s'endormit en riant.

Le lendemain matin, il pleuvait.

– Allons, fit Gaspard en s'étirant, l'embêtement qui commence ! Avec c'te flotte-là, où que je vais faire mon frichti ?

Burette grogna en se mettant sur ses pieds :

– Oh ! mes reins... Moi, je ne couche plus comme ça... me faut un lit. C'est déjà suffisant de ne pas avoir sa femme !

« Bong ! » Le canon recommençait. Moreau dit :

– On doit être en train de leur prendre Metz.

– Metz ou pas Metz, dit Gaspard, où que je vais faire mon frichti ?

– Tu nous poisses, avec ton frichti, dit Romarin qui prêtait l'oreille.

– Je te... comment tu dis ça... Je te poisse ? Ben, mon bonhomme, tu peux toujours, comme hier, me demander un morceau sans gras. Je t'aurai à l'œil, toi. Ah ! je te poisse, non, c'culot !

– Allons, dit Burette, pas de dispute. Vous feriez mieux de me trouver des œufs frais.

Il se frottait le ventre.

– J'ai faim.

Il prit Gaspard par le bras.

– Viens visiter les poulaillers !

Gaspard, dans le village, recommença :

– C'est mon frichti qui me turlupine...

– Tu n'as, dit Burette, qu'à te mettre ici, derrière l'église, sous cet auvent qui ne sert à rien.

– Faudrait pas, aussi, que le curé il s'aviserait de me dire que ça y plaît pas.

– Le curé est brave homme, comme tous les curés.

– Oh ça, là-dessus, faut pas m'en faire un plat, dit Gaspard. Les curés, je les connais, comprends-tu. J'y ai goûté, pis je les digère pas.

– Qu'est-ce qu'ils t'ont fait ? dit Burette... mais en me racontant ce qu'ils t'ont fait, ne perds pas de vue que je cherche un poulailler.

– Des poulaillers, l'en pleut ! Tiens, une tite boîte gentille, on va taper là-dedans.

Il cogna à la porte et reprit :

– Les curés, c'est des types à galette. Je sais ce qu'y a dans leurs troncs. A douze ans, vieux, quand ma vieille elle m'a fait faire ma communion...

– Cogne plus fort ! dit Burette.

– Eh là, y a donc personne ? Ah ! dans ce patelin-là, z'auraient besoin de venir faire un tour à Pantruche... Bong !... Encore le canon ! Tu parles d'une vie, ce que ça m'dégoûte... mais pas encore tant que les curés !... A douze ans, vieux, j'm'amenais au catéchisse avec des baleines ed'corset, où qu'y avait de la glu ; pis alors on pêchait dans leurs tirelires. Ah ! si y avait quèque chose comme sous... Seulement, quand on était pincé, fallait voir ce que le suisse il nous tassait !

A ces mots, la porte de la maison s'ouvrit, et le curé du village lui-même apparut sur le seuil.

– Bonjour, messieurs... Qu'est-ce qu'il vous faut ?

Gaspard en recula de stupeur.

Burette dit :

– Excusez-nous, monsieur le curé, nous cherchons des œufs.

– Il m'en reste. Entrez donc.

C'était un grand prêtre lorrain, à larges pieds, carré d'épaules, le teint hâlé et le regard dur, mais accueillant, et qu'on sentait plein de vie. Il dit :

– Vous accepterez bien du même coup un verre de vin ?

Le nez de Gaspard en remuait de surprise. Il bredouilla :

– ... Dame, ça... m'sieur l'curé sait ce que c'est...

– Et s'il vous faut du tabac, dit le curé, du chocolat, des crayons, du papier, vous n'avez qu'à faire votre commande. Avec ma bicyclette, je vais à Verdun tantôt.

– Ah... ça... c't'épatant, fit Gaspard, parce que le fait est qu'on trouve pus rien... Je veux bien du chocolat... pis du foin pour ma pipe... Ah, hein, Burette, ça c't'épatant !

– Et vous aurez tout ce soir, dit le curé. Seulement, après, il faudra entrer en Allemagne.

– Et comment ! Pis si on peut leur chiper leur Guillaume...

Le curé dit :

– Pouh ! Qu'est-ce que vous en feriez ?

– Oh ! dit Gaspard, c'est pas pour l'empailler ni le monter en épingle à cravate, mais le tenir comme ça, pis y dire dans les yeux : « Crapule, va, vieille crapule, tu t'rends-t-il compte de ce que t'as fait ? »

On refrappait à la porte. C'était Moreau, tout essoufflé.

– Je vous avais vus filer. Tout d'suite en tenue ! On décampe encore !

– Allons, dit Burette, pas le temps de gober un œuf !

– Oh ! ils commencent à nous courir su l'haricot ! dit Gaspard.

– C'est la guerre ! fit le curé en riant. Je regrette pour le chocolat et le foin.

– C'est pas votre faute, dit Gaspard. Mais quel métier ! (Il vida son verre d'un trait.) Là-dedans, le plaisir, c'est d'embêter les gens.

Et ils grommelaient tous trois en retournant vers leur grange.

– On n'était pourtant pas mal, disait Moreau.

– J'ai assez trotté hier, disait Burette.

– Ah, pis... pis, disait Gaspard, on allait s'mettre quèque chose dans la lampe, parce que t'sais, vieux, le curé, l'était bath ! Pour un curé, ça c't un curé !

En chargeant son sac, en se mettant en route, après deux kilomètres, il en parlait encore.

– Moi, j'en ai connu des curés, mais des curés comme ce curé-là, il m'en bouche une surface !

– Tu es jeune, dit Burette ; donne-moi du tabac.

Il reprit, sortant sa blague, qui était une vessie de mouton avec un cordonnet vert :

– Je dis pas que tous les curés ils soyent des mauvais gars, mais je dis ce que j'ai vu, comprends-tu.

– Oui, t'es beau, dit Burette. Donne-moi une feuille de papier à cigarettes.

– Pis avec ça ?

– Une allumette.

– Alors, t'as apporté que ta gueule pour cracher ?

– Et mes ouïes pour t'entendre. Continue.

– J'ai rien à continuer. Je dis qu'ce curé-là, c'est du prêtre ; c'est pas de la saloperie. Il sait offrir un verre... Sans compter... que je l'ai bu trop vite et que je suis encore à sec.

Aussi, quand on passait devant une maison et qu'une femme paraissait sur la porte, il criait :

– Eh, la p'tite mère, rien pour la gorge ?

L'autre regardait sans répondre. Un enfant accourait dans ses jupes. Gaspard lançait :

– Bonjour, la fleur ! Fais risette à papa !

La pluie avait cessé. Mais les routes, en une nuit, étaient devenues de la boue collante sous les roues des voitures, des charrois, des caissons qui défilaient toujours, forçant les hommes à se tasser sur les bords et même dans les fossés. Bong !

Le canon se rapprochait. Des coups plus fréquents. Pinceloup ne disait rien. Gaspard déclara : « C'te fois, on court les voir. J'vas demander au piston. »

Il revint en riant. Le capitaine avait répondu : « Aujourd'hui, chaque homme mangera sa boîte de singe. »

– Un vrai type, dit Burette. Quand nous serons sous les balles, il demandera encore : « Est-ce que chaque escouade a ses brosses à cirage ? »

– Avec tout ça, dit Moreau, on fait pas souvent la pause.

– Et la révolution en Allemagne n'est pas confirmée ! soupira le sergent Fosse, qui était éreinté et lugubre.

La pluie recommença ; la boue s'épaissit. Le pays était plus mamelonné, avec des descentes brusques où les sacs meurtrissaient les dos, et des grimpettes dures où les jambes peinaient ferme.

– Oh, ça me va pus, c'truc-là, dit Gaspard. Quand on tourne le dos à la tour Eiffel, moi je m'embête !

– On tourne aussi le dos à sa femme, dit Burette.

– Les cheveux commencent à me baver, dit Moreau.

– Creuse une betterave, dit Gaspard, pis fous-toi dedans !

On entendit des coups de sifflet. Un arrêt brusque ; un remous ; on s'écrasa dans le fossé ; on forma les faisceaux.

– Alignez-vous, grommelaient les sergents.

– La ferme ! répondit Gaspard.

Et, sous la pluie fine, le régiment fumait, répandant une odeur de cuir et de laine mouillée.

Le temps de vider un fond de bidon, de se lancer quelques injures : « Naturellement ! Toi t'as rien, jamais rien, faut toujours qu'on te fournisse ! » Et la colonne repartit.

Le capitaine Puche marchait à pied à côté de sa compagnie, mais, tout en marchant, il donnait des conseils pratiques sur la manière d'ouvrir les boîtes de singe avec un fort couteau : « N'en ouvrir qu'une pour deux ; quand c'est ouvert, ça ne se garde pas, etc., etc. »

– Où c'est qu'on va ? demandaient les hommes.

– Nous nous rapprochons, dit le capitaine, nous sommes soutiens de l'active.

– Alors, on va se battre aujourd'hui ? dit Romarin, les yeux brillants...

– Je ne sais pas, fit le capitaine Puche. En tout cas je répète : vous avez droit à une boîte de singe par homme.

On y avait droit, mais il manquait le temps pour la vider à son aise. Sitôt qu'à un arrêt Gaspard avait réussi à en ouvrir une, un coup de sifflet aigu redressait les hommes, et il fallait s'emplir le bec en marchant, ce qui assoiffait d'étrange façon.

Vers le soir, il ne pleuvait plus. Le ciel s'était ouvert et le soleil montré, et il se couchait au-dessus des collines droites de l'horizon, sanglant et merveilleux, donnant à la campagne inondée un air sauvage, comme la guerre. On faisait la bête de somme depuis une dizaine d'heures, et Moreau boitaillait. La nuit vint sans qu'on ralentît. Chacun avait fini sa boule et allait silencieusement, le cou tiré, la tête basse, relevant le sac d'un effort tous les cent mètres.

Pas de lune. La plupart avançaient, les yeux clos, donnant du nez sur la gamelle de l'homme qui marchait devant.

Vers minuit – au bout de quinze heures – Gaspard lui-même, la gorge sèche et les pieds en compote, sentit une fatigue plus forte que sa verve. Alors, il commença de grogner :

– Pourquoi qu'on nous dit rien de ce qu'on fait ? Pourquoi qu'on nous traite comme des veaux ? Je les en préviens : j'vas tout plaquer !

Les, c'était l'état-major, les généraux, la France. Et il ajouta :

– A quoi que ça r'ssemble de patouiller comme ça ? Quand je veux poisser un bonhomme, je l'attends au coin d'une rue ; je tricote pas des pieds toute la nuit !

Des voix presque haineuses l'approuvèrent. Les hommes étaient à bout ; mais le capitaine Puche, qui avait entendu, demanda en se glissant le long des rangs :

– Gaspard, toi et Moreau, je parie que vous êtes les moins éreintés.

– Oh ! ça... dame, ça... ça se peut, dit Gaspard.

Et il se redressait :

– Eh bien, vous allez partir avec le fourrier nous préparer une bonne soupe à dix kilomètres d'ici. Le régiment ralentit.

– Une soupe ?... oh ! ça colle...

Poussant Moreau du bras, il sortait déjà de la colonne pour la devancer.

– Et si on trouve des huîtres, on les prend ?

– Prends-les. Il y a du boni : la compagnie les paye.

Il ne trouva pas d'huîtres, mais, au petit jour, un canard égaré près d'une ferme. Il se jeta dessus et le porta sur son bras durant plus d'une heure, le caressant et disant à Moreau : « C'est mon canar... ade de combat. » Puis, dans le champ où il reçut l'ordre de s'arrêter, il lui tordit le cou et l'accommoda.

Il alla au bois, il déterra des pommes de terre, il trouva de la « flotte », de « la légume » et un abri pour faire tirer son feu. Grâce à Gaspard, quand la compagnie arriva, la Faim se mit à table et la Fatigue s'évanouit.

Ah ! on ne remarqua pas, cette fois, que les patates nageaient dans trop de jus. Quoiqu'il ne sentît rien, c'était du bon jus chaud, avec des morceaux de choses nourrissantes, un régal pour toutes ces bouches avides.

Gaspard avait de la joie rien qu'à les regarder.

Mais ce ne fut qu'un répit. Sitôt lestés, tandis que plusieurs déjà s'endormaient, le nez sur la terre, le long de la route, l'ordre arriva de reboucler les sacs : on repartait. Alors, ils se précipitèrent sur la marmite dont Gaspard avait dit : « Ça, c'est l'café ! » et ils tendaient leurs quarts, se disputant entre eux.

– Servez-vous ! cria Gaspard.

Il rebouclait son sac.

Puis il vint à son tour, et il ne trouva que la marmite vide et renversée.

– Ah, les chameaux ! Ils ont tout bu !

Brusquement, il entra dans une fureur dangereuse. « Quoi, on avait tout chauffé, sans y en laisser... à lui... lui qu'avait fricoté, et pas encore posé ses fesses ! » Moreau essaya de l'apaiser ; un lieutenant s'en mêla ; rien n'y fit. Il déclara qu'il ne se battrait pas, qu'il aimait mieux devenir boche, et qu'il allait se faire « porter pâle ».

On repartit. Il traînait les pieds et il avait des soubresauts de colère.

Temps pesant ; l'air mort ; rien ne bougeait plus, – quand soudain les grondements du canon recommencèrent, précipités. Les hommes étaient abrutis de fatigue, mais ils sentaient leur poitrine angoissée. Cette fois, c'était bien la bataille qui s'annonçait pour eux. – On traversa une plaine de blé, on longea des bois, on côtoya un village vide et mort, et on aperçut, à un tournant, la route qui, lentement, tout droit, grimpait vers une crête pointue. Qu'est-ce que le régiment allait voir de là-haut ?

Grand Dieu ! il vit... ah ! les cœurs se serrèrent et presque s'arrêtèrent, et il monta d'abord de ce troupeau d'hommes comme une rumeur d'effarement et de désolation ; car brusquement, le régiment venait d'avoir la première vision poignante de la guerre : un horizon en flammes.

Les Allemands étaient là. Cette ligne de feu, c'était eux. Ils faisaient flamber les villages.

L'âme de Gaspard sauta. Il décida de rester Français.

Puis, en avançant toujours, tous les yeux rivés sur cet immense spectacle d'horreur, on commença de croiser la file interminable et lugubre de tous ceux qui se sauvaient, bêtes et gens : femmes, enfants, vieillards, entassés dans de mauvaises charrettes, pressant du fouet de vieux chevaux dont l'armée n'avait pas voulu.

Dans l'affreux désarroi du départ, à cette minute déchirante où tout semble précieux, ils avaient jeté pêle-mêle des hardes et de la literie sur les voitures, et leurs visages d'angoisse émergeaient des ballots entassés. Gaspard serra les poings :

– Ah ! les sales brutes !... J'en rapporterai de la peau, voui de la peau !

La route se resserra. Le régiment fit halte pour laisser s'écouler ce troupeau humain, gémissant et affolé. Infirmes, femmes enceintes, des chiens, des veaux qu'on avait attachés, qu'on tirait, qu'on poussait, qui meuglaient.

Les cheveux dans les yeux, une femme sanglotait, qui, dans la confusion de la fuite, avait perdu un enfant sur trois, et les deux autres, pendus à ses jupes, pleuraient éperdument. Gaspard dit à l'aîné :

– Pourquoi que tu gueules, p'tit gars ?

– Y a Clémentine qui s'a perdue...

– C'est ta tite sœur ? Ben, on te la rapportera ta tite sœur ! Tu vois bien qu'on y va, nous autres, et on est des poilus !... Pis, y a les Russes, de l'autre côté !...

Il prononça ce mot « Russes », d'un ton si admirable, si chaud, si convaincu, que les larmes de l'enfant s'arrêtèrent. Elles s'arrêtèrent aussi, parce qu'il sortait de sa musette ce qu'il avait de plus précieux : son reste de chocolat, et une boîte ronde :

– Prends ça ; c'est du pâté de foie de la rue de la Gaîté, que ma vieille elle m'a dit : « Tu le boufferas que si t'es blessé ! » Seulement, chiale pus, ou gare !

Et il menaçait de sa large main, qui avait l'air terriblement protectrice.

Mais il fallait filer, suivre les camarades. Il lui fit encore : « Au revoir, bonhomme, on se reverra ; je te rapporterai un casque à pointe ! » Puis il se mit à courir le long de cette caravane sinistre, répétant à s'égosiller :

– Vous en faites pas, les vieux ! On va vous venger ! On est des mecs ed'Pantruche !

Et il serrait nerveusement la crosse de son fusil.

On marchait, on marchait. Il n'était plus question de fatigue, tant les hommes étaient excités. Non point qu'ils eussent la langue aussi déliée que Gaspard. Presque tous muets. Mais ils voyaient des choses si nouvelles et si tragiques !

Devant un groupe de maisons qui dominaient la plaine, et d'où l'œil embrassait un large morceau de pays en train de griller sinistrement, trois femmes, une vieille, deux jeunes, sans doute ses filles, les mains crispées, la bouche tremblante, regardaient et pleuraient, avec un air de détresse à crever le cœur. Elles étaient immobiles, sans gestes, et devant ces villages en flammes, où la fureur de l'ennemi se dénonçait par des éclatements plus lumineux, elles balbutiaient, les malheureuses :

– C'est à nous maintenant... à nous demain... c'est notre tour !

Et elles s'appuyaient du dos contre leur maison, leurs vieux murs, tout leur bien, qui était condamné, puisque les « barbares » avançaient.

Aussi, ces « barbares », pourquoi n'osait-on pas, comme aurait fait Gaspard, marcher carrément sur eux ? On les voyait pourtant là-bas, à quelques kilomètres ; on ne filait jamais dans leur direction. Pourquoi ?

Moreau eut une idée :

– On va les prendre ed'flanc.

– Ed'flanc... t'm'as l'air ed'flanc, dit Gaspard indigné. C'est-il des façons de prendre el'monde !

Il aimait la franchise et les coups directs ; mais il se consola encore avec les Russes.

– On doit attendre eux autres, là-bas.

– Qui ça ?

– Les Cosaques ! Nous, on va les énerver jusqu'à ce que les Cosaques – (et ça fait vite, t'sais, les Cosaques : je les ai vus au cinéma) – jusqu'à ce que les Cosaques ils leur tombent su l'poil.

– Je ne comprends rien, dit Burette, car les Russes, depuis trois semaines, doivent avoir tant avancé chez eux... Alors, eux, comment ont-ils le culot de s'amener chez nous ?

– Y a rien à comprendre, dit Gaspard, c't'un truc à tourner fou !

Et on marchait, on allait toujours. – Presque tous clopinaient ; on ne voyait plus de rangs alignés.

Maintenant que la route était redevenue libre, et qu'on ne pouvait se parler qu'entre soi, la fatigue, de nouveau, pesait sur le régiment. Le soleil brûlait les nuques.

– Faites ouvrir les capotes ! ordonna le colonel.

Pinceloup ronchonna :

– Capote ou pas capote, je vas me laisser aller dans l'fossé et vous continuerez sans moi.

– Tiens, parbleu, dit Gaspard, pis on t'apportera du Boche tout tué ; t'auras pus qu'à le faire rôtir !

– Je le ferai mieux rôtir que toi. Si je plaque, c'est qu'j'ai rien bouffé. Avec toi on bouffe que de la flotte : c'est dégueulasse !

Gaspard rougit :

– Quoi qu'tu dis ?

– Je dis qu'si t'as pas entendu, tu peux toujours m'téléphoner.

Instant critique : tout le monde le sentit. Il fallait choisir entre la vérité... et la soupe, si délayée fût-elle. On n'hésita pas. Vingt têtes furieuses crièrent au mécontent : « Non mais, t'as tout de la vache ! Tu voudrais-t-il des bécasses ou du saumon ? Pis avec ça ? Ah ? c'te panouille ! »

Gaspard se rengorgea. Il était le « cuistot », l'homme indispensable, celui qui a le plus de flatteurs et qu'on ne discute pas, parce que la discussion, c'est le jeûne.

Burette, que la chaleur rendait affreusement rouge, soupira :

– Parler de soupe ! Moi qui n'ai envie que d'une glace ! Ah !... s'asseoir à un café et commander : « Une glace ! »

Les pieds levaient un flot de poussière et les hommes étaient gris, même des cheveux et de la barbe.

– C'qu'on est foutu ! C'est le moment de se marier !

On commençait à voir des lâcheurs qui s'asseyaient sur le bord de la route, s'éventaient, s'étendaient, et derrière la colonne, entre le dernier rang et le cheval du major, il y avait une cinquantaine de traîne-pieds, boitant à gauche, boitant à droite, tirant leur sac à la main, avec l'aide d'un camarade. Le capitaine Puche s'émut d'en compter dix de sa compagnie. Il venait d'apprendre du colonel qu'il restait six kilomètres pour atteindre un village éloigné des Allemands, où on cantonnerait la nuit. Il n'y avait donc qu'un dernier effort à obtenir des hommes. On ne se battrait pas avant le lendemain ; on pouvait leur promettre du repos. Seulement... ils marchaient depuis une trentaine d'heures, et il est malaisé de faire comprendre à une troupe qui ne court aucun danger immédiat, qu'on a besoin de son énergie et de son endurance. Il faut trouver un moyen plus persuasif que les discours, et le hasard, bon diable, l'offrit au capitaine Puche, sous la forme d'une barrique de vin qu'un paysan, qui fuyait, emportait parmi des ballots, dans une pauvre charrette faite de deux échelles croisées.

Puche arrêta sa compagnie, laissa passer celles qui suivaient, et il dit à l'homme :

– Combien votre tonneau ?

– C'tonneau-là, dit l'autre, ah ! dame, ça dépend... pourquoi qu'c'est faire ?... c't un bon p'tit vin gris du pays... Si je l'emporte, c'est point que j'veux l'vendre... Qué prix qu'vous voudriez y mettre ?

Puche reprit :

– Soyez raisonnable... pour des soldats.

– Oh, les soldats... j'les connais ! On voit qu'ça, nous, des soldats... Une barrique ed 120 litres, l'prix... dame, c'est soixante francs !...

– Les voici, fit le capitaine.

Et il appela : « Gaspard ! »

L'autre accourut :

– Cette barrique est pour vous. Il y a du boni, je m'en sers. Il nous reste six kilomètres ce soir. Je compte que personne ne flanchera.

– Ah... ah, sans blague, mon capitaine ! Faudrait être un dégoûtant pour rester en panne après s'être rafraîchi !

– Alors, distribue !

Gaspard roulait des yeux ronds. Il prit le tonneau à pleins bras comme pour l'embrasser ; il le tourna sur la voiture, puis il fit défaire les seaux de toile et les hommes défilèrent un à un. Ils défilèrent deux fois : il y avait double ration.

Le paysan, pendant ce temps, épluchait ses billets, et quand il fut sûr de son compte, il empocha, disant :

– Avec tout ça, moi, j'ai pus ren à boire...

Sa plainte ne toucha personne, tant son vin parut excellent.

Vin merveilleux ; vin un peu chaud des derniers coteaux de France, qui coulait dans les poitrines de ces pauvres diables fourbus, donnant à leurs corps une poussée de joie et ranimant leurs idées gaies. Un quart de vin pour un homme éreinté, c'est le délassement, le bien-être, la langue émue, le cœur qui rebat et s'attendrit.

Ces deux cent cinquante soldats, leur tonneau vidé, prirent un air épique. Ils semblaient glorieux : ils ne souffraient plus de leurs pieds. Les yeux brillaient ; les bouches riaient. Et ils regardaient presque avec des larmes de reconnaissance le chef simple et si tranquille qui avait eu cette paternelle idée.

Le vin ! Quelle puissance ! Des hommes dont le moral est en loques, abattus, abrutis, il vous les transforme en une troupe nerveuse et qui repart en chantant.

Car tout de suite Gaspard reprit son refrain :

Paraît qu'la cantinière,
A de tous les côtés...

– Ah non ! dit Burette que le jus de vigne rendait amoureux, pas ça ! Un air galant !

Alors, l'autre cligna de l'œil et se mit à entonner :

Mariez-vous donc ! mariez-vous donc !
C'est si gentil, c'est si bon !
Pourquoi rester garçon ?
Allons...
Mariez-vous donc !

Tout le monde de se tordre, même Pinceloup, et les deux premiers kilomètres furent enlevés dans cet éclat de rire.

Pour le troisième, ce sacré Gaspard changea de ton. Il devint tendre :

En sortant du bois,
J'ai trouvé trois filles.
Les trois sont gentilles,
Et j'aime les trois...

Burette était émoustillé. Il faisait en souriant : « Ah, l'amour !... faut-il être bête pour faire la guerre... quand on peut faire l'amour ! »

Il restait deux bons kilomètres : Gaspard encore se chargea de les « bouffer », en prouvant que le vin de France est un bienfait des dieux.

Il avait ôté sa cravate, relevé ses manches, piqué son képi au bout de son fusil, et blanc de poussière, les pommettes rouges, il chantait à tue-tête :

Quand les femmes sont jolies,
Quand elles vous font envie,

C'est l'effet du printemps,
Coch...

Bong !... L'horizon recommençait à gronder.

– Oh, ça va bien ! Ça devient la scie !

Et il reprit avec l'accompagnement du canon :

Quand les femmes sont jolies,
Quand elles vous font envie (Bong !)
C'est l'effet du printemps,
Cochon d'printemps,
C'est... (Bong !) *c'est épatant !*

Le Vin narguait la Bataille, et il faisait oublier à ces hommes leur destin.

Après du vin, voici qu'ils avaient de la paille : pourquoi se « biler » ? – On les arrêta dans un village évacué, morne et vide ; et ils ne virent point qu'il était dramatique, avec ses maisons malheureuses et comme transies de peur, sans fumées, portes ouvertes, où tout marquait la fuite, l'abandon et l'effroi, – jusqu'à des charrettes renversées sur la route, timons en l'air, désespérées. Eux, ils marchaient depuis trente-deux heures. La fatigue leur revenant, ils étaient un peu gris. Le corps mou, le cerveau vague, ils se laissèrent aller pêle-mêle et béatement sur la paille des granges.

Pourtant Gaspard était trop énervé pour dormir ; il avait des fourmis plein les mollets. Après avoir, en vain, tenté de rester couché, il sortit respirer l'air de la nuit. Et il pensait tout à coup à la mort, à son gosse, à... Il prêta l'oreille. Qu'est-ce qu'il entendait ? Des beuglements prolongés et douloureux. Quoi ? Restait-il donc des bêtes dans ces maisons vidées de leurs habitants.

Une idée lui traversa l'esprit.

– Pardi, z'ont tout laissé !... Et v'là qu'ça crève de faim !

Il ne fit ni une ni deux. Il voulait en avoir le cœur net. Seul, dans l'ombre, il s'en alla voir, de bicoque en bicoque, « pourquoi qu'ça gueulait ».

Et alors, il fut vraiment beau cet homme du peuple de Paris.

Lui qui n'avait jamais préparé que des escargots, – à la lueur de chandelles qu'il dénichait ici ou là, il se mit en devoir de faire manger ces « bêtes françaises » abandonnées.

Il entrait à tâtons dans les étables. Il sentait tout de suite si elles étaient chaudes d'un souffle vivant. Il frottait son briquet d'amadou, dont la petite lueur lui suffisait pour apercevoir de gros yeux noirs suppliants et des mufles avides. Il disait tout de suite : « Voilà... chialez pus... on s'occupe de vous ! » – Il allumait son bout de chandelle qui lui brûlait les doigts, le calait sur un bat-flanc, et, marchant dans les bouses, jurant, donnant du pied dans les seaux, il essayait de leur « dégoter d'la boustifaille ». – S'il n'en trouvait pas, il allait en rechercher à la maison voisine, et il expliquait aux bestiaux : « Faudra l'dire au patron, quand c'est qu'il r'viendra ! » Puis, avec son ton de bonhomie bourrue, il molestait chacune des bêtes, donnait du fourrage aux veaux, disant : « Les cochons !... vont m'bouffer les pattes ! » et aux porcs il servait des jattes de son, criant : « Les vaches !... ce qu'ils sont goulus ! »

Il remplit des râteliers, retourna des litières, prépara des provisions, montrant : « Ça, patience... ça sera pour demain. »

Et les étables où il était passé redevenaient peu à peu silencieuses...

Il dormit à peine une heure, mais il était content, et ne se sentait plus fatigué. – Au petit jour, quand on annonça qu'on allait repartir, remarcher encore, toujours, – que de pas, mon Dieu, et que de peines ! – quand les troupes furent prêtes à s'ébranler, Gaspard offrit du lait aux copains, du lait trait de la nuit, qu'on refusa en se moquant : « Un petit vin blanc, voui, si tu veux ! » et on l'appelait « C'te vieille nourrice ! » D'un coup de pied colère il renversa les seaux, mais il continuait d'être content tout de même. Il accabla tout le monde de son mépris :

– Heureusement, c'est pas pour vous, faces moches, que j'ai tiré tout ça !

– Pas pour nous ?

– Non, probable !... Et j'voudrais voir vos poires, si vous traîniez des pis comme des ballons !

Les maisons qu'on quittait étaient perchées sur une colline. On paraissait, cette fois, filer droit vers l'ennemi, en dégringolant le long d'un champ de blé. Le village, qui avait l'air de regarder partir le régiment, se chauffait au soleil et ne beuglait plus. Et Gaspard dit, se parlant à soi-même :

– Les « bestioles », comme ça, elles pourront peut-être attendre les Russes.

3

Le régiment traversait un pays de grande culture, sans arbres, – rien que des avoines et des blés, avec des croix de pierre au coin des champs, le morceau le moins pauvre et le plus pieux de la Lorraine, campagne blonde, presque rousse, d'aspect rude au soleil, et d'horizon si rectiligne et d'une couleur si uniforme que, même sous la pleine lumière du matin, on avait l'impression d'une terre forte, fruste et mélancolique. – Une chienne suivait les soldats, chienne affectueuse et affamée dont les mamelles pendaient. Le canon n'arrêtait plus de tonner, et la bête et les hommes avaient des yeux fiévreux.

Au bout d'une heure, halte ; faisceaux ; casse-croûte. La 24e compagnie fut seule désignée pour continuer la marche et s'installer à deux kilomètres, aux avant-postes.

– Ça m'étonne pas, dit Moreau, toujours la fine 24e !

Gaspard faisait contre fortune bon cœur. Il se mit à chanter :

Ils m'ont éreinté mon violon,
Avec deux sous d'pommes de terre frites...

Mais le capitaine Puche, dont le cheval dansait encore, ordonna le silence, parce que des uhlans étaient signalés. Il fit cela tranquillement, aussi tranquillement qu'il disait : « Allons... Allons... ma petite Cocotte ! » Et il annonça encore, sur le même ton : « qu'on avait déjà fait des prisonniers, dont le moral était fort à plat, car ils n'avaient plus rien à se mettre sous la dent ».

– Enfin, ajouta-t-il, leurs obus n'éclatent pas. Allons... allons... ma petite Cocotte.

– Ah ben, on va rigoler ! dit Gaspard.

– Nous allons surveiller les abords d'un petit bois, reprit le capitaine. Des patrouilles allemandes doivent rôder par là. Il faudra avoir l'œil.

– Ça me connaît, dit Gaspard. Aux-z'Halles aussi il faut l'avoir !

Et comme il s'était presque offert, lorsqu'on atteignit la lisière du bois, c'est lui qui fut désigné comme première sentinelle, en compagnie de Burette. – Ils s'en allèrent joyeux, faisant manœuvrer avec vigueur la culasse de leurs fusils. Mais Pinceloup les regardait partir et il reniflait de crainte pour eux :

– Vont p't-être s'faire foute un mauvais coup...

Ils se placèrent dans les arbres, à deux pas d'une route qui sortait du bois et coupait la plaine par son milieu.

– Le premier qu'j'aperçois, dit Gaspard, j'y fais son affaire, et je le questionne qu'après.

– On verra, dit Burette, il faut se méfier.

– Chut... écoute... je croyais entendre... C'est que moi, j'les raterai pas... Au tir de Châlons, vieux, j'étais un peu là, pour foute dans les silhouettes. Tais-toi, coute voir...

– C'est toi qui parles.

– Tais-toi donc, cré Bon Dieu !... Voilà quéque chose qui marche.

– C'est un lapin.

– Ça se rapproche !

– Deux lapins.

– Fourneau ! Combien que t'as d'balles ?

– Quatre-vingt-dix !

– Ce qu'il est tourte, c'mec-là ! Dans ton flingue, combien de balles ?

– Huit...

– Huit et huit : seize, ça colle. Le premier qu'on voit, seize balles... Chut !... Ça doit être un cavalier... Poteau, moi j'vise d'avance.

– Ne fais pas l'idiot.

– Oh ! dis donc !...

– Quoi ?

– Une femme !...

– Vrai ?... Appelle-la.

– Bouge pas...

– Elle est gentille ?

– Et comment !

– Seulement, c'est peut-être une Boche.

– Tourte au pot !... Hep, mademoiselle !

– Aimable personne... Enfant chaste et pure.

– Où que vous allez, mademoiselle ?

Ils étaient sortis de leurs arbres, s'avançant sur la route, l'œil curieux, l'air galant, et ils avaient devant eux une jeune femme, peut-être une jeune fille, au visage doux et ingénu et tout surpris par cette rencontre. Elle fit :

– Des militaires !... Oh ! Renseignez-moi, messieurs.

Ils répondirent ensemble :

– A votre service, mademoiselle : on est ici pour ça.

Alors elle poussa d'abord un : « Ah ! » en tenant son cœur, et en souriant :

– N'en peux plus... trop couru...

Et ils regardaient tous deux, avec un sentiment de tendresse presque hardie, cette petite poitrine essoufflée, peut-être émue, qui devant eux palpitait, vivante et si troublante, car rien ne remue les hommes comme un sein de femme un peu inquiet. Il y a tant d'attrait dans une poitrine charmante, assez petite et bien prise. Les caresses que l'homme désire toujours sont là, promises et presque offertes ; et il lui semble que la femme se confie, rien qu'en respirant devant lui. – Celle-ci, d'ailleurs, avait des yeux trop clairs, la bouche trop fraîche, les tempes trop blondes, pour qu'on ne crût pas tout de suite qu'elle devait être sensible aux paroles d'amour, avec un cœur prompt et souple, qu'on voyait battre sous son corsage.

Burette se frisait la moustache. Gaspard, moins gêné, avançait la tête en faisant des yeux ronds.

– D'où venez-vous comme ça, mademoiselle ? dit Burette.

– Et où que vous allez surtout ? dit Gaspard. Restez avec nous : vous ferez notre fricot. Pis... on causera... Ah ! sans blague, heureusement que je suis pas marié !

Elle se mit à rire, les yeux baissés. Elle était gentiment mise, dans une robe légère qui dégageait les bras et le cou, un cou si jeune, des bras charmants, d'une chair un peu rosée, comme seules en ont les blondes, par un matin de soleil.

Gaspard avait posé son fusil contre un arbre pour avoir les mains libres.

Elle dit, toujours souriante :

– J'étais avec ma mère là-bas ; elle, elle n'a pas peur ; elle prétend qu'elle les connaît, qu'elle les a vus en 70, mais moi, j'ai dit : « Merci, je ne reste pas ! » Ma mère est bien : elle loge chez le maire. On ne lui fera pas de mal. Et puis... elle est vieille...

Elle rebaissa les yeux.

– Oui... tandis qu'avec vous, fit Burette, ils auraient peut-être été trop galants...

– Qu'est-ce tu nous sors, reprit Gaspard, t'es pas marteau ! Une gentille tite fille comme ça pour des Boches ? Non mais, regardes-y deux fois, hein, tu t'mouches pas du pied.

– Il ne s'agit pas de moi ; mais eux...

– Eux, qu'ils viennent voir un peu, qu'ils mettent la patte dessus ! Des fois ! J'aimerais mieux donner des huîtres au chat de ma concierge.

La petite femme les regardait bien en face, amusée maintenant par ce dialogue bizarre. Elle reprit :

– Enfin, messieurs... je vais tâcher de gagner Verdun... C'est par ici, n'est-ce pas ?... Vous, bonne chance... si vous vous battez.

– Mais... mais, fit Gaspard, vous allez tout de même pas vous en aller sans nous embrasser !

– Messieurs, je suis pressée...

– C'est pas long de nous embrasser !

– Il faut que j'arrive avant la nuit : pour les sentinelles, je n'ai que le mot de jour... Vous, vous aviez de bonnes figures : je n'ai rien dit. Mais si j'en vois avec de mauvaises têtes, je ne suis pas longue à crier : « Turenne ! »

Ils dirent en même temps :

– Turenne ? C'est pas Turenne aujourd'hui.

Elle fit, plissant le front :

– Ce n'est pas Turenne ?

– C'est Marceau...

– C'est Marceau ?...

Et elle les regardait dans le blanc des yeux. Est-ce qu'ils ne la trompaient pas ? Alors, Gaspard la saisit brusquement et lui mit un gros baiser maladroit sur la joue, répétant :

– Mais voui, c'est Marceau !

– A moi l'autre joue ! dit Burette.

Et lui la prit par la taille, d'une main indiscrète, qui montait jusqu'à la petite poitrine si bien moulée et si tentante. Elle leur échappa en riant. Elle faisait : « Au revoir ! » Et ils restèrent un peu benêts à se regarder l'un l'autre, les mains ouvertes, les yeux brillants, redisant :

– Ah !... Ah !... Elle est mignonne !...

– Si elle est mignonne !

– Sans blague, ce qu'elle est mignonne !

On vint les relever. Ils n'étaient pas remis de leur émotion. Ils dirent à leurs successeurs : « Ayez l'œil, les poteaux : il passe ici des petites femmes bath... Ah ! pis, mon vieux, bien balancées !... Des petits seins ronds que ça fait plaisir ! »

Ils rentrèrent aux avant-postes, à la fois joyeux et pleins de regrets.

Là, rien à faire. Les hommes ronflaient dans un fossé. Ils s'endormirent aussi. Quand, soudain, le sergent les éveilla, les secouant aux épaules :

– Hé là !... Le capitaine vous demande.

– Le piston ? Il nous rase... Qu'est-ce qu'il veut ?

– Il paraît qu'il y a une histoire d'espionne : une femme qu'on vient de pincer. Vous n'avez pas vu une femme, vous autres ?... Une femme gentille, à ce qu'on dit, qui cachait deux pigeons voyageurs dans sa poitrine. Et on ne remarquait rien. Elle avait l'air seulement d'une petite femme bien faite.

Le sergent parlait d'une voix nerveuse. Cette première histoire de la guerre lui excitait l'imagination, et les deux autres, qui se frottaient les yeux, l'écoutaient, stupides et effarés. Gaspard balbutia :

– Mais... comment que c'est qu'elle était ?

– Je n'en sais rien. Je ne l'ai pas vue ! Vous, l'avez-vous vue ?

Ils se levèrent. Puis, Gaspard, les mains aux poches, reprit, l'air naturel :

– Oh !... en v'là du raffut !... Qu'est qu'c'est encore que c'boniment-là ?

– Ce n'est pas un boniment ! fit le sergent. Elle savait même le mot : « Marceau ! » C'est terrible, au fond, de voir ça... Et quand on l'a arrêtée, elle a ouvert son corsage, puis allez donc : deux pigeons se sont envolés d'un coup !

Ils répétaient machinalement : « D'un coup ?... » et ils roulaient des yeux ronds.

– Ah ! tenez, vous m'agacez, fit le sergent, vous ne comprenez même pas ce qu'on vous explique. Repioncez. Je dirai au capitaine que vous êtes deux idiots !

Et il fila. Alors, eux se recouchèrent lentement dans le fossé, et, quand ils furent nez à nez, Burette souffla tout bas :

– Mais... dis donc, c'est effrayant, cette histoire-là.

Et Gaspard reprit sur le même ton :

– C't à vous faire tourner votre lait en eau de Javel... J'en suis comme deux ronds de flanc... Pis l'autre frère qu'a même pas vu nos bobines !... Ah, c'te veine, poteau, c'te veine qu'on a !... La guerre... ma vieille... ça m'a l'air d'un fourbi arabe !

Il avait une moue de suprême dédain, et il ajouta vexé :

– Et l'autre... Une femme mignonne comme ça... vous faire des tours de cochon !... Des pigeons !... dis donc ! des pigeons !... Et dire que c'te carne-là, elle était peut-être plate comme une punaise !

Seulement, il y a un Dieu – même sans doute celui des armées – qui veille sur Gaspard, et l'après-midi se termina sans que le capitaine demandât plus amples explications. Le soir, on eut d'autres soucis : la canonnade, toute proche, devenait angoissante.

Le gros du régiment avait rejoint les avant-postes ; on parlait d'une nouvelle marche précipitée ; il s'était livré une bataille ; un général demandait des troupes fraîches ; et l'imagination des hommes travaillait de nouveau, pour se figurer le combat avec ses dangers, son désordre et ses morts.

Tout à coup, alors qu'ils finissaient hâtivement d'avaler une médiocre soupe confectionnée par Gaspard, ils en eurent comme une saisissante vision, car tout à coup, on vit surgir une poignée de chasseurs à cheval, qui sortaient de la fournaise et venaient de sabrer dans des uhlans. – Ils venaient, à deux cents, d'en massacrer quinze cents des autres, et ils restaient à trente, pas plus, mais ils étaient superbes à voir ! Leurs chevaux collés de sueur, tachés de poussière et de sang, les naseaux rouges, l'oreille au guet et la queue folle, cabrés, piaffant, hennissant, et les hommes sans képis, têtes au vent, tumultueux, jurant, soufflant, riant et faisant voir trois grandes montures qu'ils amenaient par la bride, au galop. Il n'y eut qu'une voix :

– Des chevaux d'uhlans ? Dis voir, c'en est ?

– Probable, et garantis ! Y a pas d'erreur !

Les fantassins écarquillaient les yeux, bouche bée. Il se fit un silence. Puis, Gaspard lança :

– Ah !... Les sales gueules qu'ils ont !

Comme c'était vrai ! Pas seulement par la faute des harnais et des selles. Non ; ils ne regardaient pas ; ils avaient l'air servile ; ils n'entendaient rien au français : des Teutons ; des chevaux boches, – haïssables.

Et cela, pourtant, ce n'était que l'avant-garde de la Guerre, les premiers éclaireurs qu'elle envoyait pour dire : « Attention ! Je suis là ! » Bientôt, le régiment allait la rencontrer elle-même : tragique et sanglante, elle s'en venait au-devant de lui.

Il faisait d'ailleurs une soirée orageuse, énervante, menaçante. Le soleil se cachait dans une mauvaise brume rousse. L'air bouchait les poitrines au lieu de les emplir, et le soir qui tombait avait quelque chose de pesant et de fatal. Les hommes ne parlaient pas. Vers onze heures, par une nuit sans lune, déchirée de longs éclairs, qui donnaient aux visages une pâleur brusque, le régiment se mit en marche silencieusement.

Était-ce l'approche du danger ? La tension des nerfs ? On entendait les souliers ferrés battre une cadence rapide ; et toute cette troupe d'ombres, avec des fusils maigres et des sacs enflés, – toute cette troupe filait, trottait, dans un bruit d'armes, de souffles et de piétinements, qui était à la fois redoutable et effrayé.

Soudain, – brutalement, – l'horizon s'empourpra d'une lueur rouge, et une rumeur monta : « Ces cochons qui refoutent le feu ! » – Puis, cinq secondes après, sans l'avoir entendue, le régiment se trouva nez à nez avec une autre troupe, quelques milliers de soldats d'active, qui, en gémissant, s'en revenaient du feu. Dans quel état ! Ah ! cette fois, ce n'était plus la guerre de loin ! On la croisait, on la frôlait, encore plus horrible dans la nuit, qui donnait de l'ampleur au drame ; car ce qu'on rencontrait là, ce n'était plus une armée, mais une mêlée d'hommes blessés, fourbus, boitant, se traînant, dont on apercevait les linges tachés de sang autour des membres ou sur des fronts. Certains entassés sur des charrettes dont les roues criaient, et les chevaux hennissaient. Et les autres s'en venaient par tas, comme s'ils se soutenaient entre eux, et ils encombraient la marche de ce régiment intact, qui courait prendre leur place devant l'ennemi. Des bouches douloureuses geignaient : « C'est-il loin... qu'y a un patelin ?... »

Gaspard répondait :

– Vous arrivez ! Vous en faites pas !

Et il questionnait à son tour, par phrases hachées :

– D'où que vous venez ? D'où que vous êtes ?... Qui qui vous a éreintés comme ça ?

Les autres, fantômes dans l'ombre, criaient : « On revient pas la moitié !... Vengez-nous, les gars !... On a pris la pilule ! »

Moreau disait, découragé :

– Alors, on est foutus ?

– Idiot, reprenait Gaspard, t'as pas entendu le piston ? Leurs obus éclatent pas.

– Non, tiens, demande-leur !

Il criait à son tour :

– Eh ! les poteaux, leurs obus ils éclatent ?

On ne lui répondait plus. On n'entendait passer que des plaintes et toujours : « Un patelin... y a-t-il bientôt un patelin ? »

Romarin, le jeune coiffeur illuminé, pressait le pas : « Nous les aurons ! Nous les aurons ! » Et le capitaine Puche, dont la jument s'effarait parmi ce remous de soldats, faisait toujours simplement : « Allons... allons, ma petite Cocotte... »

Ce qui commença de déprimer fortement les hommes, c'est que, de ces blessés, de cette troupe décimée, et qui, pêle-mêle, battait en retraite, de ces premiers déchets sinistres des batailles, il en venait encore et toujours, et les champs et les chemins en déversaient des flots nouveaux sur la route. Alors, il y eut comme un aplatissement des âmes, trop tendues. Chacun se mit à étouffer sous le sac, à traîner des pieds pesants et meurtris. Plus d'arrêt ; plus de repos ; rien à se mettre sous la dent qu'un morceau de boule noircie dans la musette. Dans la nuit, certains chuchotèrent que, tout de même, « c'était malheureux d'être nourris comme ça ! ». Le sergent, que la fatigue aigrissait, répliqua :

– C'est surtout malheureux des réflexions si bêtes !

Aussi, lâchement, pendant une pause, c'est Gaspard que les mécontents prirent à partie, faisant chorus cette fois avec Pinceloup. Dans l'ombre propice, d'homme à homme, ils convinrent tout bas que « c't'animal de bestiau-là les abreuvait : rien de plus ! ». Les chuchotements montèrent. On entendit distinctement : « C'est de la cuistance ed sale gargote ! » Personne ne répliqua. Une autre voix de lancer : « On peut pas marcher. On a la panse pleine d'eau, comme des pompes d'incendie. » Silence. Une mâchoire mastiquait.

– Qui c'est qui bouffe, là-dedans ?

– Moi, Courbecave. Je finis ma boule. C'est bien plusse bon.

Gaspard, très digne, ne bronchait pas ; mais il était amer, comprenant qu'après cette manifestation nocturne et dérobée, – la seule que les plus audacieux poilus aient le courage de faire contre leur cuistot – il n'aurait jamais le cœur, le jour revenu, de faire bouillir de l'eau et d'éplucher des oignons. La moitié de son pouvoir, subitement, s'écroulait.

Trop las ou trop fier pour avouer son dépit devant tous, il se confia seulement à Burette, pour qui il se sentait une amitié canine. Burette, c'était le copain « qui sait causer, qu'a de l'estruction, et qui le fait pas à la pose ». Gaspard, quand il songeait à son affection pour Burette, pensait des autres, ses semblables, même de Moreau : « Ceux-là à côté, crotte de bique ! » Il n'eut donc pas honte de dire à Burette, avec un dédain réfléchi :

– Tout ça, des dégoûtants !... Et moi qui m'ai crevé pour eux ! Les brutes ! Jusqu'à hier, pour bouffer, ils me passaient de la pommade. Maintenant, comme ça sent le brûlé, et que s'agit pus d'avaler des pruneaux mais d'en recevoir, ils me tombent su l'poil !... Aussi, t'occupe pas : s'ils ont pus que moi pour leur croustaille, c'est pas ça qu'engraissera leurs tripes... Tiens, on fout le camp : ça me plaît. On va s'battre : ça me dit. Il va en clamecer la moitié : je rigole !

C'est Burette qui se mit à rire.

– Tu feras la cuisine pour nous deux. Je te prends comme chef ; j'ai envie, aujourd'hui, d'un vol-au-vent avec un vin de Bordeaux.

– Oh ! ça va, quoi, charge pas !

– Un bon petit vin qui ravigote.

– Si encore on se baladerait, mains dans les poches, avec son flingue, comme à la chasse, mais tout ce bazar... d'quoi qu'on a l'air ?... Qu'est-ce qu'on est ?... Des hommes prostitués, des moins que rien, de la viande à tuer ! et y a trois mois on a éli des députés !

Le jour se levait ; l'horizon devenait gris ; les hommes, entre eux, commençaient à distinguer leurs visages livides. Et soudain, la campagne s'éclairant, le régiment s'aperçut qu'il n'était plus seul dans cette marche en avant. A travers champs, sur des routes parallèles, marquées dans le paysage par leurs files d'arbres droites, d'autres troupes avançaient, dont les colonnes, de loin, semblaient minuscules, mais qui, grossissant, se rapprochaient, et à qui l'on se mêlait, dans un flot de poussière, au premier carrefour. – Avec l'aube, plus de blessés. Le soleil montait, face aux hommes. On marchait vers l'Est, droit sur lui, et il semblait que la nuit, derrière, s'enfuyait, poussant avec précipitation devant elle les horribles convois des malheureux de la veille. On était dégagé. On respirait. On se sentait troupe neuve et forte. On s'en allait vers le Destin, et il paraissait devoir être la victoire plutôt que le massacre.

Pourtant, le cœur des plus braves fut remis à l'épreuve tout de suite, car le régiment déboucha dans un champ défriché, pris entre deux bois, où deux cents des nôtres, trois jours avant, s'étaient fait surprendre et tuer jusqu'au dernier, par une division de uhlans éclaireurs, tombés là en trombe, avec lances et revolvers. Les Français avaient bien tenté de se défendre, de se retrancher, de se blottir, pour faire feu derrière les sillons, où l'on voyait encore l'empreinte d'une lutte épouvantable, qui avait bouleversé la terre. Des creux faits par des pieds obstinés qui s'enfoncent et refusent de lâcher, des traces de coudes et de mains, de griffes d'hommes qui se ramassent, s'accrochent et s'agrippent et qui, pelotonnés dans un dernier trou, tirent ainsi leur dernière balle en poussant leur dernier soupir. Ce champ retourné, meurtri par des épaules et des genoux en détresse, c'était l'image vivante et poignante de deux cents hommes devenus cadavres, qui, les premiers, s'étaient acharnés à défendre, motte par motte, la terre française. Mais il ne restait plus que le moule de leurs efforts, le dessin effrayant de leur expression dernière ; eux, ils avaient disparu, enfouis dans leur dernier sillon, boursouflant la terre fraîche de leurs deux cents corps tassés, pour encombrer le moins possible les vivants.

Devant cette levée du sol, brusquement, le régiment sentit le grand drame de la guerre. Il y eut comme un sursaut dans cette file de deux milliers d'hommes, et la colonne fit un détour brusque, respectueuse et effrayée devant cette vaste tombe anonyme, qu'aucun pied n'aurait pu fouler.

Le canon semblait tout proche : terre et ciel tremblaient. Au sortir d'un bois, traversé péniblement après le champ des deux cents morts, les fantassins se trouvèrent nez à nez avec une ligne de 75 mis en batterie. Ils ne tiraient pas encore ; ils attendaient ; ils guettaient. Gaspard dit : « C'te fois, v'là la bataille. » Le capitaine Puche, qui consultait sa carte, répondit tranquillement, en arrêtant sa compagnie :

– Oui, ça y est.

On repartit pourtant. On avança de quelques centaines de mètres pour ne point gêner les artilleurs. Mais on se tassa bientôt derrière un groupe de meules, des meules géantes comme des donjons de château.

– Nous n'avons plus, dit le capitaine, qu'à attendre... et qu'à regarder.

Il souriait. Ses petits yeux ronds luisaient de curiosité. Avec l'aide de deux hommes, il se hissa sur une meule inachevée, s'y assit à la turque, déploya sa carte, mit sa jumelle au point, et poussa un soupir de satisfaction, comme un homme qui va voir enfin ce qu'il attend depuis des années. – Du haut de son poste d'observation, il fit ranger ses hommes, permit qu'on posât les sacs, et ordonna de commencer la soupe.

Tous les yeux se tournèrent vers Courbecave, le mangeur de boule. Gaspard, dégagé, sifflotait.

Courbecave était un petit maçon de Versailles, peu loquace, consciencieux, attentif, qui, dès la première minute, avait senti la faiblesse culinaire de son prédécesseur, mais qui, secrètement, convoitait cette fonction à la fois honorable et périlleuse. L'amour-propre le tenait. Sans phrases, il avait confié à deux ou trois :

– *Moi,* je sais faire les frites... des belles frites... *Moi,* quand c'est que j'ai un morceau de viande, je le mijote, je le cochonne pas.

Il n'avait que de la viande, pas de patates. Il fit la soupe, en vidant dans la marmite son fond de musette : quelques carottes, des navets, trois oignons qui s'étaient collés à du chocolat fondu. Un camarade, en retournant une poche, trouva deux pommes de terre écrasées qu'il ajouta, et Courbecave se tira de cette infortune en taillant sur son bœuf, dans l'eau qui bouillait, deux à trois livres de boule.

– J'vas vous fabriquer une panade au jus de viande ; m'en direz des nouvelles.

D'avance, au nez de Gaspard qui paraissait dormir, on l'accabla de louanges :

– Ah ! ça, c'est cuisiné ! Ça, ça calera les joues !

Le plus courtisan de ces courtisans proposa même :

– Faut faire goûter au capiston...

On l'appela. Il dit du haut de sa meule :

– C'est un régal rien qu'à la vue ! Mais gare ! Si les Boches voient ça dans leurs lorgnettes...

On rit. Le petit cuisinier dressait la tête, pâle d'orgueil. Et on n'avait pas encore peur, quoiqu'on entendît les obus se rapprocher. – Le capitaine Puche, lui, les distinguait sur son observatoire, première vision du feu avant de le subir. Mais il ne s'en montrait pas plus étonné que du reste, et il était drôle, juché sur la paille, avec sa figure ronde et calme, son nez plat sans curiosité, ses yeux petits qui ignoraient l'éblouissement, sa bouche régulière d'où ne devait jamais sortir un cri affolé. Il apercevait là-bas, à un kilomètre, les grosses fumées blanches des obus allemands, et il avait du sérieux, non le sérieux ému d'un homme qui se livre à un destin nouveau, mais le sérieux correct d'un chef loyal qui a promis de bien faire le travail annoncé. Il dit d'une voix paisible, pour n'effrayer personne :

– Qu'on se dépêche, si on veut manger, avant de se battre.

Car d'une minute à l'autre on pouvait recevoir un ordre. L'ennemi élargissait son tir, et Puche voyait dans sa jumelle des régiments français qui s'avançaient déjà sous le feu.

Lui, avec sa compagnie, devait attendre qu'on demandât du renfort.

Sac au dos, fusil entre les jambes, les hommes étaient assis derrière la meule, le long d'un talus de route, et devant eux qui s'étaient alignés comme pour le voir, le petit maçon, seul de l'autre côté du chemin, préparait la soupe, qu'il remuait avec un bout de bois vert.

Il était touchant dans son application. Il mettait toute son âme à bien soigner ce manger, dont les copains regardaient avidement la vapeur. Car ces soldats, prêts à se battre, ne pensaient pas surtout : « Est-ce qu'on ne va pas mourir ?... » Ils se disaient d'abord : « Est-ce qu'on aura le temps d'avaler quelque chose ? » Et on lui criait : « Ça biche ? » Et il répondait : « Ça colle ; ça commence à se tenir ! »

Maçon, n'est-ce pas, il aimait que ce fût gâché serré, nourrissant, profitant. On pouvait l'admirer.

Mais pendant qu'on l'admirait... avec toute la force de l'égoïsme humain, il arriva que cette poignée de Français, même avant d'y avoir pensé, reçût le baptême du feu de la façon la plus soudaine et la plus horrible. Gaspard venait de s'éveiller. Il disait dans un grognement : « Va-t-on bientôt les faire valser, les Boches ? » Tout à coup, le ciel fut déchiré par un de ces sifflements que plusieurs générations garderont toute la vie dans l'oreille : un obus arrivait, le premier de tous. Un obus tomba, tonna, flamba, éclata... écrabouilla le petit cuistot.

La compagnie resta figée de peur et d'horreur. Certains s'étaient aplatis, et ils demeuraient là, le dos rond sous leur sac, cachant leur figure dans l'herbe du fossé. – Puis, ils levèrent le nez ; ils regardaient la fumée de l'engin qui se dissipait lentement ; et leurs yeux terrifiés n'aperçurent plus que des lambeaux de chair, à la place de celui qui veillait sur la marmite. – C'était si affreux que Gaspard trembla.

Puis... comme cet obus n'était pas suivi d'un second, comme le silence était revenu (un merle sifflait), que la faim n'était pas partie, et que la soupe, par miracle intacte, fumait toujours, – le capitaine, d'une voix sourde, donna l'ordre de la prendre et de la porter cent mètres plus loin.

On trouva dedans trois morceaux de ferraille et un bouton qu'on se montra en hochant la tête. Soudain, Gaspard, qui avait les yeux humides, retira avec sa cuiller un cordonnet noir où pendait une médaille d'identité. On lut dessus : *Courbecave, 1905*. Pauvre diable, si fier de sa popote, il avait en mourant signé sa première et dernière soupe.

Puche, à ce moment, était descendu de sa meule. Il s'en venait vers ses hommes d'un petit pas de promenade, en se dandinant. Gaspard fit avec une mauvaise moue, – car il avait le cœur gonflé de colère :

– Mon capitaine, pourquoi qu'on nous a dit que leurs sales trucs ils éclatent pas ?... Pourquoi qu'on nous l'a dit ?

– Gaspard, dit le capitaine, ce n'est plus l'heure de demander quoi ni qu'est-ce. (Un nouvel obus sifflait, qui éclata effroyablement à cinquante mètres.) Nous n'avons même pas le temps de manger. Renverse la marmite.

– Renverser la mar...

– Renverse.

Si Puche prononçait ce mot grave, c'est qu'il avait pris un parti irrévocable. Gaspard n'hésita qu'une seconde, puis il renversa, mais il prit le morceau de bœuf brûlant, fumant, et il le mit dans sa musette.

– Aux faisceaux, mes amis, dit le capitaine Puche, quatre par quatre, et en ordre.

Les hommes obéirent. Silence profond. Lui était toujours calme. Avec l'ongle de son index il grattait une tache sur sa manche.

– Par quatre, répéta-t-il, bien alignés.

Pinceloup grogna :

– On va tous être tués ici. Pourquoi qu'on reste ici ?

Gaspard lança, méprisant :

– Pleure pas, tu la reverras ta mère !

– Allons... dit Puche, bien alignés.

Un frisson courut sur la chair des plus braves, et, en même temps, une petite poussée de révolte leur ébranlait le cœur. Dans un pareil moment, – (un obus venait d'éclater à vingt-cinq mètres), s'attacher encore à des niaiseries.

– Fixe !... Repos !... Fixe !

Les hommes s'exécutaient, scandalisés.

D'une voix ferme, il continua :

– Arme sur l'épaule... droite !

Et il recommença trois fois de suite.

Gaspard, même, ne comprenait plus. Il se sentait du dégoût. Et Burette, pris d'une sorte de terreur religieuse, regardait le ciel si bleu, qui lui paraissait plus immense encore que d'habitude. Son cœur battait à coups répétés, et il n'avait plus la sensation nette de son corps. Il vivait le commencement d'un curieux cauchemar. Il écoutait venir les obus. Il se disait : « Va-t-on mourir ? Oui ? Non ? » Avec les camarades il baissait la tête, puis la voix grave et calme du capitaine recommençait :

– Présentez... armes !

Alors, il faisait des mouvements secs. Et soudain, dans un silence de mort, où tous les hommes attendaient immobiles et raidis, – entre deux obus il entendit un frelon passer.

– Attention, dit Puche, nous allons partir. Nous avons un kilomètre et demi à faire sous le feu...

Le fracas d'un obus lui couvrit la parole. Il reprit :

– Le feu n'est pas violent... D'ailleurs, nous sommes à la guerre... il n'y a pas de quoi s'étonner... Par quatre et par sections...

Il sortit son sifflet, du bras fit un signe qui voulait dire : « En avant ! » et, les yeux sur sa carte, il prit la tête de sa troupe, qu'il engagea tout de suite dans un champ découvert.

Moreau remarqua :

– On est bons comme la romaine.

Gaspard répliqua :

– Même pas le temps de bourrer une pipe !

Moreau reprit :

– Où qu'est notre artillerie ? Elle se fout de nous ?

– Alors, on se fout d'elle ! dit Gaspard.

Le capitaine siffla, baissant vivement la main : les hommes s'aplatirent. Un obus passait, d'un sifflement pressé. Un morceau de champ sauta.

– Mal visé, dit Gaspard, trop à gauche !

Il ricanait. Et nerveusement tous les autres, chez qui ce premier contact avec le feu provoquait une abondante transpiration, se mirent aussi à ricaner. Ils transpiraient si fort que la sueur leur coulait dans les yeux et leur brouillait la vue. Alors, allongés par terre, épaule contre épaule, ils se regardaient, disant :

– Fait tiède, hein !... Ah ! c'te vie !

Mais, aux Parisiens, l'angoisse ne figeait pas les idées. Leur cervelle grouillait au tonnerre des obus comme dans le tintamarre de Paris ; et Gaspard remarquait : « Qué chahut ! C'est comme la Foire du Trône ! »

On se couchait, on se relevait sur un geste du capitaine qui, lui, restait toujours debout, carte et jumelle en main, tenant sa compagnie, la soutenant, la maintenant, la contenant, pas pressé, pas ému, pas tragique, superbe dans son acceptation paisible d'une réalité qui devenait effrayante. La ferraille, en effet, tombait plus drue, resserrant son cercle sur cette poignée d'hommes, dont Gaspard faisait rebondir les courages par un mot :

– Nous z'aura !... Z'aura pas !... Ah, les tourtes... les sales gourdes ! Faire que ça depuis quarante ans, et v'là comment que ça tire !

On approuvait ; il y avait des rires ; et la joie de ne pas être touchés redressait les hommes d'un coup.

Le plus curieux, – et ils n'y songeaient pas encore, – c'était de ne pas voir d'Allemands. Voyait-on d'ailleurs les Français ? Ce n'était pas la bataille serrée, où les troupes s'entremêlent. Ce devait être un immense combat avec des régiments étalés sur plusieurs kilomètres, en face d'un ennemi lointain, qui « canardait » par-dessus des collines et des bois.

Mais l'homme est étrangement souple. Aux pires aventures il s'habitue et s'accommode, avec une prestesse qui d'abord déroute, qui en fin de compte est admirable. Et sous ce feu mystérieux, qui par bonheur n'avait encore atteint personne, Gaspard eut ce mot de philosophie :

– Dans ce métier-là, faut rien chercher à comprendre !

Il fallait plutôt chercher à manger, car c'était terrible d'avoir renversé la soupe. Rien pour le bec, cela depuis la veille, et on avait marché toute la nuit. Les hommes sentaient leur estomac descendre et s'évanouir en eux ; ils avaient le cœur dans le ventre, les jambes qui flageolaient, une rigole de sueur entre les omoplates. Aussi, après un quart d'heure, comme tout le monde était vivant et que les obus tombaient à intervalles plus espacés, – accoutumés déjà, rassurés aussi, affamés surtout, ils ne pensaient plus tant au feu qu'à dévorer quelque chose, quoi que ce fût, qui leur donnât des nerfs et raffermît leurs membres. On entendait :

– Gaspard... passe voir ton bœuf. Quoi, sans blague, on la crève !

Il répliquait, rageur :

– L'est pas coupé... Fous-nous la paix... On le bouffera ce soir !

C'était vrai, ça. Que répondre ?... Et puis... juste à ce moment, ils crurent trouver le bonheur.

Après le champ de betteraves, ils venaient d'entrer dans des blés, des blés superbes qui leur venaient aux épaules, de vrais blés de frontière pour faire crever d'envie les Allemands voisins. Parmi cette récolte trop poussée, restée debout, si belle et riche, quelques obus encore s'effondraient, stupides, et il y avait des éclaboussements d'épis qui faisaient de l'or parmi la fumée.

Toutes les minutes le capitaine continue de siffler pour que ses hommes disparaissent, baissent la tête, bombent le dos, se couchent et se cachent.

Eh bien non, c'est fini ! Tout cela, de la blague ! Eux maintenant, ils mangent ! Mais oui, ils prennent les gerbes à pleins bras, comme on embrasse quelqu'un d'aimé, et leurs mains avides en arrachent les grains, dont ils se bourrent la bouche, sans prendre le temps de les ébarber. Mâcher du blé cru, par une journée torride, quand les bidons sont secs, quel supplice nouveau ! Leur faim n'en fut que plus énervée. La soif les dévora, les enfiévra, les égara.

Le champ de blé magnifique finissait brusquement, et dans un dernier bond ils découvrirent la plaine et un village. Plaine immense, village en feu, toute la bataille avec des masses d'infanterie, des éclatements de mitraille et, en face, la rangée des feux de l'ennemi qui faisaient des éclairs dans un bois. Pendant une minute, l'horreur de la guerre saisit de nouveau les âmes.

Mais... d'une levée de terre un lapin s'échappa, et il courait, bondissant de droite, bondissant de gauche. Les yeux le suivaient ; les bouches s'ouvrirent ; il y eut un remous dans chaque file ; la bataille devenait chasse : on allait s'élancer. Soudain, dans un boqueteau, le petit derrière blanc disparut. Alors, Gaspard essuya de son doigt la sueur de son front, puis il dit à Burette d'une voix douloureuse :

– Du lapin !... Ah, petit !... Un lapin... dans sa sauce !

Burette reprit :

– J'ai ma réserve de sucre... En veux-tu ?

– Passe toujours... Mais du sucre, ça va nous poisser. Pas une goutte ! Tiens, ça me plaît, la guerre !

– Regarde, dit Burette, regarde devant nous...

Il montrait la plaine, une de ces plaines comme aimait en peindre Van der Meulen, avec un village tel qu'on en voit dans le coin de ses tableaux. Seulement le village grillait, n'était plus qu'un brasier énorme avec une flamme plus haute où se consumait le clocher. Et dans la plaine, les obus allemands arrivaient ainsi qu'une marée, balayant, couvrant le pays, tandis que par bonds, en tirailleurs, des régiments entiers des-

cendaient au-devant de cette mitraille, souples, agiles, s'aplatissant, ressurgissant, animant tout ce paysage, où le beau temps triomphait, des taches diaboliques de leurs pantalons rouges.

Ah ! ce beau temps, qu'il était beau !

Maintenant, grâce à lui, on distinguait les combattants. Maintenant, l'immense bataille était là, tout entière visible, sous le ciel qui répandait sur elle sa sereine clarté. On eût dit vraiment que cette province lorraine voulait se montrer dans sa splendeur pour exciter les troupes : « Suis-je assez belle ? Ah ! sauvez-moi ! » Et c'était une journée d'été si rare, si puissante, si infinie, qu'il semblait que Dieu fût quelque part, tout près, dans le paysage.

Burette dit, bien ému, tirant la capote de Gaspard :

– Gaspard, restons ensemble ; ne nous quittons plus... à aucun prix.

Il répondit :

– Poteau, ça va ; mais y a mon bœuf qui me brûle la fesse.

– Gaspard, ce n'est pas le moment de rigoler.

– Oh ! on est de Pantruche ; on n'est pas de Pin-la-Garenne.

– Gaspard, il est trois heures : dans un quart d'heure nous serons peut-être morts.

– Moi, j'ai vingt minutes : ma toquante retarde.

Et il était ému aussi ; mais, c'était plus fort que lui : il aurait trouvé lâche de le faire voir.

Le feu devenait épouvantable : des groupes d'hommes disparaissaient dans la fumée ; il y avait comme des éruptions de mottes et de pierres. Quelqu'un cria : il avait son compte. Deux autres, dix autres ; une dégringolade de soldats. Et certains,

frappés à la tête, frappés au cœur, s'écroulaient en courant et s'écrasaient la face, comme si la mort, les empoignant aux épaules, les jetait à terre.

Égaré, Gaspard hurla :

– Sans blague ! Est-ce qu'ils nous prennent pour des quilles ?

Les rangs de la compagnie étaient rompus. Malgré son calme toujours imperturbable, le capitaine, dans ce vacarme effrayant, ne réussissait plus à se faire entendre. Gaspard hésita. Pousser en avant ? Secourir les copains ?... Tant pis ! Il cria : « Burette, par ici ! » et il courut vers un pauvre gars qui l'appelait de tous ses poumons :

– Gaspard !... Gaspard ! toi qui sais y faire... sauve-moi... Oh ! je souffre, Gaspard !

Il lui ouvrit sa capote :

– Où que t'en as ?

– J'sais pas... A la jambe, oui, c't à la jambe.

– Ben, te bile pas, mon gars : la jambe c'est rien ; on va t'arranger ça.

– As-tu à boire, Gaspard ?

– Mon pauv'gars, j'ai un bidon sec comme les seins de ma belle-mère.

Mais Gaspard fouilla dans sa musette : il sortit d'abord le morceau de bœuf brûlant ; il le posa sur le blessé.

– Tiens voir ça une minute, et lâche-le pas, surtout... Burette, passe-z-y du sucre. Tu vois, Burette il a du sucre : c't un bon copain... Et pis, v'là mon pansement. Y a d'ssus : « Pour la viande à Gaspard ! » Pleure pas... quoi, tu vas pas pleurer ; z'ont des jumelles, les cochons, ils te verraient !

Ils le virent à coup sûr, car Gaspard et Burette ne l'avaient pas quitté qu'un obus l'ouvrait en

deux, horriblement. Ils ne le surent pas. Gaspard regardait devant lui, grondant tout seul : « C't artillerie, c'te saleté d'artillerie, qui nous soutient même pas ! » Décidément, il ne comprenait rien à cette bataille cruelle, où on ne voyait toujours aucun ennemi, et où son régiment fondait sous un feu d'enfer. Pourquoi tout cela ? Qu'est-ce qu'on cherchait ? Mais alors, pour exprimer son dépit, il trouvait des mots rageurs, comiques au milieu de ces horribles choses.

Suivi de Burette, il rattrapa Moreau :

– Entends-tu, ces pieds-là, avec leurs sales moulins à café !

En effet, des mitrailleuses cachées on ne savait où envoyaient une telle grêle de balles que l'air en semblait épaissi, et la mort, invisible, bourdonnait aux oreilles de ces hommes affolés, essoufflés, inutiles dans cette lutte affreusement inégale contre de l'artillerie prussienne. Gaspard s'en rendit compte. Il s'arrêta derrière une meule (sa musette le brûlait) et il dit à Burette :

– C'est l'abattoir ? Y a pus qu'à nous marquer avec el'tampon à l'encre !

Il s'assit, découragé, laissant pendre les bras. Soudain, il sentit quelque chose de tiède sur sa main.

– Ah ! dis donc !...

C'était la chienne qui le léchait, la chienne noire aux mamelles pendantes, celle qui avait suivi le régiment, qu'il avait nourrie, qui s'était perdue, et qui les retrouvait en pleine bataille.

– Te v'là, ma fille ? Comment, c'est toi ?

Il l'embrassa de toutes ses forces, et retrouva du courage dans un besoin puéril mais touchant de se faire valoir aux yeux de cette bête. Elle le léchait si tendrement... Il la prit contre lui et dit :

– Tu viens te battre ? Tu veux bouffer du Boche ? Ben tu vas être servie, parce que ça, tu peux le voir, on a déjà fait quèque chose comme boulot ! On a marché, va, t'en fais pas, tu peux demander à Burette, c't un copain. Et on va leur chauffer ce village-là, tu vois, ce village-là où qu'on va être dans pas longtemps. Allez, Burette, debout, on repart !

En s'appuyant sur les mains pour se lever, il mit les doigts dans une mare de sang :

– Oh ! si c'est pas malheureux !

La chienne aboyait ; et il n'acheva pas sa phrase, interrompu par un claquement sec, tout proche. Il sauta, regardant Burette qui le regardait aussi. Puis ce dernier s'écria :

– Mais... mais c'est les nôtres, Gaspard ! Cette fois, c'est nous !

Il reprit, les yeux luisants :

– Quoi ! C'est nos artiflots ?

– Bien sûr ! Écoute !

Une pétarade précipitée partait derrière eux, et c'était net, bref, dru, comme une froide vengeance... Ah ! il se mit à bredouiller d'émotion :

– L'soixan... l'soixante-quinze ! Petit ! Ah dis, petit ! Ferdinand !... Ferdinand !

Il repartit au galop, mais son bœuf continuait à lui brûler horriblement le côté. Moreau dit :

– Plaque-le donc !

Il répondit :

– De la belle viande comme ça ! Spèce d'huître ! J'aimerais mieux qu'un cochon soit mon parrain !

Et il faisait, et il leur faisait faire des bonds de cent mètres en pleine avoine.

Hélas ! Il se produisit tout à coup ce que les hommes ne s'expliquent jamais dans une bataille, où tant de forces sont mêlées, et où chacun ne voit que l'action si mince du petit groupe dans lequel il se bat. Un arrêt, puis un recul ; une bousculade, une panique, et le cœur des plus forts se trouble et s'effare, et on est entraîné, emporté comme par un flot qui monte : c'est la « fuite » ! D'où vient-elle ? De qui ? Quel est le danger ? On ne sait. On voit des faces affolées : on s'affole ; des bouches crient : on crie ; des hommes se sauvent : on se sauve ! Mais... quand on est un « Parigot » de la rue de la Gaîté, on ne tarde pas quand même à retrouver ses esprits. L'énorme bon sens dont on est pétri ressurgit, plus mâle que la déroute, et c'est ainsi que, parmi la débandade, on vit Gaspard s'arrêter net, et crier d'une voix de tonnerre :

– Où qu'ils vont ? Où qu'ils s'débinent ?... Tas d'abrutis ! Mais qu'est-ce qu'ils ont ?...

L'éclatement formidable d'un obus le jeta par terre. Il disparut dans une nuée noire. Burette sentit son cœur faire un bond. Il appela :

– Gaspard !... Gaspard !...

Une voix répondit :

– Ça colle, poteau. Rien pour c'te fois !

Et il sauta de nouveau au nez des fuyards, excitant sa chienne, qui hurlait désespérément.

– Bouffe-leur les pattes. Et aie pas peur ! C'est pas des hommes, c'est des poules d'eau ! Le Général – où qu'est le Général ? – eh, Général, faut leur donner des médailles avec un lièvre dessus.

Mais il n'y avait plus ni officiers, ni sergents.

– En avant ! En avant ! cria Gaspard. On rentre pas comme ça chez soi ! C'est pas fini ! J'ai pas tué de Boches !

Et alors, à sa suite, dans un brouhaha, cinquante hommes s'élancèrent.

– Coutez voir l'soixante-quinze !... Je vous dis qu'on les fait sauter comme des crapauds dans de la friture !

Par malheur, ils sautaient eux-mêmes... Les obus s'abattaient de droite, de gauche, de face. Les uns après les autres, les hommes tombaient. Ceux qui restaient intacts gagnèrent une route : les obus les suivirent. Ils étaient criblés de projectiles : sacs troués, gamelles crevées, – l'air en feu, la terre tremblant et s'ouvrant sous leurs pieds. Enfin, Gaspard et Burette ensemble reçurent leur affaire : le même obus.

Burette, au lieu de tomber, se raidit. Il annonça : « Touché ! » comme on fait à l'escrime, et Gaspard répondit d'une voix furieuse :

– Moi itou ! Cré cochons !

La douleur le fit pâlir. Il chancela, mais sa volonté le redressa et il dit encore :

– J'en ai... voui, j'en ai, mais les morceaux sont bons.

Il tenait sa fesse. Atteint à la fesse ! Cette idée le désespéra tout de suite. A la fesse !... Et comme, sous une nouvelle pluie de mitraille, Burette criait : « A plat ventre, Gaspard, à plat ventre ! » il reprit : « Fous-moi la paix. J'en veux par-devant, na ! »

Il n'en eut pas. Il continua de marcher, mais lorsque, avec peine, au sifflement d'un obus, il recommença de s'aplatir, ses yeux cherchèrent

Burette et ne le trouvèrent plus. L'avoine était haute ; Burette pouvait être invisible. Il appela :

– Eh ! poteau ?... T'es-t-il là, Burette ?

Pas de réponse. Il dressa la tête ; il se mit sur les genoux ; il se releva.

– Burette !... Ben voyons, le camarade ed'combat !

Il achevait sa phrase : une balle traversa le dessus de son képi, lui ébranlant la tête. Il fit :

– Ah, la rosse !... Heureusement que ma mère elle m'a pas fait plus grand !

Et il revint sur ses pas pour chercher Burette. Il le trouva quinze mètres en arrière, à genoux, immobile, en arrêt, bouche ouverte, les yeux fixes. Gaspard lui tapa sur l'épaule. Burette s'écroula.

– Bon Dieu ! fit Gaspard.

La chanson des balles, fine et perfide, lui étourdissait les oreilles. Il se pencha sur son ami.

– Ben, qu'est-ce t'as ? dit Gaspard avec un rire nerveux.

– Ah !... Ah ! soupira Burette.

– T'en as reçu d'autre ? Où ça ?

– Ah !... refit Burette. Là...

Il montrait son ventre et il se roulait à terre comme un homme que ses forces abandonnent.

– Les sales brutes ! dit Gaspard.

Il le déboutonna, ouvrit la chemise, et d'un ton qu'il s'efforçait de rendre guilleret :

– Mais t'as rien, mon poteau, c'est rien, c'est une tite fente de rien.

– Je suis foutu, balbutia simplement Burette.

– T'es pas marteau ?... Allonge-toi là... Tu me reconnais bien... j'suis Gaspard, j'te quitte pas ; on va s'arranger tous les deux, quoi, on est copains, des bons copains.

– Je suis foutu...

– Allons, nous tape pas su l'système !

Un obus toucha terre à trois mètres d'eux. Gaspard dit :

– Le plus cochon, c'est qu'ils s'arrêteront pas ! Poteau, peux-tu marcher ?

– Oh ! non... non !

– Si je te tiens !

– J'aime mieux mourir là... Oh !... Oh !... Oui... Tu diras à ma femme...

– As-tu fini ! Tu t'vois pas ; t'as une mine à vivre cent ans !... Quoi... t'as reçu du plomb... Ben, voui, t'as reçu du plomb... Pis après, on te l'enlèvera ton plomb.

Nouvel obus. Gaspard s'aplatit sur Burette, le couvrant de son corps.

– J'ai pas besoin que t'en reçoives d'autres... Alors, coute un peu : faut décamper, y a pas. L'village, maintenant, c'est plus pour nous. Nous, on est amochés. Tu vas me prendre par le cou, avec tes deux bras...

– Non !... Oh non ! Gaspard... ne me bouge pas... J'ai mal... si mal... J'aime mieux... que tu m'écoutes.

– C'est ça, parler ! Toujours ! T'es pas bachelier pour rien. Sont tous comme toi ceux du bachot. Tiens, je te demande plus si ça te plaît... Je te prends.

– Non !... non !...

– Je te prends... Serre-moi plus fort... Allez, oust ! Pis en route !

Il ne pensait plus à sa fesse. Il jeta son sac et son fusil ; il ne garda que sa musette, parce que dans sa musette il y avait le morceau de bœuf ; il prit son « copain » à pleins bras, comme il aurait pris son enfant ; et le voilà parti à recommencer dans l'autre sens tout le chemin parcouru par bonds audacieux sous un feu terrible.

Il ne l'était pas moins, et les Boches n'avaient nullement l'air disposés à le ralentir. Gaspard traversa, haletant, avec son fardeau, un long champ où les balles des mitrailleuses bourdonnaient comme des guêpes, chantantes et invisibles, ce qui les rend pour le soldat plus haïssables que l'obus, brutal, mais moins fourbe, et qui laisse respirer jusqu'à ce que son pareil arrive. Tandis que ces petites balles, traîtresses et multiples, vous vibrent aux oreilles, frôlent le visage, filent tout autour de vous avec la chanson de l'air, qui lui-même en paraît blessé.

– Les carnes ! Les charognes ! murmurait Gaspard.

Il se sentait les nerfs en pelote parmi cette sournoise décharge, qui le rasait et l'enveloppait.

Deux ou trois fois, il posa doucement Burette. Il fit une grimace en se tenant la fesse, et il respira jusqu'au fond des poumons. Puis vite, il le reprenait, disant :

– On avance, poteau, t'en fais pas... On va être dans le village et on va te guérir ça.

Mais l'ennemi, maintenant, étendait son tir. Du haut d'un bois d'où il embrassait la plaine, il venait sans doute de découvrir tous ces blessés qui, comme Gaspard, s'en allaient derrière les lignes françaises, clopin-clopant, seuls ou à deux, misérables et gémissants, et pressant le pas, soutenant leurs plaies jusqu'à l'ambulance qu'ils cherchaient de loin d'un œil hagard. Il décida cruellement de les achever. Et ce fut, alors, une nouvelle pluie d'obus, plus épouvantable que les autres, car tous ces hommes atteints n'avaient plus ni la souplesse, ni l'énergie de se coucher vite, de cacher leur tête, et beaucoup étaient atteints de nouveau, deux, trois fois ; et ils repartaient toujours, hurlant plus fort, tout saignants, des loques de chair, sur qui les canons allemands s'acharnaient.

Gaspard, lui, n'était pas effaré. Il était sublime, simplement. Il allait son pas, suant et soufflant, et il disait :

– Tant pis !... Je m'en fous ! Au petit bonheur !... Si on est crevés ensemble, on sera crevés ensemble !

– Oui... oui, murmura Burette, mais... ne me secoue pas trop !

– C'est que t'es rien lourd, dis donc, spèce de rosse !

A ce mot Burette, à qui la souffrance faisait fermer les yeux, comme un homme en train de défaillir, les rouvrit brusquement et dit :

– Gas... Gaspard, tu es le meilleur ami que j'aie eu.

Gaspard, que le poids étouffait, ne répondit rien. Ils étaient bien émus tous deux.

A droite, à gauche, à mesure qu'il repassait sur ce champ de bataille où tant d'hommes étaient tombés, des voix l'appelaient :

– Eh ! le grand !... Eh ! petit !... Eh ! l'ami ! A boire !... T'as pas à boire !... Ah ! dis, donne voir à boire...

Tous avaient la même plainte affreuse. Et l'on entendait aussi des noms de femmes, bégayés d'une voix douce et sanglotante, par des hommes à l'agonie en train d'exprimer leurs dernières pensées sur cette terre : « Jeanne !... Jeanne !... Marie !... Ma pauv'femme !... Maman !... A boire !... Eh ! grand, à boire ! »

Gaspard était horriblement pâle, malgré qu'il eût très chaud. Il regardait devant lui, pour éviter tous ces yeux suppliants, et il suivait une ligne droite, dont il ne s'écartait que pour ne point marcher sur les cadavres. – Les uns étaient tombés sur le dos, leurs yeux vitreux restés ouverts, face au ciel. D'autres s'étaient écrasé le visage en tombant, et ils étaient morts, embrassant la terre.

Le soleil se couchait, splendide, du côté de la France, qu'il inondait de ses derniers feux ; et en face de ce ciel enflammé, où floconnaient de gros nuages rouges, tragiquement beaux, car ils avaient l'air d'une chevauchée sanglante, – en face, les Allemands faisaient concurrence à cette heure triomphale, en grillant toujours des villages et des bois. Cruauté piteuse et éphémère, que le soleil, après la nuit, devait venir noyer dans le rayonnement du levant.

Mais la nuit... il fallait passer la nuit, et pour beaucoup mourir avant le jour ; et Gaspard, dont les bras fléchissaient sous le poids de son ami, avait l'air de l'Homme qui porte la Misère.

Il n'atteignit l'ambulance qu'après des efforts inouïs, saignant lui-même, car cette marche avait déchiré plus largement sa blessure. Mais il ne s'en souciait point ; son âme simple suivait une idée fixe : il avait un « copain », il sauvait son « copain ».

Il le coucha le long d'un mur de ferme, et il s'en alla à la recherche d'un major. Dans l'obscurité qui étouffait déjà le village, un millier d'hommes sur trois bouts de routes et dans trois ruelles criaient, se plaignaient, se heurtaient, s'entr'aidaient, s'injuriaient. Blessés, infirmiers et fuyards, puis une compagnie qui passait, à peine reconstituée, à peu près remise en ordre, et on voyait dans la nuit luire les yeux des hommes qui pressaient le pas, comme s'ils avaient hâte de se sauver de cet infernal pays.

Le premier soin de Gaspard fut d'aller se mettre sous une fontaine, où s'écrasaient un cent de soldats. Mais il avait de l'autorité, de la voix, de la décision, et il eut bientôt les bras et la tête sous l'eau. Puis, rafraîchi, soufflant, s'ébrouant, il cria à tous les coins :

– Un major !... Où qu'y a un major ?

Il en trouva trois, qui, sur le seuil d'une grange, pansaient, bandaient, coupaient et disaient :

– C'est effarant ! effarant ! Si on continue comme ça, il n'y aura plus personne dans deux jours !

– Y a des chances ! fit Gaspard.

– Qui est-ce qui vous parle ? Taisez-vous donc ! firent les majors.

Il reprit :

– Me taire ? Pourquoi que j'me tairais ?... J'en ai-t-il pas dans la fesse ? J'ai le droit de causer. Puis c'est pas pour moi que je cause, c'est pour Burette, mon copain, parfaitement mon copain, qu'a une balle dans le ventre, et me faut une voiture !

– Une voiture ! Voyez donc les brancardiers, et foutez-nous la paix !

Il partit, indigné. Mais alors, avec les brancardiers il fut terrible. Il en empoigna un par le bras et ne le lâcha plus.

L'autre n'avait rien, ne pouvait rien ; Gaspard le secoua violemment :

– Pourquoi qu'on t'a collé des croix dessus les bras ? Pour te donner des airs !... Outil, va, tu me fais suer !

En s'éloignant, il buta dans deux jambes qui barraient la route. Il fit : « Tonnerre de Dieu ! » Mais il s'entendit appeler : « Heb !... heb ! » Il se retourna. Le capitaine Puche ! A peine reconnaissable : la figure n'était qu'une tache de sang.

– Vous aussi ! fit Gaspard... Et à la tête !... Et ça vous fait mal ?...

– Ce n'est rien, bredouilla Puche d'une voix sourde, nez et lèvres étouffés dans des compresses... C'est ...assé là et ...arti là !

Il ne pouvait plus fermer la bouche ni prononcer les P; mais il tenait un papier et un crayon, et comme son sergent-major s'en venait, une lanterne à la main, il dit avec effort, avalant les F :

– J'ai ...ini le compte ; ça ...ait huit cent trente ...rancs.

Puis il renversa la tête pour ne pas avaler trop de sang.

Gaspard ne savait que dire. Il risqua :

– Mon capitaine... Burette aussi, l'a une balle dans le ventre.

– ...urette ?... auvre ...urette, reprit Puche. Est-il mort ?

– Ah ! l'a mauvaise façon !

– Mourir ...our la ...atrie, dit tranquillement Puche, c'est la ...lus ...elle mort...

Il n'était nullement nerveux, mais saignant, le visage ouvert, avant de se faire évacuer et soigner, il tenait à mettre ses affaires au point, et sans gestes, sans phrases, il calculait simplement le boni de la compagnie. Puis il ajoutait :

– ...our les ...ommes de terre, il ne ...aut ...as qu'on les arrache sans demander.

– Soyez sûr, mon capitaine, faisait le sergent-major ; seulement vous saignez beaucoup.

Le sang dégouttait sur son papier.

– Ce n'est rien... ça va ...asser... Au revoir ...aspard, ...onne chance !

Ils se serrèrent la main. Gaspard, hébété, bafouilla des mots sans suite, puis s'écarta.

Il entendit encore Puche qui disait :

– Dans ma cantine, il y a du chocolat. Vous ...ourrez le ...rendre...our les hommes.

Puis il tendit sa jumelle, sa carte, et il laissait toujours aller sa tête pour que le sang ne coulât plus sur sa veste, ni sur ses paperasses.

Gaspard s'écarta, se disant à soi-même : « Ce bonhomme-là, c't'un héros. »

Puis il courut vers Burette.

Burette gémissait. Un petit major venait justement de voir sa blessure. Gaspard le rattrapa, anxieux.

– Lequel ? dit le major. Ce pauvre là-bas ? Perdu !...

– Vrai... alors c'est vrai ? fit Gaspard. Ah, c'te guerre !...

Il revint vers Burette. Il se pencha sur lui.

– Vieux, t'en fais pas ! Paraît qu'c'est rien.

– M'en vais, Gaspard... m'en vais...

– Des blagues... quoi, sans blague !...

– Écoute, Gaspard... J'ai fait ce que je devais... Oh je souffre !... Ah !... Ah ! mon Dieu !... Tu diras à ma femme...

– Mais parle donc pas, p'tit : ça t'étouffe...

– Tu lui diras... que je suis mort... en pensant à elle.

– Copain... mon copain... T'y diras ça toi-même... tu la reverras.

Burette avait déjà les mains froides et son haleine était comme une brume glacée.

Le major revenait, suivi de deux brancardiers.

– Enlevez cet homme-là, doucement, pour l'ambulance.

– Oui... Oh !... Oh ! doucement, soupira Burette. Gas... Gaspard... mets-moi, dis, sur le brancard.

– Voui, poteau !

Il le reprit, lui passant les bras tendrement sous son pauvre corps douloureux. Alors, les traits de Burette se détendirent, et pendant que Gaspard, avec précaution, le soulevait pour le reposer, il l'embrassa sur la barbe, balbutiant encore :

– Tu... tu es le meilleur ami que j'aie eu...

Gaspard se raidit contre l'émotion. On emporta Burette. Il voulut suivre.

– Vous, dit le major, on vous évacuera plus loin.

Il fit, désespéré :

– Alors, je quitte mon copain !

– Forcé, mon ami, dit le major.

– Ben, au moins, qu'j'y dise adieu... Burette !... Vieux Burette ! On se retrouvera à Montparnasse : aie pas peur !

Il n'eut que le temps de lui resserrer la main, et il se trouva seul, tout seul, quoique au milieu d'un grouillement d'hommes.

Plus de copain !... Il s'assit par terre et il poussa un cri. Sa fesse ! Ah ! Dieu, même pas bandée.

Un aide-major le déshabilla. Il le fit mettre sur le flanc, et il le pansa tant bien que mal, à la clarté blême de la lune, qui montait au-dessus des maisons.

– Vous avez, lui dit-il, un bon morceau d'enlevé.

– M'en fous, dit Gaspard avec colère, ah, m'en fous bien !... C'est... c'est quand même trop malheureux de voir tout ça !...

Et se retournant, nez contre terre, il éclata en sanglots, la tête sur son bras.

La guerre ! Quelle horreur ! On sort de la vie quotidienne et courante, et on entre dans un enfer, où tous les éléments semblent unis pour vous trouer, vous déchirer, vous supplicier. Vous êtes avec des camarades : ils tombent. Vous les aimez : ils meurent... Au secours !... A boire !... Et les femmes, là-bas, les enfants !... Et Burette !... Chaque idée qui revenait à Gaspard l'étouffait à la gorge. Et il pleurait, de toute son âme.

Quand on eut achevé de le panser, il avait un peu retrouvé de son calme. Il se retourna avec l'aide d'un infirmier, et il s'appuya sur une cuisse.

Puis, quand le major l'eut quitté, il renifla, s'essuya les yeux, et sentit soudain un immense délabrement. Alors, il bredouilla tout de suite : « Crénom... j'ai faim ! » Et il songea à son bœuf.

Sa musette était à côté de lui ; il allongea la main, l'ouvrit, tira sa viande, et dans sa peine, dans sa misère, il eut comme une joie puérile, et fut tout attendri à l'idée qu'il allait manger.

La lune, maintenant, l'éclairait en plein. Voulait-elle l'aider dans le découpage de son morceau ? Près de lui il y avait deux ou trois blessés, l'un du pied, l'autre du bras, qui poussaient des soupirs. A la vue de ce pot-au-feu imprévu et important, ils tendirent le cou ; ils firent : « Eh, là... t'aurais-t-y de quoi bouffer ?... » Puis avidement ils se traînèrent sur les fesses pour se rapprocher de lui.

Du coup, il retrouva vraiment le sourire, mais un sourire d'orgueil plutôt que de charité, et il eut un geste important pour dire :

– Oh !... Oh ! mais, halte-là... Moi d'abord... parce que c'est moi que je crois qui l'a trimbalé, mon bœuf !

4

Quand Gaspard eut déchiqueté son morceau de viande, qui était presque crue et exécrable, il lui sembla pourtant qu'il avait plus de sang dans les veines et de moelle dans les os. Ses nerfs s'apaisaient et, une à une, les idées chassées de chez elles par une affreuse bourrasque, reparaissaient dans sa cervelle, et il avait de la stupeur à les retrouver. Sa compagnie ! Son régiment ! Qu'est-ce que c'était devenu tout ça ? Et les copains ? Moreau ? Les autres ? Il s'était sauvé avec Burette. Burette était presque mort dans ses bras. On le lui avait enlevé ; il était resté seul. Maintenant, il se trouvait avec des inconnus, blessés comme lui, n'ayant pas sur leur col le même numéro que le sien. – Il faisait nuit, une nuit de lune pour contes de fées, et pourtant il avait encore plein la tête, plein les yeux, la lumière violente de la journée fantastique qu'il venait de vivre, et dont il lui restait un enchevêtrement d'images atroces, avec une impression durable de vacarme infernal. Ses oreilles vibraient ; ses yeux brûlaient ; son corps lui faisait mal de partout, et il répétait tout haut, passant le revers de la main sur son front :

– Ah ! sans blague... qué saleté !

Puis, auprès de ses voisins de malheur, il commença de se renseigner. Tous de régiments différents. Ainsi cette bataille, où la 24e, sous le commandement du capitaine Puche, avait fait une entrée si calme et si noble, était sans doute une immense mêlée, où des milliers d'hommes avaient souffert, s'étaient fait tuer, écharper parmi des blés, des arbres, des plis de terre et des haies, qui les cachaient les uns aux autres, faisant croire à chaque troupe qu'elle était seule à se sacrifier.

Gaspard demanda :

– Comment que ça s'appelle par ici ?

Un sergent répliqua :

– Paraît que c'est Gercourt.

– Gercourt ? fit Gaspard. Connais pas.

Il bougonna. Il aurait fallu lui citer un nom de grande bataille historique, pour qu'il fût satisfait. Gercourt... ce n'était pas célèbre ! Avoir été blessé à Gercourt, ça ne serait même pas à dire, – quoiqu'il l'eût échappé belle : il en avait tant vu tomber et rester sans mouvement ! Il n'y avait que les Boches qu'il n'avait pas vus. Il dit :

– Vous autres, vous avez vu les Boches ?

Un blessé reprit :

– Qué ça peut me foute ? J'tenais pas à les voir.

Gaspard se dressa sur son séant.

– Abruti ! J'ai pas besoin de te demander si t'es de Paris, toi, t'es plutôt de Quimper-Corentin... Il tenait pas à les voir !... Spèce d'idiot ! Est-ce que je te dis ça pour ça, moi ? Pourquoi que tu me cherches des raisons ?

– Je te cherche pas de raisons ! Je dis ce que j'pense.

– Ben, tu penses comme mon fond de culotte, comprends-tu ! Il tenait pas à les voir ! Est-ce que j'y tenais, moi ? Seulement, ça fait rien, je me figurais pas la guerre comme ça. Pis me semble qu'y en a d'autres avec moi... Moi, quand je me bats, je me montre, je me cache pas ! Eux, c'est des dégoûtants. Ils vous envoient de chez eux, là, toute leur sale ferraille. Ils se bougent même pas. Nous, on y allait, on demandait qu'à s'empoigner !

Dans l'ombre, une voix un peu précieuse énonça :

– Hélas ! Ce ne sont plus les conditions de la guerre moderne !

– Oh ! moderne ou pas moderne, dit Gaspard, je sais pas faire des phrases comme ça, mais je sais ce que je sais. Pis, si j'avais su, je serais pas v'nu dans l'infanterie.

– Où fussiez-vous allé ? reprit la même voix.

– Où que je fusserais allé ? Dans les aréos ! J'aurais fait une demande pour les aréos... Et, ça, alors, ça me plairait, parce qu'on peut leur cracher dessus !

– On parle beaucoup ici ; un peu de silence !

– Tiens, v'là l'autre charcutier... dit Gaspard.

C'était le major. Il reprit :

– Combien y en a-t-il là-dedans, qui ne peuvent pas marcher ?

Il fit son compte. Puis il appela :

– Une voiture par ici.

– Bath, ça ! murmura Gaspard. On va enfin se balader aux frais de la princesse. C'est que j'ai quéque chose dans les ripatons.

Sa bonne humeur était revenue, brusquement ; mais il fut déçu par le genre de véhicule où on l'engagea à se hisser : trois planches sur des essieux, avec deux mauvaises ridelles, entre quoi l'on avait tassé trois centimètres d'une paille vieille et tout émiettée. Deux hommes pouvaient s'allonger là : on y empila la demi-douzaine, et c'étaient des cris, des jurements :

– Fais donc attention à ma jambe, spèce de pied !

– Ta jambe ! Moi, c'est deux jambes !

Puis, Gaspard entreprit le conducteur, un vieux Lorrain, tout graillonnant et somnolent :

– J'crois que t'es pas loueur de voitures pour les noces. Si c'est ça le coupé de Margot !...

Le paysan n'entendait pas : il était dur d'oreille. A son tour, il dit :

– Y en a-t-il beaucoup d'tués ?

Gaspard fit :

– On n'est pas les pompes funèbres. Allez, emmène-nous !

L'autre continua :

– Parce que toutes ces terres-là, c't'à moi... Les terres où qu'vous vous êtes battus, c't'à moi.

– Ben, t'as des chouettes propriétés, dit Gaspard. Ah, dis donc !... j'aime mieux la rue de la Gaîté !

– Parce que l'Gouvernement, il paiera-t-il, au moins, tout ce qui sera ravagé ?

– Mais marche donc ! fit Gaspard. J'aime pas que mon cocher me cause !

Et ce fut un voyage singulier, dans une nuit baignée de lune. Trois heures de charrette, au petit pas, les roues grinçant, les hommes geignant, avec six têtes misérables, qui s'en allaient de droite et de gauche, accablées et souffrantes.

Têtes d'épopée, soudain toutes blêmes, ensuite dans l'ombre, à la fois terribles et comiques sous des képis drôlement juchés, qui donnaient des airs de fantoches à ces humains si pitoyables.

Quand la charrette s'arrêta, ils étaient devant une église de village, et on entendait des ordres : « Descendez ! Que tout le monde descende ! Entrez là. On ne prendra le train qu'au jour ! »

En passant le portail de l'église, Gaspard dit :

– Ça y est : c'est l'enterrement !

L'église était déjà pleine de blessés, couchés sur les dalles ou les bancs ; et la lune... la lune était là, elle aussi, – car, depuis la veille, la voûte s'était effondrée sous un obus, en sorte que le toit, c'était maintenant le ciel, si lumineux par la nuit qu'il faisait.

Il y avait pourtant, dans cette église, des coins d'une ombre épaisse, d'où s'échappaient des gémissements. La lune, si brillante, devait paraître odieuse à ces malheureux. Ils avaient fui sa clarté pâle ; ils étaient tassés sur les bas-côtés. – Le curé, talonné par une vieille, bancale, y circulait, une chandelle à la main. Il posait la chandelle à ses pieds, puis distribuait des morceaux de sucre, tandis que la vieille, qui tenait un broc, versait en tremblant de l'eau rougie dans les quarts.

Gaspard, debout, contre un pilier, but et mangea du sucre ; puis, à quatre pattes, afin de ne pas marcher sur les pieds des blessés, il s'en alla jusqu'à l'autel où les rayons de la lune blondissaient de petits vases blancs et des plantes vertes.

Un grand Christ en bois peint, d'une sculpture naïve, qui, sans doute, faisait fond à l'autel, s'était écroulé là, et, dans sa chute, un bras s'était brisé qui, par la main, restait quand même lamentablement pendu sur sa croix. – Tout près du Christ, sur une botte de paille, un blessé haletait, se tenant le cœur. Gaspard s'en vint près de lui.

– Où ça que t'es amoché, toi, mon poteau ?

L'autre répondit d'une voix sourde, en frappant son poumon :

– Dans l'soufflet...

– Une balle ?

– Voui.

– A nos âges, voir ça !... Et t'es de Pantruche ?

– Voui.

– Qué malheur !... Dis, vieux... tu peux pas te pousser ?

– Peux pas...

– Oh ! quoi, j'suis un copain... Ou alors attends voir... je vas tout déménager.

Arc-bouté sur un genou, il prit le Christ à pleins bras ; il le souleva d'un rude effort et le poussa tout contre le blessé pour se faire de la place ailleurs ; puis il dit :

– Il est lourd el'patron !...

Il s'étendit de l'autre côté, dans le clair de lune qui donnait sur le Christ et sur eux ; ils avaient l'air des deux larrons ; et ils se mirent à parler et à se plaindre par-dessus la croix.

Gaspard dit :

– T'as-t-il eu du sucre ?

– Du sucre ?

– Y a le curé qu'en donne.

– Ah ?... Oh, le curé !...

– Quoi, le curé ? L'a pas l'air d'un mauvais zig. Les curés, t'sais, ils sont comme les autres, les curés. Faut pas dire... Y a du brave monde partout.

– Je dis rien.

– Non, mais, t'avais l'air de râler : les curés...

Il se tut, puis reprit :

– T'as-t-il eu du vin ?

– Non.

– Ben, t'es pas dessalé, toi !

– J'étouffe...

– T'étouffes. C'est pas une raison, ça t'aurait dégagé...

Une immense plainte remplissait l'église, plus troublante, et plus vraie que toutes les paroles de prière que les hommes ont inventées. C'était le gémissement naturel de la Terre à Dieu ; la souffrance sous le Ciel, allongée sur des dalles, entre des murs qui n'avaient pas encore entendu de supplications plus sincères que cet appel au secours de tant de corps déchirés. – La toute modeste église de village, quand elle sert de première halte à des soldats sanglants, échappés des batailles, c'est l'image la plus simple et la plus émouvante de la misère humaine, qui interroge et qui supplie. Pourquoi ces douleurs, ces plaies, ces agonies ? La chair tout entaillée geint et crie sur la paille, et les pierres de l'église qui l'abritent un instant ont l'air de dire : « Nous, nous savions tout cela... Et nous vous attendions. »

La lune disparut. Le jour commença de naître.

– Debout ! ceux qui peuvent marcher, dit le major.

– Moi, je peux pas, grogna Gaspard.

Et il se leva.

A la porte, des infirmiers, le curé, toujours avec sa bougie, la vieille avec son broc, et des paysans qui menaient des charrettes, essayant ensemble de les faire avancer et n'arrivant qu'à enchevêtrer leurs roues. Les hommes juraient ; les chevaux hennissaient. C'était, dans la première clarté lugubre du jour, une mêlée à décourager les meilleurs.

Mais, avec du temps, tout dans la vie se déblaie ; il arrive même que des blessés meurent en route : dans un cahot de voiture part leur dernier soupir ; et, quand on s'arrête enfin devant la gare où fume le train sauveur, qui va partir pour des provinces tranquilles, le major dit : « Celui-là... c'est fini... laissez-le. »

Le train de blessés où monta Gaspard était tout semblable à celui qui l'avait amené, trois semaines avant, dans ce pays tragique. Il souffrit même de n'avoir plus ses anciens « copains » pour le leur faire remarquer. Depuis cette bataille, il semblait dans un autre monde. Rien que des têtes étrangères. Alors, tout seul, il dit : « Ce wagon-là, je le reconnais ! » Trains de départ et d'enthousiasme, que c'était loin déjà ! On avait laissé les fleurs et les branchages ; mais tout cela pendait, lamentable et fané, et c'était un train de retour, de souffrances et de geignements.

N'importe, grâce à Gaspard – ce grand diable mettait de la vie partout, – grâce aussi à deux Parisiens qui s'installèrent dans son wagon, l'un boueux à la Butte-aux-Cailles, l'autre livreur rue des Haudriettes – ce train de blessés fut un des plus curieux et des plus grouillants que la France ait vus durant cette guerre.

Et Dieu sait si elle en a vu ! Tous bien longs et bien lents. Mais celui-ci était interminable (la machine et l'arrière dépassaient toutes les gares) et il ne mit pas moins de cinq jours, – toute la première semaine de septembre, semaine de retraite et d'angoisse – pour aller de la Lorraine, qui était à feu et à sang, jusque dans l'Anjou tranquille, où les vignes mûrissaient doucement sous le soleil.

Gaspard prétendit :

– Les cirques se baladent toujours à c't'allure-là ! Quand on trimbale des phénomènes, on fait la pause à tous les patelins.

On traversa l'Argonne, encore intacte et verte, d'un vert sauvage. Gaspard, moqueur, disait :

– Au revoir ! Au revoir ! C'est toujours pas par ici qu'j'achèterai mon château pour chasser le lapin.

On passa par Reims, où la cathédrale vivait les derniers jours de sa vie séculaire, et aucun de ces hommes ne la regarda comme il aurait dû. On tourna Paris, ce qui fit rager le livreur (« Je serais descendu que huit jours : je vous aurais pas retardés ! »). Et enfin, on traversa la délicieuse Touraine, où les châteaux de France avaient l'air de s'être alignés pour ces premières victimes de l'ennemi. Le boueux en fut ému. Il soupira : « On savait y faire, dans la bâtisse, au Moyen Age ! »

Le plus poignant, c'était de revoir ainsi, une à une, les provinces pour qui venait de se vivre ce premier cauchemar cruel ; et il semblait que le train allât un pas de tortue afin que ces soldats, jusqu'aux plus simples, aient le temps de comprendre et de se dire : « Dieu, qu'il est grand ce pays ! Et varié ! Et si beau ! »

Gaspard, lui, ruminait : « Sale déveine !... pour une fois que je voyage à l'œil, faut que j'aie la fesse en marmelade. »

Il n'avait pas trouvé de place dans les wagons à bestiaux, et, s'étant hissé dans un étroit compartiment de troisième, il avait pris possession du filet, où il s'était étendu tant bien que mal, grognant « que la République le dégoûtait et qu'on allait le faire crever » ! Il était là-haut, sur le ventre. Sa fesse le brûlait. Mais le train s'arrêtait-il, aussitôt Gaspard dégringolait de son plafond et tombait sur les épaules des camarades. Il plongeait dehors par la portière, attrapait le loquet, sautait sur la voie. Le boueux l'apercevait : il ne faisait qu'un bond. Puis, le livreur. Puis, tous les autres, – sauf les grands blessés immobiles sur leur paille. Et vraiment, on eût dit la Cour des Miracles terrible, fantastique et drôle, car le soldat, comme le mendiant, est toujours agité par une curiosité et un espoir qui rendent sa souffrance puérile et comique. L'homme qui a faim, qui a soif, qui a mal, redevient un enfant. On ne peut plus le tenir : il vous glisse entre les mains. Un train de blessés ! Il faudrait des yeux tout autour de la tête pour le conduire, le surveiller, pour être sûr d'avoir son compte d'hommes. Rien n'échappe comme un soldat. Vous le hissez dans un wagon : il redescend. Vous le remontez et bouclez la portière : sa tête passe par le carreau. Et la bouche demande, le nez flaire, les yeux cherchent. Vous tournez le dos : il a tout le torse sorti. Vous vous éloignez : le voici dehors. Vous revenez : il dit : « C'est pas moi... j'ai tombé... »

Mais l'aide-pharmacien, qui avait à mener le train de Gaspard étant surtout un maître philosophe, laissait faire et fumait sa pipe. Alors, boitant, sautant, clopinant d'un pied, se traînant sur les mains, bras en écharpe, tête dans des linges, l'épaule démise, des cous tordus, des bouches sanglantes, c'étaient toutes les misères de la guerre qui descendaient, se croisaient, se mêlaient, puis, tant bien que mal, en s'entr'aidant, avec des jurons ou des soupirs, s'allongeaient sur le talus du chemin de fer.

Cinq, dix minutes, – le temps que la voie soit libre. Dans les compartiments, on était si tassés, si pilés, si meurtris, que la terre semblait douce et l'air divin. – Gaspard, à cause de « c'te charogne d'obus », était encore forcé de se remettre sur le ventre. Seulement, s'il y avait de l'herbe, il allongeait les mains dedans, et il disait :

– Ça me rappelle un dimanche à Meudon ! Ah, dis, pauv'e vieux, ce qu'on rigolait !... On se chatouillait d'dans les herbages... Pis ce roupillon ! Ce que j'écrasais !

– Oh, reprenait le boueux, maintenant, y a pus à se plaindre. V'là deux jours qu'on fout rien, et j'ai un sein d'enlevé, mais quoi, j'suis pas nourrice !

– T'as pas tort, faisait le livreur, moi je crois qu'on tient l'filon.

Lui, lardé de shrapnells au bras et à la cuisse, il se couchait sur le dos, et il contemplait le ciel :

– Les bourgeoises, elles vous parlent qu'y a un paradis : j'aime mieux le croire que de le voir.

Et il s'étirait voluptueusement.

Tout à coup, le train sifflait. Comme écho, le mot de Cambronne, bref, preste et cent fois redit. Puis, toute cette Cour des Miracles se hissait, se retassait, se recalait dans les wagons, à la fois haïssables et prometteurs, car ils étaient durs, étroits, bien secoués, mais ils disaient quand même : « Nous roulons vers des lits. »

Des lits ! Des « pieux » ! Quel rêve ! Et Gaspard, du haut de son filet, criait au camarade qui se pelotonnait dans le coin :

– Eh, vieux, fous-toi à la portière !

– Pourquoi ?

– Fous-toi d'abord !

– Et puis ?

– Qu'est-ce tu vois ?

– Rien.

– Ça va, t'es un pied !

Et, comme l'autre grognait, il lui lançait :

– T'sais pas que j'attends mon train d'wagons-lits : Poincaré m'envoie l'sien.

Ce train eût été bienvenu, car les souffrances de sa blessure s'étaient ranimées, et dans la nuit, cahoté par le wagon, il se mit à geindre comme tous les autres, – car un convoi de blessés, la nuit, ce n'est que geignements, tant il semble que l'ombre étouffe les malheureux en pesant sur leurs douleurs. Lassitude, angoisses, heures interminables. Que faire de ses bras, de ses jambes ? Le corps est comme une loque, qui se laisse aller sur le voisin, mais le voisin soupire, se dégage, et, rompu lui aussi, il s'affaisse à son tour. De l'un à l'autre, les hommes ont l'air de se passer le poids de leur peine, jusqu'à ce que le jour paraisse... Ah ! le jour, – si merveilleux, – qui vient alléger l'air en donnant de la clarté ! Que dire lorsque c'est en Touraine que le train roule, à l'heure où le soleil se lève... La Touraine ! En septembre ! Quand on vient de se battre et qu'on sort plein de poussière et de sang du supplice d'une bataille : la Touraine, ses jardins, et ses gares dans la verdure, et ses jeunes filles, et ses fruits !

C'était un matin doux et doré. Les fils du télégraphe portaient un peuple d'hirondelles, en train de faire leur toilette. On apercevait la Loire jaune, et ses châteaux. Il y avait des fleurs dans le moindre enclos, le long de la voie. Le train s'arrêtait pour qu'on les vît. Il s'arrêtait à toutes les haltes, parfois même aux postes des gardes-barrières, et tout de suite on voyait des femmes surgir de toutes les maisons.

Villages charmants, petites villes si gaies, pays si clair, que vos jeunes femmes et vos jeunes filles ont de grâce dans les yeux quand elles accourent en chapeaux de paille, et robes d'été, avec des fruits plein leurs deux mains ! Le blessé, ému, prend les mains et les fruits ; il bredouille de plaisir ; ses peines sont oubliées.

L'une apportait des raisins qu'elle venait de cueillir, avec leur fleur fragile comme l'aile d'un papillon, qui s'évanouissait dans de grosses pattes de soldats. L'autre tendait des pêches, petites et rousses, vraie caresse pour la main avant d'être un régal pour la bouche. Une autre tenait des poires, lourdes et lisses : elle avait couru ; sa main les avait tiédies ; les poires embaumaient. Et toutes ainsi, elles s'en venaient des vergers tourangeaux, jeunes filles de France vivant dans l'air des jardins les plus doux, – des jardins si variés, provinciaux ou champêtres, ceux qu'on ne voit pas de la rue, les jardins discrets et riches qui embaument l'arrière d'une maison et sont la joie secrète des demeures privées, – puis les jardins ouverts, libres comme les champs, les jardins des collines où les nuages font des ombres, les jardins sur les pentes, au soleil, tout le jour.

Gaspard avait trop d'âme pour ne pas être ému. Il sentit confusément qu'on entrait dans une terre bénie. Il s'écria :

– Ah, les petites femmes ! Chic petites femmes ! Vrai, ça vaut de s'être cogné pour revoir ça ! Ce qu'elles sont mignonnes !

Et, dans son transport, lui-même il se multiplia. Se tenant la fesse, il allait de l'une à l'autre, prenait, emplissait ses mains et ses poches, puis les vidait dans les wagons. Il demandait aux grands blessés immobiles :

– M'sieur désire ? Poires de curé ? Figues d'Arabie ? Raisin muscat ? Y a de tout, poteau, va, ne te gêne plus !

Puis, dégustant lui-même et coup sur coup, pêches, poires, raisin noir, raisin blanc, la bouche pleine, il rapportait aux plus à plaindre de quoi rafraîchir la fièvre qui les brûlait.

– Flaire ça d'abord, avant de goûter. C'est pas du fruit, ça, c'est de la fleur !

Ça fait du bien par où qu'ça passe !

Il repartait, oubliait sa fesse, poussait un cri, riait aux dames, disait :

– Merci !... Encore !... Vive la France et Pantruche !... Ah, que c'est bath... ça, c'est bath !

De sa vie, il n'avait jamais été aussi comblé ni si heureux. Il n'en revenait pas. Distribution gratuite, abondante... et féminine ! Il ne souffrait plus ; il avait de la joie plein les yeux, et il prenait, prenait, et il donnait lui aussi à tout le monde ; et il disait encore :

– Ça, c'est du socialisme !... ça, c'est un syndicat !... ça, c'est du bon travail !

Si bien qu'une grosse dame de la Croix-Rouge, avec une figure aimable et vivante, s'approcha et lui dit :

– Vous êtes un brave garçon... Comment vous appelez-vous ?

Il la regarda. Puis il répondit, d'une voix mal assurée, où il y avait de l'étonnement et surtout un peu d'orgueil :

– Je suis... je suis... Gaspard... de la rue de la Gaîté.

Sa fierté, hélas ! ne fut pas de longue durée. Il se croyait dans la Terre promise, et pensait y rester ; mais la nuit tomba pour la quatrième fois sur ce train misérable, et on repartit encore, toujours, pour où, mon Dieu, pour où !... Qui croire, et qu'espérer, puisqu'à chaque ville on leur disait : « C'est dans la prochaine qu'on vous couche ! »

Se coucher !

– Ah, ma fesse ! gémissait Gaspard. Cette carne de fesse, cette saleté de saloperie ! Qu'on me la prenne ! Qu'on me la coupe !... J'en veux plus ! J'en peux plus ! On est traité comme de la viande morte... Les députés me dégoûtent ! De ma vie je revote pas !

Enfin, à Tours, on le vexa dans son amour-propre... national. On avait garé le train pour deux heures devant un dépôt de machines, et les hommes, qui s'étaient encore échappés de leurs wagons pour humer l'air rare de la nuit, bâillaient, les yeux fixés sur les lumières des disques et d'un poste d'aiguilleur. Un homme d'équipe passa, qui leur dit :

– Avez-vous vu les Boches ?

– Les Boches, grogna Gaspard, on n'a pas pu les voir : ils foutaient le camp comme des lapins !

– Non, mais là... là... les Boches qui sont là.

– Où ça, là ?

– Le train éclairé, d'vant vous.

– Quoi, c'est des Boches ?

– Trois cents prisonniers !

– Sans blague ?

– Ben, viens voir.

– Non, non, non ! J'interdis formellement qu'on traverse les voies, dit d'un ton sec l'aide-pharmacien, qu'à la longue sans doute la fatigue énervait. Assez de vadrouilles ! Les Boches, il fallait les voir là-bas.

– Mais puisqu'on les a pas vus ! dit Gaspard.

– Eh bien, vous y retournerez ; mais je veux la paix ! C'est compris ? Restez où vous êtes. Chaque fois qu'on vous arrête, vous visitez le département. J'en ai plein le dos. Obéissez.

– Ah ! là là !... Chéri ! murmura Gaspard.

Puis il dit aux camarades :

– C'est quand même dégoûtant. On saura même pas quelles gueules qu'ils ont !

– Pouh ! dit l'homme d'équipe, c'est des vrais cochons... Tout rasés, pas de cheveux ; on a envie de faire des peaux d'tambour avec leur couenne.

– Ah ! dis donc !

Gaspard serrait les poings :

– Et dire que nous, nous des blessés, des victimes, on n'a pas le droit d'aller les regarder sous l'nez et leur-z-y dire ça : « Vous êtes des cochons, vous entendez, des cochons ; un peuple de cochons, avec des têtes ed'cochons, tas de cochons ! »

Le train sifflait. Il fallait remonter dans les wagons. L'homme d'équipe risqua :

– Paraît que maintenant vous allez pus bien loin.

– Oui... oh ! on la connaît ! dit Gaspard. Nous bourre pas le mou, va, fais ton service.

– Mon service ! Mais moi... moi je vous dis ça...

– Ça va bien ! Tu nous poisses !

Le train s'ébranlait. L'homme d'équipe cria :

– En v'là encore un mal poli ! D'abord, c'est pas à vous que je cause.

Gaspard se remit dans son filet.

– A moi que tu causes ? Ben, j'l'espère qu'c'est pas à moi que tu causes... Etc. etc.

Il ronchonna ainsi sans s'arrêter pendant les deux heures que le train mit encore pour atteindre la petite ville d'Anjou, terme si attendu d'un voyage interminable. Et, quand il fut bien sûr d'être arrêté, il déclara, terrible :

– C'est pas trop tôt : j'allais gueuler !

Puis il descendit, sans rien dire.

On était à Saumur. Il n'y a pas de ville qui soit plus de notre pays, – d'un nom si alerte et si spirituel qu'il suffirait de le dire à un Chinois, pour qu'il réponde tout de suite : « Mais c'est en France ! »

Y débarquer la nuit ! Quel sacrilège ! Et cette nuit était tiède, molle, ouatée, un peu brumeuse, et il n'y avait sur le quai de la gare angevine, pour éclairer tant de fatigues et de boiteries, que les étoiles lointaines et clignotantes. Les hommes se heurtaient et s'en allaient en troupeau maladroit, somnolent, vers les portes où les infirmiers demandaient : « Vous, où est votre blessure ? »

Gaspard n'aimait pas cette question. Il aurait voulu dire : « J'ai eu le cœur emporté. » Ce n'était que la fesse. Alors, il répondit, brutal :

– J'en sais pus rien ! Regardez-y voir.

Le gros homme qui l'avait interrogé machinalement se trouva suffoqué par ce ton rudoyeur. C'était un papetier de la ville, ambulancier volontaire, aigri et pointilleux. Il prit mal la riposte :

– En voilà des manières !... Si on avait beaucoup de soldats comme vous !... Ah ! ce n'est pas étonnant que les Allemands soient à Compiègne !... Je m'explique maintenant, que les Allemands...

– Quoi ? De quoi ? fit Gaspard. A Compiègne ?... Qué Compiègne ?

Il prenait les camarades à témoin, et eux le regardaient, ahuris. Depuis un mois, ils ne savaient rien que ceci : qu'on tenait la moitié de l'Alsace, qu'on avançait en Belgique, et que les Russes avaient promis d'être à Berlin pour le 1er octobre. Alors, Compiègne ?... Comment, Compiègne ?... Gaspard souffla au boueux : « L'est piqué ! » Mais le papetier continuait :

– Parfaitement, Compiègne !... Et ça recommence comme en 70 !... Mais qu'on nous envoie, nous, les gens de cinquante ans ! Et ils verront ! Oui, ils verront !

Gaspard poussa le boueux, le suivit dans une voiture d'ambulance, et il faisait en montant :

– C'est tout d'même malheureux d'entendre des boniments comme ça à la graisse de chevaux de bois !... Bon Dieu, que ma fesse me cuit !... Compiègne !... Sans blague !... Quand y a quatre jours on les a laissés avec tout leur fourbi en Lorraine !... Alors, ils sont venus par notre train ?...

Vieux, y aurait pas eu le major, j'y bouffais le nez à ton client !

L'autre était tellement accablé de fatigue qu'il dit : « Laisse donc... c'est un infirmier, il te voulait que du bien. » Gaspard reprit :

– J'aime les infirmes, pas les infirmiers !... Où qu'est ma blessure ? Ça le regarde ? Est-ce que j'y demande si sa mère a fait un singe !

Et il recommençait :

– Compiègne ! Spèce de marteau ! Ça serait-il la peine qu'on aurait des 75 ! Je les ai entendus péter, moi, les 75 ! Hein, poteau, on les a entendus péter ! Sale bonhomme : qu'il raconte ça à sa bonne femme. Mais nous, qu'on a du plomb dans les fesses, on sait ousqu'on l'a pris ! Pas à Compiègne, non ça je pense pas ! Avec les Belges, les Russes, les Angliches et pis nous, ça serait malheureux, dis donc, qu'ils viendraient à Compiègne !

Il ne cessa pas jusqu'à l'hôpital. Et il ne remarqua point qu'on passait deux fois la Loire, et il ne sentit nullement le bien-être délicieux d'entrer dans une petite ville pacifique, endormie, loin des Boches. Mais, quand la voiture s'arrêta devant une grande bâtisse en pierre si blanche que c'était de la clarté dans la nuit, quand Gaspard vit s'approcher, pour l'aider à descendre, des jeunes gens, un vieillard, un prêtre, une sœur, une infirmière, alors il lui sembla que toute la société venait au-devant de lui, et cet accueil charmant tua sa mauvaise humeur.

Il s'appuya sur les jeunes gens, donna sa musette au vieillard, confessa de lui-même au prêtre : « C'est dans la fesse que ça m'tient », – fit : « Bonjour, ma sœur... », et sourit à l'infirmière.

Il était sale, criblé de taches, avec une barbe de trois semaines, blême de fatigue sous un képi poussiéreux ; mais, quand il passa la porte, tous ceux qui l'ont vu se souviennent qu'il leur parut splendide. Ses yeux luisaient de reconnaissance ; son nez de travers semblait tout attendri ; et sa bouche, remuant d'émotion, cherchait un mot drôle à servir. Il le trouva. Clignant de l'œil, il regarda le vestibule, le plafond et les murs, et il dit :

– Bath, ici ! Ça ressemble au musée du Louvre... Où qu'est la Joconde ?

C'était le peuple de Paris qui entrait à « l'hosteau ».

Car on dit « l'hosteau » ; on ne dit pas l'hôpital. L'hôpital, c'est pour les dictionnaires académiques, – vocable lugubre, qui part dans un soupir et finit par une plainte, tandis que « l'hosteau » rime avec château, et il y a là toute la blague d'un peuple pudique, spirituel jusque dans ses misères, et qui meurt avec un bon mot, pour que les gens ne sachent plus s'ils doivent pleurer ou rire.

« L'hosteau », d'ailleurs, fit à Gaspard un accueil merveilleux.

Dès la porte il avait perdu son boueux, parce qu'il s'était laissé conduire, un peu ébloui. Trois femmes l'entouraient et se dévouaient. D'abord, une jeune fille le déchaussa et lui lava les pieds, et elle faisait cela consciencieusement, avec un air si simple et si gentil qu'il la regardait, confus, disant dans un sourire : « Ça va, mam'zelle... Oh ! ça suffit !... » Une jeune femme lui enfilait une chemise propre, qui sentait l'eau de rivière. Il balbutia : « Merci... merci... la mienne allait... » Enfin, une dame mûre lui vidait ses poches : « Que voulez-vous garder, mon ami ?» Et elle montrait des miettes de tabac, un morceau de sucre noirci, un briquet cassé.

Il dit :

– Je garde que mon gosse !

On se mit à rire. Mais, du fond de son képi, il tira une photographie un peu jaunie, où on voyait un moutard demi-nu, et il la montra à toutes ces dames.

– Voilà. Si on avait pas des « salés », on saurait pas se battre aussi bien !... Mais faut que ces mioches-là, ils soyent heureux plus tard ; faut qu'ils puissent faire leur boulot, pis aller au cinéma sans se dire tout l'temps : « Les Boches ils vont nous tomber su l'poil... » C'est la dernière fois qu'ils y tombent, et... ils tomberont plutôt su l'blair !

Et il conclut :

– Elle sera pas chère, c't'année, la peau d'cochon.

Après quoi, il conta des embuscades terribles, où il y avait plus d'obus que de « bon'hommes ». Et... et il se gâtait Gaspard ; il devenait excessif : le Parisien dans ce qu'il a de pire ; presque déjà l'invalide pie-borgne qui, après s'être battu, bavarde jusqu'à la fin de ses jours. La dame mûre lui dit, un doigt sur son nez :

– Vous n'avez pas l'air malade... Je ne sais si vous allez avoir un lit...

Il s'arrêta net, avec inquiétude. Mais la jeune fille reprit :

– Prenez mon bras ! On va vous en donner un tout de même.

Alors, il se leva, et s'appuya sur elle, religieusement. Elle avait le costume blanc de la Croix-

Rouge. On suivit des couloirs blancs ; on arriva dans un dortoir où tout était blanc : les murs, le médecin, les infirmières, les lits. Rien que d'y entrer était un repos ; on se sentait attendri, même avant d'être couché : la fièvre et la souffrance devaient être vite vaincues au milieu de femmes en robes si claires. – Puis, que les lits étaient tentants ! Neufs, nets, comme on les rêve. Par quels mots exprimer sa joie ?... Eh bien, Gaspard y réussit. Gaspard, de la rue de la Gaîté, sait résumer son âme en deux syllabes, et il mérite de rester dans la mémoire des hommes, rien que pour la façon dont il s'installa dans son lit.

Il se laissa couler dans ses draps, ses draps doux et voluptueux pour sa chair rude et toute rompue. Il s'enfonça jusqu'au menton, frottant son poil à la toile blanche. Lentement, avec ses jambes, ses bras, il chercha tous les coins de mollesse et de fraîcheur de ce lit si bon, dans ce linge si propre. Il en prit possession largement, totalement. Il s'allongea, il s'étendit, il s'étira, il s'étala. Puis, quand il eut trouvé la vraie place, la plus commode à sa blessure, le corps bien aise, les membres mous, – heureux, béat, s'abandonnant, il renversa la tête sur son oreiller souple, et d'une voix tout émue, grosse de tendresse et de gratitude, d'une voix lente et profonde qui n'était que le soupir de son âme, il lâcha, ce brave – et simplement, candidement, purement, – le petit mot parfois si vaste du général Cambronne.

Comment dépeindre l'effet, le saisissement, puis la joie et le succès, la « conquête » du dortoir par ce vocable unique ? On se regarda d'abord ; mais un rire s'échappa du groupe des infirmières, et tout le monde s'approcha pour voir le « numéro ».

C'est que tout le monde, hommes et femmes, et les plus fines d'entre elles, d'emblée venait de sentir ce qu'il y avait de fort, de beau, de drôle et de si prenant chez ce grand gaillard de Parisien, au geste brusque, au mot brutal, mais au cœur franc et clair, comme un printemps dans l'Ile-de-France.

Gaspard, pendant deux mois, devait être le roi de « l'hosteau ».

5

Un soldat blessé, qui arrive à l'hôpital, pénètre dans un monde nouveau. Il vient de se battre et de souffrir parmi les hommes de son pays. Soudain, il repose entre les mains des femmes. Autre face de la vie. On le commandait : on lui demande ce qu'il veut. On ne lui parle plus de la mort : on lui promet qu'il va guérir. Il ne sent plus aux épaules la main rude de la servitude militaire : il est pansé par des doigts délicats, dont le dévouement est libre et consenti.

Alors il devient doux, souriant, puéril, prêt à toutes les gratitudes, et sa langue ne remue plus que pour des mots drôles et gentils, qui font dire aux infirmières : « Que de braves gens dans ce pays de France ! »

Lui pense pareillement : « Que les femmes sont bonnes chez nous ! » – toutes, même celles du monde, qu'il aurait crues oisives, trop riches... S'il y a quelques perruches, on le saura au Jugement dernier : le peuple ne les voit pas.

D'ailleurs, un homme qui, comme Gaspard, a les yeux clairs et le regard droit, attire tout de suite autour de son lit les femmes les plus dévouées et les plus charmantes. On le trouve comique et si touchant ! On l'appelle « ce pauvre diable » ; on se démène pour lui faire plaisir. – Gaspard, durant deux mois, devait occuper trois femmes.

Ces trois femmes, qui n'avaient de commun ni l'aspect, ni les idées, ni les sentiments, le sort les avait réunies autour des mêmes malades, comme pour prouver aux hommes qu'il existe au moins trois façons divines d'être femme.

L'une était la Bonté, l'autre était le Charme même, et la troisième était la Vie, vie de l'esprit, vie du cœur, vie du geste : on ne voulait plus mourir après l'avoir vue.

La première avait une figure si consolante et si modeste, qu'une cornette de sœur, qui n'aurait laissé voir que le sourire de la lèvre, la bonhomie du nez et la pureté du regard, aurait été bien digne de ce visage paisible, où se marquait une foi sans heurts, avec un dévouement sans réticences. Dans ses manières et sur ses traits, elle n'avait peut-être rien de rare, pour éblouir les yeux ; mais la vertu de son âme mettait une lueur aux siens. Sa main, au dire d'un peintre, eût pu sembler comme bien des mains, mais ses doigts si légers ne parlaient que de tendresse. Et par ses mots, ses mines et dans toutes ses façons, elle laissait à penser qu'elle était un peu simple, mais l'eau pure et le ciel bleu ont cette simplicité. – Elle avait, cette jeune fille, confiance dans tous les hommes : les pires ne lui semblaient que des égarés. Alors, elle était douce, même avec les plus rudes, pareille aux jours d'été qui font pousser des roses sur des haies misérables. – Le temps, pour elle, ne comptait plus : elle avait vingt-cinq ans sans impatience : elle souriait à la douleur, jusqu'à ce que cette intruse cédât ; elle était tranquillement inlassable. On se sentait meilleur, sitôt qu'elle vous regardait.

Elle s'appelait Mlle Anne, et ce nom calme, qui est comme un léger soupir, prenait un accent de prière dans la bouche des blessés : « Mam'selle Anne !... Mam'selle Anne !... » Cela voulait dire : « Mon Dieu, vous qui êtes bonne, approchez donc !... Ah ! que nous sommes las !... Ah ! que nous avons d'ennui !... Mam'selle Anne... contez-nous une histoire. »

– Une belle histoire ? demandait-elle.

– La plus belle.

– Je vais vous relire la lettre de votre mère...

Le soir, avant de partir, elle n'aurait jamais oublié de souhaiter bonne nuit à chacun : elle savait que les hommes, comme les petits, dorment mieux quand une main de femme les borde. Elle faisait le tour de chaque lit ; elle prenait une voix un peu enfantine : « Bonsoir, mon bras malade... Adieu, l'homme du Midi... Au revoir, la pauvre épaule... Bonne nuit, Gaspard, et ne remuons plus. »

Gaspard disait :

– Je rentre dans ma coquille ; je fais l'escargot ; c'est mon métier !

Elle avait un bon sourire, puis elle s'en allait. – Et alors, dès qu'elle avait fermé la porte, le paysan, l'ouvrier, le jeune soldat imberbe, comme le poilu père de famille, tous, dans leurs lits, disaient avec Gaspard :

– Vieux, celle-là... ce qu'elle est bath !

Puis ils avaient une façon d'ajouter : « Maintenant, on dort », comme dans une hâte d'avaler la nuit d'une gorgée, pour la voir vite revenir.

La seconde de ces trois femmes ne méritait pas moins d'être attendue.

Lits côte à côte ; blessures en rang ; quoi de plus morne qu'un dortoir !... Dès qu'elle entrait, c'était une chambre. – Elle ouvrait les fenêtres au soleil ; elle apportait des fleurs, qu'elle tenait entre sa poitrine et son bras nu. Tout de suite, en marchant, en souriant, elle mettait du charme et de l'intimité dans une salle banale et froide.

Elle s'appelait Mme Arnaud. Elle était mariée et jeune mère : elle parlait de ses bébés qui jouaient dans un jardin. Et l'on pensait que si les caresses d'une femme embellissent les enfants, ceux-là devaient être d'une grâce singulière. Depuis Ève, on n'est jamais sûr qu'un grand charme ne cache point quelque coquetterie. Raphaël eût peut-être dit de cette femme : « Non... j'aime mieux les Vierges ! » Mais Reynolds aurait demandé à la peindre.

Elle n'était pas toute simple. Elle avait de la noblesse naturelle, mais quelque apprêt dans la distinction. Bien née, et mieux élevée encore. Et on se la représentait dans un beau parc, où des arbres forts s'épanouissent librement, mais dont les pelouses sont tondues, les allées sablées, et les vases fleuris. En robe blanche d'infirmière, il n'est guère facile de raffiner sur la toilette. Pourtant, si le cou est bien pris et que le pied soit bien fait, on se chausse finement, et on échancre son corsage. – Mme Arnaud savait le prix d'un col, dégageant un haut de gorge blanche, et elle portait sous sa jupe courte des souliers minces, qui laissaient voir des bas bien tirés sur des chevilles charmantes.

Quand elle passait, on ne l'appelait pas : on la regardait passer.

C'était elle qui s'approchait, toujours avec quelque exquise intention. Un verre traînait : elle y mettait une rose. – Elle disait aux fiévreux : « Soulevez-vous, que je change votre taie d'oreiller. » L'homme souriait de bonheur, frottant sa joue chaude sur le linge frais, et il murmurait : « Merci... merci, Madame... » sans trouver d'autre mot, quoique ce fût trop peu de lui dire : « Que vous êtes bonne ! » Sa bonté avait tant d'aisance et tant de grâce ! – Heureux les blessés que sa main fine a soignés, dorlotés, fait manger ! On la sentait jeune mère, adroite et caressante. Comme on prend un enfant, elle prenait son « bonhomme », hirsute et maladroit. Elle le soutenait, sans qu'il l'écrasât ; elle lui disait : « Repose-toi sur moi » ; l'autre balbutiait : « Oh ! Mâame... ai pas faim. » Elle répondait : « Si... si... tu vas voir... ça va venir. » Elle s'obstinait ; elle soufflait sur la soupe ; l'homme détournait la tête : « Oh ! Mâame, j'peux pas... » Alors, doucement, les yeux sur les siens, pendant qu'elle lui glissait la cuiller dans la bouche, elle murmurait en confidence : « Un Français peut ce qu'il veut. »

De Mme Arnaud, lorsqu'elle était partie, personne ne trouvait rien à dire, même Gaspard à la langue si déliée. On se taisait, afin de rêver à elle.

Il fallait, pour la faire oublier, toute l'impétuosité de Mlle Viette, la troisième de ces femmes. Cette jeune fille était la Vie.

Toute petite, mais si bien campée, et prompte, ferme, agile, – un pied alerte, une main délurée, un œil aux aguets, une cervelle pleine de poésie, le cœur courageux et prompt, sitôt touché, sitôt donné. Elle émerveilla Gaspard. – Et lui, l'homme des faubourgs à la voix grasse, qui adorait Mlle Anne et qui rêvait de Mme Arnaud, il sentit tout de suite ce qu'il y avait de spirituel et de racé dans cette vraie petite Française, si fine et si vivace. Un jour, n'y tenant plus, il lui dit :

– Est-ce pas, mam'selle, v's êtes de Paris ?

Non : elle était de l'Anjou ; elle avait été élevée dans cette sage et maligne province, et elle le disait, les yeux si clairs, avec un rire si franc, que Gaspard, pour la première fois de sa vie, se demanda s'il y avait en France quelque chose de mieux que sa grande ville.

La vérité, c'est que ces deux êtres, si lointains d'apparence, étaient tout proches de cœur. La même pureté dans l'amour-propre. Jamais il n'aurait dit : « Ce que je souffre ! », lorsque, penchée sur lui, grandissant sa petite taille, rapide, gentille, avec on ne sait quelles ruses de doigts, elle ôtait les pansements qui collaient à la chair. Et quand, à l'heure des repas, elle lui choisissait un beau fruit, l'ayant d'avance en main, elle avait l'air, devant son lit, de fouiller au hasard, dans le panier. Elle eût été gênée qu'il la remarquât.

Il y avait quotidiennement, pour les blessés, deux minutes rares et délicieuses : le jour qui venait ; elle qui entrait. – C'était une bouffée de bon air pour la salle. Elle arrivait fraîche comme le matin. Ses yeux riaient ; elle avait l'air de dire : « Qu'est-ce que vous faites là, dans vos lits ? » Et tous ces hommes se sentaient un peu bêtes d'être blessés...

Elle avait des cheveux d'un blond vif, dont les plus fins s'échappaient de sa coiffe blanche et lui chatouillaient les tempes. Alors, elle les appliquait sur l'oreille, d'un geste impatient, du revers de sa main. Une mince chaînette en or, où pendait une médaille, s'animait sur son cou, aussitôt qu'elle trottait. Et elle était drôle, active, et brave.

C'était elle qui rangeait l'armoire à linge, empilant les mouchoirs et étalant les draps. Elle y disparaissait dans son armoire, rentrant, ressortant, la main si preste et si soigneuse ; et vers midi, quand le soleil pénétrait à flots dans le dortoir, elle était une preuve charmante qu'on ne doit jamais faire ranger du linge blanc que par une jeune fille blonde.

Au surplus, que ne rangeait-elle pas ? Où n'était-elle point ? Que faisait-on sans elle ? Elle courait si vite, devinait de si loin, pensait d'avance. Et si, par hasard, un blessé pouvait se dire : « Tiens, elle n'a pas songé à cela... », sans doute lui voyait-elle des yeux étranges, car elle s'approchait, demandant : « Qu'est-ce que j'oublie ? » – et elle trouvait !

Pour ses malades, elle choisissait les draps les plus doux, s'excusant : « Ils sont peut-être un peu vieux. » Dès les fraîcheurs d'octobre, elle leur offrit de l'eau tiède : « Pas froide ? Ça ne vous fait rien ? » Et de chez elle, à la dérobée, elle apportait des fruits, des bonbons, des images, car elle avait la main petite, mais juste ce qu'il faut pour cacher une surprise. – Était-elle rouée ? Son front bombé parlait de malice. Mais ses ruses n'étaient que de la bonté qui se cache. Esprit français, pudeur du cœur, âme de fille délicate, qui faisait dire à Gaspard :

– C'te p'tite-là, c't'un amour !... Quand j'serai dans mon bocal, j'y enverrai des souvenirs.

Ces trois femmes, loin de se nuire, se complétaient entre elles. Elles formaient un triptyque de la vie féminine. Le ton de Mlle Anne, résigné, charitable, était un baume aux grands blessés qui songeaient à la mort. – Mme Arnaud, la voix chantante, et le bras arrondi, semblait faite pour ceux qui vont guérir, et qui s'en attendrissent. – Et Mlle Viette, si éveillée, si souple, si remuante, c'était le plaisir de vivre pour des convalescents.

La première, on l'embrassait quand on se sentait mourir. La seconde, il venait à ces hommes comme un désir timide de lui baiser la main. La troisième, Gaspard rêvait de s'aller promener avec elle.

Gaspard à l'hôpital ! Fut-il soigné ou soigna-t-il ?

Trois jours de lit, puis il fut debout. Le lit l'éreintait ! Il eût fallu le ficeler. Il dit à Mlle Anne :

– C'est fini... Je sens pus rien !... C'est fini...

Et, boitant horriblement, s'avouant lui-même : « C't'à croire que j'ai une fesse en bois », il entreprit d'abord de visiter toute la bâtisse, qu'il avait dénommée joyeusement : « l'atelier de réparations ». Chapelle, cuisine et caves, où ne mit-il pas son nez ? Il vit le jardin, la pharmacie, la lingerie, et il remonta, sachant où s'embaucher pour rendre service.

Dès le soir, on le trouva sur un perron, épluchant des pommes de terre avec une sœur, qui ne pouvait s'empêcher de rire à l'entendre raconter :

– Tout ce qu'est le boulot, c'est pas de la blague, à moi, ça m'plaît. Si le bon Dieu il m'avait fait huître, j'aurais crevé dans ma coquille ; moi me faut de l'action, c'est pas de la blague... et pis que ça barde ou bien je m'embête... Paris, voilà ! Ça grouille, ça me botte ! Non, mais sans blague... c'est pas de la blague... Et vous, ma sœur ?

Le lendemain, c'est lui qui fit chauffer l'eau des bains de pieds, ratissa le sable de la cour ; et il éplucha encore tous les légumes pour la soupe. Puis... peut-on dire tout ce qu'il fit ? Il balayait, cuisinait, massait, rasait, et... sa plaie se fermait. Sans rire ! Ses infirmières s'en amusaient entre elles. Lui aussi. Un soir, en se couchant, il se tenait les côtes. L'infirmier lui dit :

– Allons, ça va. Tu te remets.

Il fit :

– Si je me remets ? Et tu sais pas pourquoi je me remets ? Le vieux bonze, el'docteur, il me l'a espliqué. Il dit : « Vous, vous guérissez vite, parce que vous buviez pas... » Ah ! poteau !... Ah ! dis donc !... J'ai manqué y pouffer au nez. L'pauvre bonhomme !... Si y avait autant de gosses en France comme j'ai sifflé de pernods, probabe qu'on parlerait plus de la dépopulation... Justement ça y fait du bien, les alcools, à ma fesse ! Ça l'a fortifiée, c'te p'tite féfesse !

L'infirmier s'amusait. C'était un bon vivant dont Gaspard, très vite, s'était fait un ami. Clerc de notaire transformé en infirmier. Comment ? Pourquoi ? Confusion du recrutement. Mais confusion bénie, car avec sa face rose, son humeur douce, son sourire pour lever les plus lourds des blessés, il consolidait le moral, et il avait toujours l'air de dire : « Regardez donc comme il fait bon vivre. »

C'était lui qui affirmait chaque matin : « Tout sera fini dans un mois », qui contait sur la guerre des histoires comiques, qui, un jour, pâle d'émotion, disait d'un moribond :

– Pauvre vieux ! Si au moins je pouvais le faire rire encore une fois...

C'est avec ceux qui meurent qu'on juge les vivants : ceux qui meurent ont besoin qu'on les aide.

Quand on a subi des batailles, on n'a plus qu'un demi-mépris pour ceux qui redoutent le feu : il est redoutable ; or, ce clerc de notaire, placé là malgré lui, le redoutait.

Gaspard lui avait lancé brutalement le lendemain de son arrivée :

– Pourquoi t'es là, toi ? T'es bien ballotté ; qu'est-ce t'attends pour aller faire risette aux Boches ?

– En voilà un type ! répondit l'autre. J'attends... j'attends qu'on me demande... Toi, on t'a bien demandé ?

– Y a des chances, fit Gaspard. (Et il avait une moue de dédain.) Moi, j'étais commandé depuis toujours.

Puis, il avait appris à connaître et à apprécier cet aide-tabellion, qui, quand la mort rôdait, se mettait entre elle et sa victime ; il ne quittait plus le lit, soutenait l'oreiller ; sa voix se faisait maternelle ; et on citait ce mot de lui sur un dernier soupir :

– Ce n'est rien, bonhomme ; ça ira ; ça va mieux ; c'est... c'est fini...

Gaspard s'était dit :

– Les notaires ? De la racaille ! Des mecs qui prennent cent sous pour vous écrire deux lignes... Mais çui-là, c'en est un à part ; l'est brave type ; je peux y causer.

Et il lui avait donné peu à peu sa confiance, le mettant dans son cœur à la place de Burette, car il choisissait toujours ses amis parmi les hommes qui savent parler et un peu penser. Puis ce clerc infirmier était original. Il avait la valeur de son nom : Dudognon. Que de choses dans ces trois syllabes ! De la mollesse et de la bonté, du comique et de l'attendrissement.

Gaspard et lui s'étaient pris d'affection pour un jeune sergent de l'infanterie coloniale, qui mourait lentement d'une balle dans la moelle épinière.

Un Parisien aussi, un comptable du faubourg Saint-Antoine ; et Gaspard, pour cette seule raison, lui eût donné son sang à la première demande.

Un camarade racontait comment il avait reçu, cinq minutes avant sa balle mortelle, un éclat d'obus sur le pied, riant dans ses souffrances et disant : « Juste sur mes cors ! »

Gaspard avait reconnu un frère.

C'était un blessé immobile, haletant, et dont le regard fixe faisait mal.

On l'avait amené une nuit, à deux heures, défait, sanglant, épuisé. Mlle Anne lui avait dit :

– Essayez de boire un peu : c'est chaud ; ça vous fera du bien.

Il avait répondu :

– J'aime mieux un papier pour écrire à maman...

Et il avait écrit, d'abord ; puis il avait bu ; après quoi il s'était endormi, pour une trentaine d'heures, sans mentir. Sa blessure était atroce ; la fièvre le brûlait ; mais la fatigue était plus forte que tout : il dormait. De temps à autre, on le remuait, on le pansait, on lui tendait une tisane, et il entr'ouvrait les yeux, murmurant : « Merci... Vous êtes bien bonne. » Puis, sa tête repartait sur l'oreiller, et on eût dit qu'il voulait rattraper d'un coup ses deux mois de nuits blanches, dans un de ces sommeils immobiles et si profonds, qu'on ne voit qu'aux enfants et aux soldats.

Et c'est sa mère qui l'éveilla.

Sa mère, comment parler d'elle ? Il eût fallu la voir, – la voir arriver, regarder l'hôpital, passer le seuil en fermant les yeux, puis entrer dans la loge et dire :

– Ma sœur... mon fils est ici... Pierre Fontaine. Je viens de Paris pour le voir...

Ah ! cette angoisse et cette autorité dans le ton, qui distingue toutes les mères ! Car les autres sont plus timides : la peur leur donne de la confusion. Tandis qu'une mère, en deux mots, demande tout de suite « Où est-il ? Qu'est-ce qu'il a ? Qu'est-ce qu'on m'en a fait ? »

A celle-ci, comme par hasard, c'est Gaspard qui répondit. (Il était là, dans la loge, qui bavardait avec la sœur.) Il dit :

– Madame, vous faites pas de mousse. Le docteur, il dit que ça va !

– Vrai ? fit la mère.

Et il passa dans ses prunelles toute la lumière qu'on voit aux yeux d'une accouchée, quand on lui met son petit dans les bras pour la première fois.

Puis, des larmes vinrent, et elle dit, avec un rire nerveux où il y avait encore de l'égarement :

– Pour le voir... c'est par ici... par là ?...

Femme du peuple d'une quarantaine d'années, modeste, en robe noire, mais qui avait dû être singulièrement fraîche et jolie, car, malgré ses tempes grises, elle était restée jeune, le front sans rides, les yeux éclatants ; et vive, mince, avec une taille de trente ans. Comme son fils devait l'aimer !

Gaspard sentit bien cela.

Il s'offrit à la conduire, mais elle était impatiente et remarquait à chaque tournant de couloir : « Ce que c'est loin... ce que c'est grand, ces hôpitaux ! »

Enfin, Gaspard poussa la porte de la salle, et dit : « C'est là. » Elle répondit : « Je l'ai vu. » – Parmi les trente lits, son œil n'avait pas hésité. – Puis, sans prendre garde à rien ni à personne, les yeux sur lui, elle s'avança d'un pas raidi par l'émotion, marchant sur la pointe des pieds, car elle avait compris à son calme qu'il dormait. Elle arriva devant son fils, vraiment essoufflée de bonheur, et de la main contenant sa poitrine, elle eut un geste charmant qui semblait dire : « Allons... allons, mon cœur... sois fort... tu vois qu'il est vivant. »

Mlle Anne approchait une chaise : elle ne la vit pas. Tout doucement, elle s'en vint contre la tête de son enfant. Son petit sac tomba sur la couverture. Elle glissa son bras sous l'oreiller ; puis, le ramenant à elle, contre elle, d'un mouvement berceur où elle mettait sa pleine tendresse, elle l'embrassa de toute son âme, murmurant : « Mon petit, mon tout petit... » Sous le baiser maternel, il s'étira, le pauvre ; puis, brusquement, ouvrit des yeux énormes, stupéfaits, et sa bouche se mit à trembler de joie sans qu'il pût rien dire. Alors, elle le lâcha, recula, ouvrit les bras ; il tendit les siens, et on n'entendit plus qu'un bruit de sanglots et de rires.

– Mon petit... mon Pierre... mon Pierrot... Mon enfant... si cher !... C'est toi... Je t'ai... Tu n'as qu'une blessure... Raconte... Tu souffres ? Dis la vérité... Qu'il est changé... mais qu'il est drôle ! Mon chéri... te revoir... te tenir !... C'est horrible, n'est-ce pas, là-bas ? On ne se fait pas idée... Mais te voilà... Tu vis !... Tu me vois ! Que c'est bon ! Embrasse, embrasse... Reste là : bouge plus ; j'ai vécu de telles semaines ! je serais devenue folle... Dieu, que je suis heureuse !... si heureuse ! Ne fais pas attention, je pleure, c'est la joie... petit... Oh ! petit !...

– Madame, dit une voix derrière, mande pardon, madame...

Elle se redressa.

– C'est moi, dit un garçon de salle, que je voudrais rentrer l'eau bouillue dans la table de nuit.

Elle s'écarta ; puis, revenant, s'asseyant, prenant les mains de son fils :

– Ta barbe !... Que tu es comique avec ta barbe ! il y a du noir, du blond. Tu es affreux : je t'adore !

Il ne put s'empêcher de sourire ; et il bredouilla, car il était essoufflé :

– Au moins... les infirmières n'auront pas le béguin !

Elle continua :

– Mais t'es-tu vu ? Oh ! ce poilu... mon poilu !

Et elle se remit à le manger de caresses.

Lui ne s'abandonnait pas comme elle. La souffrance le rendait un peu raide dans des bras aussi tendres. Il demanda d'une voix coupée :

– Quand as-tu reçu ma lettre ?... Comment es-tu déjà là ?

S'essuyant les yeux, elle se remit à rire :

– Voulais-tu que j'attende le Jour de l'an ? Je serais venue pour les étrennes. Grand gosse ! Tu sais pas ce que j'ai vécu. Toi, tu te battais : les jours filent ; mais moi, seule à la maison, avec des idées horribles... Car penser, c'est affreux ! Et les nuits, oh ! les nuits, je veillais, va, comme toi là-bas !

Il lui serra longuement la main. Puis, tout à coup :

– Et papa ?

– Ton père ? Il doit aller bien, très bien. Je t'ai écrit : toujours dans la Meuse.

Il fit un effort pour s'expliquer mieux :

– As-tu une lettre récente ?

– Toute récente.

Elle devenait rouge, très rouge. Elle reprit :

– Explique-moi bien ce que tu as. C'est dans le dos... mais c'est-il ressorti ?

Il dit d'un air triste :

– C'est rien. Seulement... ça sera long.

– Long ! Eh bien, tant mieux ! Tu ne vas pas repartir dans quinze jours. Tu as le droit de souffler. Raconte-moi ta bataille.

Il s'essuya le front.

– Laquelle ?

– La dernière.

– C'est la moins drôle...

– Drôle... Il a des mots ! Alors c'était épouvantable ? Dis-moi tout, à moi. Je suis ta mère ; le public n'entend pas.

– C'était... ce n'était pas épouvantable : on s'y fait.

– C'est ça... Tu as été héroïque. Je le sens. Je suis fière de mon garçon !

– Maman... on nous écoute.

– Qu'est-ce que j'ai dit de mal ?

– Parle-moi de papa.

– Ton père ? Encore ! je t'explique... Je t'explique...

Il s'arrêta presque de respirer.

– Tu me caches quelque chose... Qu'est-ce... qu'il lui est arrivé ?

Elle le regardait fixement, haletante. Et ils s'interrogeaient l'un l'autre, sans rien dire, lorsqu'elle lança :

– Ton père, il est blessé, comme toi, là, un peu blessé.

– Blessé ? De quand ? Où ça ?

– Comme toi, je te dis... J'ai reçu une lettre en même temps.

– En même temps ?

– La veille.

– Et tu l'as vu ?

– Non...

– Comment, mais...

Elle rapprocha sa chaise, et les yeux dans les siens :

– Écoute, petit, tu vas comprendre. J'étais prête ! J'avais fait mon paquet ; je n'avais plus qu'une heure avant le train qui me menait vers lui, quand on m'apporte ton mot, à toi, Pierrot, dont la vie est ma vie ! Dis voir ce que je serais devenue, moi, si on t'avait tué ?

– Alors ?...

– Alors, je ne pouvais pas être partout ! Je ne pouvais plus aller voir ton père. J'ai prévenu sa mère. Elle est encore allante ; elle est partie le soir.

– La pauvre vieille !...

– Elle n'était plus vieille à l'idée d'embrasser son fils.

Il restait comme atterré. Il regardait ses draps. Il dit encore :

– Sais-tu au moins... sa blessure ?

– Non... je... je ne sais pas.

Alors, il fit d'une voix sourde :

– Ça, c'est terrible...

Mais elle reprit brusquement, presque brutalement :

– Est-ce que je savais la tienne ? Tu m'écrivais : ne mentais-tu pas ?... Ah, je souffrais trop, vois-tu !... je souffrais de partout, du cœur, des membres. Je t'ai mis au monde, moi ; je t'ai fait un homme. Tu es à moi... à moi. Embrasse... embrasse encore. Mieux. Il y a trois mois qu'on ne m'a pas embrassée !

– Madame... mande pardon, madame.

C'était encore le garçon de salle.

– Je suis obligé de reprendre l'eau bouillue...

Trois jours passèrent, puis la mère dut repartir. Elle voulait des nouvelles de son mari ; elle avait confié sa petite fille à une voisine ; l'auberge coûtait cher ; elle regagna Paris. Et, quand elle quitta son enfant, elle eut un regard à fendre l'âme, car elle comprenait bien qu'il était très touché.

Dans l'escalier, elle le dit à Dudognon en pleurant. Il reprit avec une délicatesse rusée, qui sentait l'homme de loi :

– Je crois qu'il s'en tirera... je vous promets, madame...

Mais elle ne l'écoutait pas. Elle était appuyée au mur, bras ballants, lamentable, et des larmes plein la gorge, elle disait :

– Nous l'avons pourtant bien élevé, monsieur... C'est affreux, vous savez, de tuer comme ça des jeunes hommes bien élevés... Nous, on n'est que des ouvriers, mais lui... il était dans un bureau, monsieur. Et il s'intéressait aux choses... Oh, mon Dieu !... Mon Dieu, que je suis malheureuse !... Il lisait des livres, monsieur, que rien que les titres, ça me donnait du respect pour mon garçon...

La pauvre ! Elle revint la semaine d'après. Il était affreusement changé, le bas du corps paralysé, et le haut se prenait peu à peu d'une horrible façon par le ventre qui devenait raide et tendu, puis les poumons qui étouffaient, et dont les râles, déjà, étaient une agonie.

Cette fois, comme sa mère parlait, le blessé put répondre avec peine. Il avait des yeux égarés. Il fit signe simplement de la tête qu'il était heureux de savoir son père hors de danger. Et elle resta deux longs jours contre son lit. Puis, de nouveau, elle s'en alla, le cœur crevé, pâlie, maigrie, lui laissant deux oranges auxquelles il ne toucha pas.

Dudognon, qui souffrait pour elle, la mena jusqu'à la porte de la rue.

Pendant ce temps, Gaspard arrivait essoufflé près du fils :

– Poteau... Comment tu te sens, mon pote ?... Je suis monté vite, c'est pour te dire : le docteur, il parle dans l'escayer : il dit comme ça qu'on te tire d'affaire, et que c'est plus rien, mais que faut du temps... Tu le reverras, fiston, ton faubourg Saint-Antoine.

– Tu... tu crois ? murmura le sergent.

– Puisque je te dis qu'il le dit ! Et t'la r'verras va, ta Bastille, et les taxis, les autobus !... Aie donc pas peur, petit ! On s'en va pas comme ça quand on est Parigot.

– Ah !... Peut-être... Mais je souffre tant la nuit ! balbutia le sergent.

– La nuit ? Attends, j'en parlerai à la sœur.

Il en parla. Qu'y pouvait-elle ? Elle n'avait d'yeux que pour ce grand blessé. Sa cornette, en huit heures, se penchait cent fois sur son lit. Mais on ne lutte pas avec la mort ; et la mort étreignait le sergent, le serrant un peu plus tous les jours.

Un soir, enfin, on hocha la tête. Sa mère était à Paris. L'infirmière-major demanda l'aumônier.

On avait mis un paravent, comme toujours, pour cacher les moribonds, en sorte que l'on ne pouvait rien voir : ni le prêtre, ni les sœurs, ni l'agonisant. Mais sur le mur blanc, ils se projetaient en silhouettes noires, et c'était comme une extrême-onction au pays des ombres. – Gaspard et Dudognon avaient la gorge serrée.

Le sergent agonisait, mais ne mourait pas. Il avait toute sa tête, et il lui semblait, se raccrochant à la suprême espérance de ceux qui meurent la nuit, que s'il atteignait le jour... Le jour était si loin !... Il demandait l'heure toutes les dix minutes avec angoisse. La sœur, patiente, lui répondait doucement. Vers minuit, comme il étouffait davantage, il dit :

– Est-il bientôt quatre heures ?...

Et la religieuse eut ce mot divin :

– Oui, mon petit... Encore un peu de courage et on va être « rendu... ».

Mais soudain, il se désespéra ; il se mit à pleurer ; il geignait : « Y a un coq... un coq qui chante à quatre heures... »

Et il ne chantait pas.

Gaspard n'avait pas le cœur à dormir. Il venait d'entendre ces derniers mots. Il se dressa sur son séant, dans son lit, puis il rejeta ses couvertures, enfila sa culotte, et furtivement, à quatre pattes, il se coula hors du dortoir.

Et alors... alors le coq chanta.

C'était une voix un peu étrange, éraillée, trop humaine. Mais le sergent s'arrêta d'étouffer :

– Ma... ma sœur, entendez-vous ?

– Je vous l'avais dit, fit-elle, il est quatre heures.

Il avait confiance : le jour allait paraître. Il mourut presque en souriant.

Dudognon aurait voulu embrasser Gaspard. Il ne le permit pas ; il dit furieux :

– Ça y est ; ma fesse s'est rouverte !

– Ta fesse ?

– Oui, ma fesse, ma sale fesse !

C'était vrai... En chantant... l'effort... l'émotion... Sacré Gaspard !

Il dut se recoucher, et ce fut son tour de geindre, car la fièvre le reprit. Alors, le lendemain, le docteur fut terrible et le menaça s'il bougeait de son lit. Pas même moyen d'aller à l'enterrement du camarade. Quelle mélancolie ! Il fallait voir Gaspard, nez dans son traversin, ne ronchonnant plus que ces mots : « Je m'en fous ! »

C'est encore Dudognon qui vit la mère. Il était bien anxieux de la revoir ; il la devinait si douloureuse ; mais il grillait de lui raconter ce que Gaspard avait fait pour son fils.

Il n'en eut pas le moyen.

Quand, au lieu d'un blessé, il n'y eut plus qu'un cadavre, quand elle eut vu son enfant muet, raide et froid, cette femme, dans le désespoir qui la déchirait, eut soudain une crise de haine et de jalousie aiguë pour cet autre qui était rose, bien portant, à l'abri. Elle oublia soudain son dévouement, ses attentions, toutes ses bontés. Dans sa souffrance elle ne jugeait plus que par ce que ses yeux voyaient ; et tandis que des larmes roulaient sur ses joues blêmies, elle lui demanda d'une bouche tremblante :

– Et vous ?... vous... vous n'irez donc pas au feu ?

A cette question imprévue, il balbutia :

– Moi... je suis infirmier !...

Ce dernier mot fit pousser un cri de rage à la mère, un cri terrible et féroce :

– Ah ! ah !... Infirmier ! Quand les autres on les tue ? Pourquoi mon garçon a-t-il pas été infirmier ?...

Elle s'avançait sur lui :

– Dites... dites, pourquoi ?... Avec votre santé vous restez là ! Vous avez pas honte ! Ça vous fait rien, vous, qu'il y ait tant de monde de mort ! Vous l'avez pourtant vu, le mien, comment il souffrait ! Et ça vous dégoûte pas d'être ce que vous êtes ! Ah ! si j'étais un homme... un homme...

Et elle le menaçait de la main en s'éloignant.

Quand il remonta au dortoir, il faisait peine ; il avait une sueur froide et il crispait les mains.

Il vint au lit de Gaspard et lui dit d'une voix étranglée :

– Vieux... cette femme est une brute, parce que moi, tu sais, son fils, je l'ai veillé, soigné comme un frère, et j'étais là quand il est mort... pour lui dire qu'il ne mourrait pas. Mais... quoiqu'elle soit une brute, elle a raison... Je ne devais pas être infirmier ! Je vais écrire au chef de corps ! J'en ai assez ! Je veux me battre, risquer tout ! Je n'ai pas une nature à avaler des mots comme ça !

Il reprenait des couleurs. Gaspard ne répondait rien. Il dit encore :

– Je me fiche pas mal d'être bien nourri, d'avoir un pieu !

Il se leva.

Un blessé l'appelait : « Infirmier ! » Il répondit rudement : « Je ne suis plus infirmier ! »

Mais, le soir du même jour, Mlle Viette, qui l'aimait bien et se divertissait de lui, le surprit rose, frais, souriant, au chevet d'un blessé pâle, essoufflé, inquiet de soi.

Il lui tendait une potion. Le blessé disait :

– Vous y avez été aussi, vous, là-bas ?...

Il répondit sans se troubler :

– Ai-je une tête à ne pas y avoir été ?

– Oh ! fit l'autre, c'est pas ça que je veux dire...

– Alors, avale ta potion, dit Dudognon : ça te fera dormir et tu ne penseras plus, c'est ce qu'il faut.

Mlle Viette conta la chose à Gaspard. Ils en rirent ensemble. Ils faisaient une paire d'amis. Il lui avait déjà raconté bien des choses : son métier, sa vie à Paris, ses batailles, la mort de Burette, l'héroïsme du capitaine Puche. Elle lui apportait des journaux ; elle lui répétait ce que son père pensait des Allemands, de la victoire de la Marne, de la destruction de la cathédrale de Reims ; et Gaspard, qui se disait que ce père-là était un monsieur, l'écoutait avec déférence, songeant en soi-même : « Pour une jeune fille de la haute, elle est pas fière celle-là. »

Un soir, enfin, il lui parla de sa « vieille » et de sa femme. Il ne lui dit point qu'il n'était pas marié : ce ne sont pas des choses à dire à une jeune fille. Mais il y avait plus de deux mois qu'il n'avait vu sa Marie, et il remarqua :

– C'est pas que je m'attendais à ce qu'elle viendrait ici. J'ai rien de grave : ça vaut pas de dépenser du pognon. Seulement... elle se serait amenée sans le dire, que j'aurais pas regretté c'te galette-là !

Mlle Viette l'écoutait assise près de son lit, sur le rebord de la fenêtre. La fenêtre donnait sur un jardin, vrai jardin de France avec une échelle dans un prunier. Plus loin, il y avait le potager, et au milieu, un bassin rond. Il faisait une soirée d'automne paisible et dorée. Mlle Viette semblait encore plus blonde. Un air doux pénétrait dans la salle. Des blessés somnolaient déjà ; et en bas, dans le jardin, on entendait le murmure d'une sœur qui priait en marchant.

Mlle Viette était rêveuse. Gaspard soupira. Elle lui tendit la main : « Au revoir... Bonne nuit ! » Il répéta :

– C'est ça, bonne nuit... vous aussi, mam'selle.

Et quand elle fut partie, il eut le cœur plus gros de n'avoir pas revu sa femme.

Quelques minutes après, la sœur entra.

Elle s'appelait sœur Bénigne. Elle entrait chaque jour dans le dortoir, à la nuit tombante, et sa seule présence était un soulagement aux appréhensions des blessés, qui redoutent ces heures sombres, où les cauchemars, la fièvre, les douleurs, les étouffements, font sournoisement l'assaut des lits.

Elle passait la porte, disait : « Bonjour » de sa voix fluette ; tous les soldats, même ceux qui tournaient le dos, répondaient, ensemble : « ...jour, ma sœur » ; et au lieu de trois femmes qui toute la journée s'empressaient pour eux, les trente blessés n'avaient plus soudain que cette sœur, petite et maigre, aux épaules étroites, à la mince figure, mais qui les faisait tous sourire d'aise, parce qu'elle était pour chacun un secours assuré contre la nuit.

La nuit ! C'est si terrible toute une nuit ! – Un soldat qui s'est battu, qui est épuisé, qui souffre, est comme un grand enfant docile et malheureux. Un pansement ne suffit plus. Dès qu'il fait sombre, il faut le consoler, même s'il ne demande rien. Pour marcher sous le feu, il n'a pas eu peur : il a peur ensuite quand il en est sorti. Et c'est un spectacle émouvant et fantastique que la première nuit d'hôpital d'une trentaine d'hommes couchés dans la même salle, mais qui, n'ayant pas connu l'horreur des mêmes combats, bataillent ensemble avec leurs rêves, dont ils s'effraient les uns les autres. Le cauchemar de ceux-ci est un assaut furieux ; ceux-là hurlent, blessés ; d'autres commandent ; d'autres gémissent. Et la sœur d'abord, la sœur si petite, la sœur Bénigne les défendait contre eux-mêmes dans cette lutte de fantômes, où elle restait calme et tenace dans sa bonté...

Elle s'approchait d'un lit. Elle disait : « Voyons, petit, qu'est-ce que tu racontes ? Es-tu fou ? » Elle rentrait la main sous le drap, essuyait le front, remontait l'oreiller, et le « petit » se calmait ; et de son pas feutré, elle passait de l'un à l'autre. A mesure qu'elle se penchait sur chacun, la grande bataille imaginaire s'apaisait, s'éteignait ; quelques soupirs, des ronflements ; et le vrai sommeil où l'on oublie venait calmer, grâce à elle, ces élans dans le vide et ces terreurs pour rien.

Le cœur content, elle s'asseyait alors dans un mauvais fauteuil, contre la table où, sous un abat-jour épais, brûlait une petite lampe à la mèche baissée. Elle prenait son chapelet. A peine avait-elle mis les doigts au premier grain qu'une voix geignait : « Ma sœur... » Elle se levait : on entendait le chapelet qui roulait sur sa robe.

C'était Gaspard qui l'appelait... d'abord parce qu'il l'aimait : Gaspard l'aimait autant que Mlle Viette, que Mme Arnaud, que Mlle Anne, que l'ami Dudognon. Gaspard était devenu tendre. Il aimait tout le monde dans cet hôpital.

Donc, la sœur disait :

– Qu'est-ce qu'il y a ?

– Y a que j'ai la pépie.

– A votre âge !

– Sans blague, ma sœur, vous avez bien une tite orangeade ?

– Non.

– Une tite limonade ?

– Promets-tu de dormir après ?

– Je le jure sur la tête à mon gosse !

Elle repartait, levait la lampe, emplissait un verre. Au seul bruit du liquide, Gaspard léchait ses lèvres sèches, et comme elle repassait, un autre l'appelait : « Ma sœur... » Elle s'arrêtait.

– Qu'est-ce qu'il y a ?

– Je voudrais... que vous me tourniez.

Elle posait son verre. Gaspard, impatient, faisait alors à mi-voix :

– Allons, bon, une panne !... Sacrée bonne sœur ! Qu'est-ce qu'elle fout... mais qu'est-ce qu'elle fout ?...

Elle entendait. Elle avait un sourire imperceptible ; elle disait en arrivant près de lui : « Les pannes sont vite réparées », et Gaspard, confus mais heureux, bredouillait : « Merci, ah, merci ! » prenant avidement le verre de ses deux mains. Elle ajoutait : « Déguste ; ne te presse pas, sois sage. » Et elle retournait à son fauteuil, juste le temps d'arriver au second grain du chapelet, car à chaque prière quelqu'un se plaignait, comme pour qu'elle ajoutât un effort à sa supplication.

Il faut l'avoir suivie, étudiée, il faut avoir eu sa cornette tout près de soi, pour comprendre ce que ce cœur de femme, dans un corps pourtant délicat, était capable, pendant neuf heures interminables, de faire et de dire à de pauvres diables en proie aux misères de la guerre.

Ses yeux purs inspiraient la confiance. Quand elle promettait : « Ça va se passer », la douleur semblait moins aiguë ; et c'était merveille surtout de voir avec quelle habileté légère elle se coulait d'un lit à l'autre, s'engageant toujours à revenir et redisant vingt fois, si elle passait sans s'arrêter : « Me voilà... me voilà. » – On ne peut pas dire qu'elle marchait dans ce dortoir ; elle glissait. On la voyait passer sans l'entendre : éveillé, on se croyait somnolent.

Gaspard, qui depuis quelques semaines se sentait bien de l'indulgence pour les curés, se serait fait maintenant hacher pour une bonne sœur. Il expliquait aux camarades :

– C'est des femmes que ça ne pense qu'à faire le bien. Et elles vous causent pas du bon Dieu, c'est pas vrai... Elles vous donnent à boire à votre soif. C'est des femmes... de vraies femmes... ce que doivent être des femmes.

– Allons... disait malicieusement Dudognon, tu deviens calotin !

– J'sais pas ce que je deviens, reprenait Gaspard (et il avait l'air de remuer de vieilles rancunes), mais faudra plus que les députés me bourrent el crâne, ni qu'ils me prennent pour une noix !

Quand il fut guéri, après huit longues semaines de pansements, – la nuit qui précéda son départ, – il appela la sœur Bénigne et il lui demanda la lampe. Il s'était assis sur son séant, tout guilleret, et, tirant de dessous son traversin une enveloppe froissée, il en sortit deux photographies pareilles qu'il lui montra.

Elle fit aussitôt :

– C'est au moins ta femme et ton petit ?

Avec un air avantageux, il répondit : « Oui » de la tête, et il guettait son expression. Elle leva la lampe, regarda longuement, chuchota :

– Mais elle est gentille, ta femme... et ton petit lui ressemble ! Heureux homme ! Pourquoi ne m'as-tu pas encore montré cela ! Voilà soixante nuits que je te soigne. Je ne suis donc pas de la famille, moi, maintenant ?

Et elle remettait les deux épreuves dans l'enveloppe. Alors, il l'arrêta d'un geste : il en prit une et la lui tendit. – Pour elle ? Oui. Elle murmura :

« C'est gentil... » C'était l'adieu de Gaspard, son souvenir et son remerciement. La sœur Bénigne reposa la lampe, et s'en alla, en pensant : « Dieu est bon, et il a fait l'homme à son image. »

Le lendemain, après avoir une dernière fois fourré son nez partout, à la cuisine comme au jardin, il s'en vint dire bonsoir aux trois femmes qui l'avaient choyé, gâté, guéri. Il tenait son képi à la main, tout ému. – Il quittait une fois encore des habitudes et des amis. La guerre le reprenait dans son tourbillon. Il partait pour son dépôt, il n'imaginait plus l'avenir. Quelle vie ! On s'attache, puis on s'arrache, et toujours du nouveau, alors qu'un cœur simple et tendre s'accoutume si vite.

Il se trouva tout désorienté dans la rue. – Trois fois il se retourna pour voir l'hôpital. Puis il marcha droit devant lui. Il arriva à la Loire, large et superbe, qui avait l'air d'ouvrir le miroir de ses eaux au soleil couchant. Gaspard se moquait du soleil. Il bâilla.

Son train était à neuf heures. Où promener jusque-là sa mélancolie ? Rôder par la ville ? Quand on est de Paris, on ne tient pas à connaître la province. Il décida plutôt de se payer un bon dîner, un dîner à trois francs, dans un hôtel bourgeois. Il pouvait se permettre cela : voilà deux mois qu'il ne dépensait rien.

Il entra donc à l'Hôtel des Trois Rois, au coin du quai et de la Grand'Rue. Hôtel doté du *chauffage central*, mais qui n'a que cela de moderne, car c'est un bon et brave hôtel pour voyageurs curieux de retrouver des traces de vieille France. On y entre de plain-pied, dans une salle à haute cheminée, où flambe un important feu de bois.

Sur le rebord de la hotte, une armée de bougeoirs en cuivre, astiqués et luisants, marque une maison irréprochable. Un fumet de volaille avertit que la chère est bonne. Une grande armoire, qui s'ouvre sur des piles de linge aligné, fait pressentir des nuits moelleuses dans des draps frais. C'est un hôtel savoureux, comme on en rencontre dans les récits de chasse, et qui sent son terroir et la meilleure province. Devant les chenets de son feu, on doit toujours conter des histoires gauloises, impayables.

Même en guerre, on parlait beaucoup dans cet hôtel. Il y avait là des gens de Reims, trois ménages quinquagénaires et pleins de dignité dans la fuite, qui étaient venus attendre en Anjou que leur ville fût libérée des Allemands et des obus.

Épicier en gros, juge suppléant, ancien pharmacien, telles étaient les étiquettes des chefs de famille. Lorsque Gaspard entra, ils étaient réunis devant la haute cheminée, et le pharmacien, nerveux, s'agitait, levait le bras, avait l'air de danser avec les flammes des bûches.

– Ah ! vous vous figurez qu'on les laissera s'endormir dans les tranchées ? Eh bien, monsieur, on va si peu les y laisser que j'ai une lettre de mon cousin... de l'État-Major...

– Oh ! oh ! dit le juge suppléant, je me méfie ! On ne raconte jamais ce qui est vrai : ils le sauraient en même temps que nous.

– Pardon ! Je n'avance que des faits exacts ! Il y a, monsieur, des régiments tout prêts à l'heure où je vous parle, et qui n'ont d'autre mission que de boucher les tranchées à mesure que nous les aurons reprises.

– En attendant, les Boches y sont.

– Parbleu ! Ce qu'il faudrait, c'est une seconde Jeanne d'Arc pour nous bouter ces mufles-là !

– Qu'est-ce que ça veut dire : bouter ? demanda très simplement la femme de l'épicier en gros.

A ce moment, le vieux garçon de l'hôtel apportait un lait chaud pour une de ces dames. Serviteur lent et sûr, le rêve pendant une guerre, où le devoir est de ne pas être pressé. Il se pencha, et reprit lui-même :

– Vieux langage, madame. Ça veut dire : les foutre dehors !

Et il en profita pour rester et causer.

– Les Boches, est-ce pas, faut voir une chose ; ils pensaient qu'à ça depuis quarante-quatre ans... Ils cherchaient pas, eux autres, à se perfectionner dans l'inducation ni dans rien de tout ça. C'est des gensses que l'artillerie est leur bonheur ; au lieu que nous, Français, nous cherchions des espériences, des vaccins, est-ce que je sais, des tas d'autres choses...

– Parfaitement... dit Gaspard en avançant d'un pas.

Façon d'entrer en matière et de se faire remarquer. Un silence lui répondit. – Gêné, il reprit :

– Je sais ce que c'est... J'y ai passé... Et... pour dîner, c't ici ?

Le pharmacien lui dit :

– Vous avez été blessé, mon brave ami ?

– Un peu !

Les femmes levèrent la tête.

– Mais, dit le pharmacien d'un ton patriotique, vous voilà guéri, mon brave ami ?

– Bien rétamé !

– Et prêt à repartir ?

– Pis un peu là !

Le juge suppléant s'approchait.

– C'est que vous êtes toute notre espérance ! Depuis six semaines, nous sommes chassés de nos foyers.

– Et puis, chez eux, dit le pharmacien – (il se dressait sur ses pieds) –, car vous irez chez eux...

– Ça, c'est l'affaire à Joffre, dit Gaspard.

– Eh bien, vous épargnerez femmes et enfants, toujours !...

– Ça...

– Parce que nous sommes des Français, d'abord !...

– D'abord...

– Mais vous leur imposerez des contributions énormes...

– Vous en faites pas !

– Et vous leur prendrez des otages...

– Des quoi ?

– Des otages !

– Ah ! ça !

– Et vous les ferez, comme eux, marcher devant ! Là-bas, tout est miné. J'ai un cousin dans l'État-Major ; il m'a dit : « Tu entends, là-bas tout est miné ! »

– Sans blague ?

– Alors, quand ça sautera, au moins qu'ils sautent d'abord !

– Il me semble !

– Eux, et leur Guillaume, et leur Kronprinz !

– Les cochons !

– Ces deux-là, si on pouvait les avoir...

– Si on pouvait !

– Si vous les teniez, hein, mon brave ami ?

– Si je les tenais... Si je les...

La patronne venait d'entrer dans la salle. Le juge suppléant lui dit à mi-voix, tandis que le pharmacien continuait avec Gaspard :

– C'est un soldat qui vient pour dîner... Vous seriez aimable de ne pas le mettre dans notre salle.

– Monsieur peut être tranquille...

Il eut un sourire entendu :

– C'est à coup sûr un brave garçon. Seulement... avec des dames.

– Oui, monsieur, j'ai compris.

– Bizarre idée, reprit-il, de venir ici. Pour lui-même, il aurait été mieux chez un petit marchand de vin.

– C'est la guerre, dit la patronne, ils entrent partout.

Elle vint à Gaspard.

– Vous désirez dîner, militaire ?

Il dit : « A trois francs. »

– Voulez-vous me suivre ?

Il était un peu interloqué ; mais les trois hommes, précipitamment, lui tendirent la main, comme dans une crise d'affection passionnée. La patronne répétait : « Par ici, militaire. » Alors il fit : « Au revoir... » Et il la suivit.

Et il dîna seul, dans un carré de pièce, où il y avait des paquets entassés, et d'où l'on entendait les bruits de la cuisine. Il ne saisissait pas pourquoi on l'avait mis là ; mais il n'eut pas l'idée de réclamer. Le soldat perd l'habitude de comprendre : il obéit. Puis, à partir du second plat, il trouva la bonne gentille. Alors, il oublia, et se dit simplement : « Elle est bath, la p'tite ; c'est de la primeur ! » Mais, quand il sortit, il ne revit pas la bourgeoisie de Reims, qui lui avait fait si bon accueil. Il tomba dans les rues noires. La gare était lointaine. Personne à qui dire un mot : il se sentit un blessé sans gloire.

Songeant que cette guerre n'en finissait pas, il monta dans un wagon vide... Il avait la bouche sèche : son morne dîner l'assoiffait. Quand le train s'ébranla, Gaspard était à plat, sans le moindre espoir d'une joie prochaine.

Pour respirer, il se mit à la portière. Le train semblait patiner. Il murmura :

– Qu'est-ce qu'il n'y a ? Un escargot su les rails ?

Puis, dans un soupir, il exhala son amertume de n'être qu'un soldat errant, qui portait à son tour le poids de cette servitude militaire, aussi triste et aussi vieille que le monde. Et il dit lentement, le nez dans la nuit :

– Si c'est pas malheureux... à des époques civilisées !

La nuit était silencieuse.

Il ajouta, colère :

– Et on nous fout *Liberté* au-dessus des monuments !

La nuit était sans étoiles.

6

En quittant Alençon, avec son régiment, Gaspard n'avait jamais pensé qu'il y reviendrait avant le grand retour : celui de la paix. Il eut l'âme en détresse d'y rentrer en pleine guerre, sans que rien fût conclu, lorsque tout commençait, car les trois premiers mois ne semblaient bien qu'un prologue, – prologue en coup de tonnerre, retraite et puis victoire, – mais, d'après les Anglais, ce n'était là qu'un début, et les gens flegmatiques disaient : « Quand, dans six mois... »

– Six mois ! faisait Gaspard. Si c'était vrai, pourtant...

Ah, il avait le nez long en rentrant au dépôt ! Le dépôt ! Le nom seul est laid, médiocre ! Et la chose est, hélas, bien plus atroce encore. Parmi toutes les misères que la guerre nous enfante, le dépôt, c'est-à-dire la vie de caserne à l'heure où l'on se bat, la farce du temps de paix lorsque d'autres se tuent, l'adjudant chien de quartier quand l'ennemi sort ses crocs, – le dépôt avec ses corvées, ses sous-offs, son poste de garde et son major, le dépôt, pour un homme sensible dont l'amour-propre se rebiffe, est une épreuve rude et lugubre, car la bêtise y prospère comme crapauds en mare ; et l'armée, cette masse sublime sous le feu, n'est plus à l'arrière, dans une cour de quartier, que l'institution sociale la plus féconde en amertumes.

On ne saurait en vouloir à notre temps de cet état de choses sinistre. La servitude du métier militaire est éternelle comme sa grandeur, et l'adjudant Dupouya, dont la vue donnait un haut-le-cœur à Gaspard, est un type de brute vieux comme le monde : ses ancêtres ont fait souffrir ou diverti les soldats hébreux, grecs ou romains. Mais Gaspard connaît mal l'histoire des hommes, et il ronchonnait :

– C'te vache-là, c't'une vache comme on n'a jamais fait de vaches !

Dupouya méritait une autre définition.

Dans sa manière de nuire, il avait presque des trouvailles personnelles. Le nez pointu, les yeux aigus, son maigre corps planté sur des pattes nerveuses de coq agressif, il pourchassait les hommes, les attaquait et les plumait. On ne lui échappait point ; il rôdait partout. Dehors, dedans, il montait, descendait, surgissait de l'ombre, restait à l'affût derrière un mur, un arbre, se glissait à l'infirmerie, à la cuisine, à la cantine. Et toujours un gros cigare entre ses lèvres mauvaises, qui faisaient suçoir à chaque bouffée ; le képi sur le front, menaçant ; un dos de tête ingrat, avec des cheveux sales sur la nuque, et la veste troussée par la main dans la poche, découvrant un derrière plat d'homme sans âme, un derrière inquiet, inquiétant, qui devait se dérober sous le coup de pied vengeur. – On sentait que sa face aussi, à la peau boutonneuse, en attirant les gifles, devait leur échapper. Il exaspérait, puis désarmait, impudent, mais servile. Il tenait du mauvais chien de berger, qui s'en prend toujours à la vache boiteuse, mais évite les coups de corne ; et il se repliait vers l'officier, rampant et l'échine basse, l'air de dire : « Sois content : j'ai bien fait mon métier... »

Son métier n'était pas d'aller au feu comme d'autres, mais de rabattre, de racoler, de faire la police à la caserne, d'être le gendarme-fantassin. Il ne laissait pas les hommes souffler. Aux malades, il demandait tous les quarts d'heure : « Ça va-t-il mieux ? » pressé de les inscrire sur sa liste de départ.

Lui, il restait.

Il restait pour dresser la liste suivante.

Dieu l'avait doué d'une voix grotesque : on eût dit que sa langue, pressée de nuire, se roulait dans sa bouche. Il prononçait :

– Vous yèdes mobiliyabe !

L'homme, pris au piège, éclatait d'un fou rire, où s'écroulait sa rancune.

– Riez, reprenait-il, mais ye vous yai à l'œil et vous yèdes mobiliyabe !

Quel triomphe quand il pouvait dire au capitaine :

– Y'ai trente hommes pour le proyain départ !

Et si le capitaine répondait : « Il m'en faut trente-deux », il repartait en chasse, bondissait au bureau, fourrageait les listes, grimpait dans les chambrées, et, tombant au milieu d'une partie de cartes étalées sur la paille :

– Debout, tous debout les mobiliyabes !

En pestant, trois hommes se levaient sur douze. Alors, il empoignait les autres :

– Suiyez-moi : nous allons voir le mayor !

Il les introduisait lui-même, parlait pour eux, disait :

– Ils se foutent du monde, ils youent aux cartes !

Le major, influencé, reprenait :

– Des farceurs ? Mobilisables !

Et ceux-là partis pour le feu, aux autres il donnait en hâte tous ses soins. – Le quartier résonnait de ses appels en charabia. Il semblait le grand maître du sort des hommes, quelque chose comme un secrétaire bouffon du Destin.

Seulement, Gaspard n'avait pas paru. Avec Gaspard, il connut le revers de la médaille humaine, la résistance, l'échec. Gaspard l'affola.

C'est qu'il faut savoir prendre Gaspard. En rentrant au dépôt, il se disait parfaitement : « Je suis guéri. Dans huit jours, je serai au feu. » Mais la manière tendancieuse, accusatrice et satisfaite, dont l'autre vint lui servir son refrain : « Vous, vous yèdes mobiliyabe ! », lui parut une insulte et il se hérissa :

– Ça va bien !... On verra le major !

Entre-temps, il retrouva Moreau, – Moreau qui, blessé lui-même, puis guéri, passait des jours entiers sur la paille à faire la « manoche ». Gaspard eut d'abord une joie sans bornes à retrouver ce « copain », avec qui il s'était battu, et près de lui il se renseigna :

– Qui c'est-il ce dégoûtant-là ?

– T'fais pas d'mousse, dit Moreau. C'est pas lui qui me fera revoir les Boches.

– Comment ça ?

– J'ai l'filon.

– Qué filon ?

– Je suis inscrit comme métallurgisse.

– Métallurgisse ?

– Oui, Philémon. Je vas faire des pruneaux, comprends-tu, au lieu d'en recevoir.

– Ah, dis donc !... ça c'est vrai que c'est l'filon !

Gaspard s'amollissait. Il risqua :

– Moi... je sens encore ma fesse de temps en temps.

– Tu la sens, dit Moreau, ben dis-le au major !

Gaspard réfléchit, puis il répondit :

– J'y vais... et l'autre cochon il m'aura pas !

C'était là son vrai mobile : un mauvais amour-propre. Il oubliait la guerre des Boches. Il entamait la lutte avec Dupouya.

Or, dès la première manche, il eut le dessus.

Il étourdit le major, qui dit :

– Bon... eh bien, allez et revenez me voir.

Il revint avec de nouveaux motifs de plaintes. Le major dit :

– Soit... eh bien, reposez-vous !

Il se reposa ; puis, encore la visite ; et le major conclut :

– Je reconnais... Inapte...

Ah ! Pouvoir aborder Dupouya, dont la langue roule déjà : « Vous yèdes mobiliyabe ! » et lui annoncer en dégustant ses mots :

– M'n adjudant... j'suis inapte !

Gaspard en eut de la joie pour trois jours.

Pas plus de trois jours – car la vie de caserne, cette vie de limace, fut tout de suite insupportable à sa nature grouillante.

Culotter des pipes, bâiller, tripoter des rois, des reines et des valets, il fallait à Gaspard un assaisonnement plus pimenté, et, lâchant Moreau qui se complaisait dans cette fainéantise, il dit un jour à l'un de ses compagnons « d'inaptitude », qui était professeur dans un lycée à Paris, et pour l'instant simplement dévoré d'entérite :

– Ça te plaît, toi, c't'existence ? Je voulais avoir le juteux, je l'ai eu ; mais je m'énerve et ça peut plus durer.

– Bravo ! dit le professeur.

– Dans le civil, fit Gaspard, je suis debout à deux heures ; je suis aux-z-Halles à trois ; je gagne du pognon, je nourris mon gosse. Mais ici, cré bon Dieu, si on est inaptes, qu'ils nous renvoient chez nous !

– Je préférerais, dit le professeur.

Et cette première similitude d'idées les amena à se confier l'un à l'autre.

Ce professeur était un doux, un modeste, un homme réfléchi, – un bourgeois. Gaspard était du peuple, primesautier, un peu vaniteux, quelquefois violent. Ils s'aimèrent parce qu'ils ne s'ennuyaient pas ensemble.

Gaspard, qui se sentait une infériorité sociale, raconta d'abord son amitié avec Burette, puis avec Dudognon : c'était pour lui des certificats de ce qu'il valait ; – car il avouait fort bien qu'à l'école, il n'avait su qu'essuyer le tableau noir :

– L'instituteur, il me râpait. Mon père, ça le râpait de me voir me râper. Alors, il m'y a foutu à sept ans, pis m'en a repêché à neuf. Il m'a dit comme ça : « Tu sais lire et écrire ? T'en sais assez ; le reste c'est du boniment. – Le bachot ? des foutaises pour fils de sénateur !... » Et moi, regarde un peu, je saurais pas te faire une division sur du papier : je te poserais tout de travers ; mais dans ma tête, pour mes escargots, pour ce qu'est de mon fourbi, jamais, p'tit, jamais je te ferais une seule erreur ! – Pis alors pour causer, comprends-tu, pour les mots qu'on se sert, j'ai pas eu non plus besoin d'un maître d'école... Je m'ai acheté des bouquins. Sous mon lit, j'ai une bibliothèque. Pis des livres un peu là : Victor Hugo, Lexandre Dumas, et *Cyrano,* le truc à Rostand. *Cyrano,* je l'ai vu six fois su l'théâtre ! Ah, ça, ça me plaît... quand il cause ed'son nez, dis donc, pis quand il va faire son compliment à Rossanne, qu'elle croit que c'est l'autre et qu'il l'embrasse sur la bouche, en pigeon ; pis, à la fin, quand il est prêt de clamecer... ah, là, y a des vers, quand il crie comme ça :

... Que j'pactise ?
Jamais, non, jamais ! Ah ! te v'là, la sottise !
Je sais qu'à la fin vous me ficherez à bas ;
N'importe ! Je me bats ! Je me bats ! Je me bats.

Fallait entendre Coquelin vous jeter ça ! Il vous passait quèque chose su l'épiderme !

– Je vois, disait le professeur, que tu aimes les belles-lettres.

– J'aime tout ce qu'est bath, reprenait Gaspard enflammé. Le phonographe, tiens, je l'aime aussi le phonographe !... Mais pour ce qu'est des lectures, *Les Misérables,* je les ai relus sept fois ! A mesure, est-ce pas, je sais tout ce qui va rarriver, mais chaque fois ça m'en bouche un coin de voir comment que ça rarrive ! – Des bon'hommes comme Victor Hugo, ça, ça mérite d'être riches.

Moi, j'y aurais fait cadeau de tout ce que j'ai, sans blague ! parce que ça... ça m'emballe, des types comme ça, qui trouvent des choses comme ça !

Il se taisait un instant. L'autre rêvait. Et puis Gaspard de reprendre soudain :

– Au lieu qu'un adjudant... ben, un adjudant, il crèverait de faim devant moi, si j'avais un os, j'y donnerais pas !

– Tu te vantes, disait doucement le professeur.

Et Gaspard ne répondait plus.

La bonne tenue, l'air si décent, la mesure et le goût de cet universitaire, donnaient à Gaspard du respect, en même temps que de la confiance. Il le tutoyait, mais il ne l'appelait jamais par son nom tout court. Il disait : « M'sieur Mousse », et il aimait l'entendre, comme Burette autrefois : « Quand on écoute des types comme toi, expliquait-il, après on peut causer : on a plus l'air d'une tourte. »

Mais, tourte, ne fallait-il pas redouter de le devenir, entre les quatre murs d'une caserne ?

La vie de ces deux « inaptes » était lugubrement comique.

Rien à faire, parce qu'inaptes. Rien qu'à compter les minutes. L'agrégé Mousse avait une montre au poignet pour les compter.

Grand, mince, cou long, tête haute, képi droit, on apercevait tout de suite sa maigre silhouette, dès qu'on pénétrait dans la cour. Il bâillait, il rasait les murs, et, derrière, Gaspard s'en venait, bâillant aussi, mais la tête basse, avec cet air fouinard de l'homme du peuple qui fait toujours des découvertes par terre : bouton, mégot, pièce de deux sous.

L'hiver était venu : dans une caserne, il vient plus tôt qu'ailleurs ; et les marronniers raides, avec leur hérissement de branches dépouillées, étaient à la fois lamentables et odieux. Il pleuvait deux jours sur trois ; le vent rabattait la fumée noire des cuisines.

– Quelle vie ! Quelle vie ! soupirait Mousse.

– Moi, j'peux plus ! faisait Gaspard.

Et ils demandèrent à parler au lieutenant.

Le lieutenant, en passant la main dans sa barbe, leur dit :

– Vous êtes inaptes ! Impossible de vous employer : le règlement est là ! Je n'ai le droit d'employer que des auxiliaires.

– Alors ?

– Attendez.

– C'est effarant ! dit le professeur.

Dans son désespoir il alla trouver le chef. Il lui montra son livret : *« Agrégé : sait lire et écrire. »*

– Alors, chef, est-ce que, clandestinement, je ne pourrais pas vous rendre quelques services... copier des états ?

Il avait un air si misérable, que le chef répondit :

– Si vous y tenez, moi... je m'en fous !...

Il aurait embrassé le chef ! Il se mit à travailler avec passion, tel un homme affamé qui s'assied à table. Il faisait des majuscules... triomphales !

Pendant ce temps, Gaspard s'était glissé dans le magasin, son ancien magasin, occupé pour l'instant par un myope presque aveugle qui, à deux mètres, confondait une marmite et un képi. Gaspard prit son air protecteur ; il entra avec un litre de vin blanc sous le bras et annonça :

– Voilà. C'est moi qu'a habillé la compagnie l'premier. Alors l'lieutenant il dit comme ça que j'peux t'aider, et d'abord on va boire un coup pour faire connaissance.

Il y avait juste vingt-quatre heures que Gaspard se chauffait au magasin et qu'au bureau Mousse grattait du papier quand, brusquement, une nouvelle arriva en coup de tonnerre :

– Le général !

Le chef s'élança sur l'agrégé inapte.

– Filez ! Si on vous pinçait ici !... Cachez-vous aux écuries ! Qu'il ne vous voie pas ! Il déteste les inaptes !

Mousse se jeta dehors. Pluie, bourrasque. Il courut vers le magasin. Gaspard se chamaillait à la porte :

– Ça va bien... J'm'en irai, mais donne-moi mon litre !

– Tu l'auras plus tard. Sauve-toi. C'est le général !

– Je te dis que je veux mon litre !

Il réussit à l'avoir. Tous deux, chassés ensemble, remontèrent ensemble dans la chambrée. Un caporal leur tendit deux balais.

– Le général arrive ! Alignez la paille !

Ils refilèrent dans la cour. Un sergent leur barra le chemin :

– Ôtez les cailloux superficiels. Voilà le général !

Ils s'enfuirent à toutes jambes, et se blottirent enfin dans un hangar, sous une voiture, attendant que la crise fût passée.

Le lendemain, comme on ne leur demandait plus rien, ils se sentirent de nouveau une envie dévorante de faire quelque chose.

Gaspard dit :

– M'sieur Mousse, t'es pas un type qu'a des galons. Qu'est-ce tu fous avec le chef au burlingue ? Viens avec moi au magasin.

– Tu crois que je peux ? reprit Mousse.

– T'as qu'à passer à la cantoche prendre trois litres de blanc !

Grâce à ces trois litres, il put rejoindre Gaspard. Le magasinier ferma la porte à clé, et l'agrégé inapte passa une journée merveilleuse à plier des pantalons. Il était épanoui. Il pliait, dépliait, repliait... et l'heure tournait. Elle tourna... jusqu'à l'arrivée du lieutenant.

Porte verrouillée ? Comment ? Pourquoi ? Il entra furieux.

– Vous, ici ! Des inaptes ! Je vous ai pourtant dit... Allons, décampez !

Mousse en pâlissait.

– Que faire, mon lieutenant ?

– Encore ! Re-po-sez-vous !

Où ?

Ils erraient, l'un suivant l'autre dans le couloir de la compagnie, quand une voix cria :

– Eh, les bonshommes qui ne foutent rien, savonnez donc le lavabo !

Mais une autre reprit :

– Lavabo, tout à l'heure ! D'abord aux pommes ! Épluchez les pommes !

Ils profitèrent de ces ordres contradictoires pour s'éclipser une fois de plus. Et... ils se retrouvèrent dans la cour, – la cour au sol gluant, comme imbibé de soupe grasse (car c'était même dans la cour qu'ils mangeaient, se pressant d'avaler pour que l'air froid ne figeât pas leur rata), – la cour, où il fallait tourner autour des arbres pour échapper à l'adjudant, aux sergents, à la corvée de quartier, – la cour, dont ils regardaient tous les bâtiments et édicules, se disant avec angoisse : « Où nous réfugier ? A la cantine ? Bouclée. Les douches ? Pas chaudes. La cuisine ? On nous engueulera. Les cabinets ? On en sort ! L'infirmerie ? On veut nous vacciner. La lampisterie ? Ah... Gaspard, si nous allions à la lampisterie ?... »

C'est l'agrégé qui était tenté par la lampisterie. Ils s'y rendirent. Il y avait là un être puant, qui empestait l'huile, l'essence et le pétrole, mais qui riait et dit :

– V's avez qu'à m'rafraîchir la gorge, et v's êtes ici chez vous. Ici, y a pas d'potasse ; ça pue d'une odeur qu'personne y veut rentrer ; on vit d'ses rentes et c'est pépère !

– Mais crois-tu que, inaptes, nous avons le droit...

– T'occupe pas. Passe-moi quatorze sous et je vais chercher un litre.

– C'est vrai, dit Mousse très simplement, j'avais oublié.

Le lampiste empocha, disparut, rapporta du vin. Il le but avec Gaspard : l'agrégé ne buvait pas, ayant de l'entérite. En revanche, il fit toutes les lampes. Il oubliait l'heure : il était heureux.

Au bout de deux jours, catastrophe. L'adjudant de bataillon qui, dans une autre vie, comme Dupouya, avait été chien de berger, renifla et s'aperçut que ce Mousse et ce Gaspard répandaient une horrible odeur :

– Qu'est-ce que vous fabriquez, dites donc ? Est-ce que vous sortiriez de la lampisterie, par hasard ?

– Mon ad... mon adjudant, dit l'agrégé, ça nous occupe.

– Ça vous ?... Tonnerre de Dieu ! Mais à quoi ça sert qu'on vous ait déclarés inaptes ? Ils sont empoisonnants ces êtres-là ! Bons à rien, et vous rasez un régiment : on ne pense qu'à vous deux. Faut toute la journée vous trouver des emplois ! On n'est pas en paix : c'est la guerre sacré bon Dieu ! Tout le monde s'embête !

– Personne autant que nous !

L'adjudant aurait voulu les voir morts sur place. Les nerfs à vif, il bredouilla ce que pensait le général : « Sales inaptes ! »

Pourtant... la Providence leur réservait un semblant de bonheur. L'homme « d'ordinaire », qui charriait les légumes et la viande, tomba malade. Vite, Gaspard et l'agrégé offrirent leurs services, et le caporal de cuisine accepta.

Alors, l'un en dépit de sa fesse, l'autre en dépit de son entérite, ils se mirent à traîner des voitures toute la matinée. Mousse était curieux dans une voiture à bras. Un peu maigre pour la largeur des brancards, il donnait mal le coup de reins qui faisait démarrer la guimbarde. Il suait : son lorgnon glissait ; il s'arrêtait pour le rattraper, et Gaspard, qui poussait au cul, criait :

– Tu me fais de la peine... Laisse-moi prendre ça. T'as l'air d'un lapin qui voudrait traîner un tramway.

Mais l'autre s'entêtait. Il voulait s'esquinter, pour mieux tuer le temps. Le boucher faisait la moue, parce qu'il portait avec précaution des poumons sanguinolents ; la charcutière avait du mépris, parce qu'il s'appliquait pour charger des saucisses. Et il s'apercevait de ces dédains, mais il se disait : « Dans une ou deux semaines, je serai moins malhabile... »

Pour consoler cet agrégé, aux heures de liberté, Gaspard l'emmenait boire. Au bout de quelques semaines, ils connurent tous les cafés d'Alençon... Et pourtant Alençon a autant de cafés que de maisons. Il y en a dix qui guettent les trains en face de la gare, vingt autour de l'église pour faire concurrence au curé, et dans les deux rues commerçantes, ils sont alignés comme marchandes au marché, avec l'attrait mystérieux de leurs rideaux de vitrage, qui cachent l'intérieur au passant. Mais l'agrégé, qui n'aimait pas boire, se morfondait autant, les coudes sur une table d'estaminet, que les pieds dans la sinistre cour.

Lui si doux, il s'aigrissait. Lui si poli, parlait crûment. Et le dimanche même, quand on ne les tenait plus dans le quartier, quand la grille était ouverte, quand, avec Gaspard, il pouvait se dire « libre », – quelle amertume ! quelle rage ! quelle tristesse !... Où aller ? Où tourner ? Où traîner ses chaussures à clous ? – Qu'elle était morne, vide, lugubre, cette petite cité normande, par un dimanche d'hiver !...

Il y a un château : c'est la prison ; – une place d'Armes : le vent du nord la glace ; – une rivière : mais honteuse et sale, elle tourne la ville et coule au-dehors.

Alençon, c'est une préfecture où rien ne passe, rien ne court, où l'on ne voit pas le ciel en se penchant sur un pont, où tout est à l'endroit, où les pavés sont pointus, où il y a plus de pharmaciens que de confiseurs.

Aucun monument inutile : ni fontaines, ni vieille tour en ruines ; pas même une statue ; la gloire est aux risque-tout, la prudence aux Normands : Alençon compte quatre notaires.

Les indigènes vous montrent un asile de fous : il ne renferme que deux mille maniaques sans fantaisie. Ville médiocre, dont les vertus pratiques ne brillent pas dans l'histoire, mais s'apprennent dans les atlas. Son nom rappelle l'aridité des études, plus que l'honneur du pays. On demande le nombre de ses habitants pour s'expliquer sa raison d'être, et on guette leur raison d'être sur la face des habitants.

Quand on a passé par Alençon... on n'a jamais rien à conter aux amis.

Il ne faut pas visiter, mais traverser. Il ne faut pas regarder la halle aux toiles qui n'est que carrée, la halle aux blés qui n'est que ronde, l'hôtel des Postes qui n'est que neuf. On n'apprend rien de plus que dans le Bottin, où on lit : *Foires importantes. Commerce de grains.*

Il n'y a qu'une maison qui soit touchante : maison modeste et toute petite, où l'on apprend à faire de la dentelle. Quoique les dentellières ne soient pas jolies, la dentelle est curieuse : c'est un miracle d'habileté féminine ; on sort de là avec de la surprise dans les yeux.

Quand on sort de là, la ville est à gauche, la gare à droite. Il faut prendre à droite.

Mais ce n'est plus permis quand on est soldat, surtout inapte. Et le « cafard » vous prend ; et l'on se sent moisir, maigrir, périr ; et l'on résume son âme dans des dialogues désespérés qui commencent par un bâillement, puis :

– Quelle heure qu'il est ? disait Gaspard.

– Huit heures dix, disait l'agrégé inapte.

– Et dire que c'est ce cochon de Guillaume qui nous vaut ça ! continuait Gaspard. Et il est tranquille, il bouffe du homard à l'américaine... Tandis que nous, qu'on est cause de rien, fil à la patte, là comme des gosses !... Petit, ah ! dis, petit... qué veine si on serait encore dans le ventre de sa mère...

L'autre approuvait, soupirait, rebâillait.

– Quelle heure qu'il est ? disait Gaspard.

– Huit heures onze, disait l'agrégé inapte.

Le terrible est qu'au dégoût de Gaspard se mêlait parfois sourdement une lâche joie de ne pas retourner au feu, et à l'agrégé, qui lui non plus ne semblait pas prêt à se battre, car en son esprit il en était resté au siège de Troie, – à l'agrégé qui pourtant pestait, piaffait, voulait partir, il avait dit :

– Toi, encore, tu laisseras rien. Mais moi, mon salé, si les Boches ils m'font mon affaire, penses-tu que ça sera les députés qui y apporteront des œufs su l'plat !

Et alors, tout en bougonnant, il s'accommodait parfaitement de son sort détestable, et il patientait.

Sa patience s'écroula tout à coup.

Cela devait arriver : Gaspard est tout impulsion. Quoique actif et quoique généreux, il sait bouder, s'entêter, faire la marmotte... jusqu'au jour où la tentation se présente et s'impose. Alors, la prudence qui n'est pas son fait, et la mollesse, cette intruse, décampent rien qu'aux battements de son cœur. Il s'anime, parle, agit, et il ne se souvient plus qu'on peut avoir peur pour sa peau.

C'est le fourrier qui, par une phrase, le remit d'aplomb. Il lui dit :

– Ceux qui retournent au front, ont droit à une permission de trois jours.

– Trois jours, fit Gaspard, et pour où ?

– Pour partout.

– Pour Paname ?

– Pour partout.

– Sans blague ?

Revoir Paris ! Sa « vieille », sa femme, son mioche, la rue de la Gaîté ! Rien que d'y penser, il en étranglait de joie.

Il courut prévenir Mousse.

– Mais... nous sommes inaptes ! dit celui-ci, grinçant des dents.

– Inaptes ! Ah ! t'es encore une « bleusaille » ; puisqu'ils demandent des bon'hommes, c'est qu'ils seront pas regardants. Quand y a plus de grives, on prend des merles. Mais faut pas retrouver l'major ; faut s'entendre avec el'bureau.

– Essaye.

– Passe voir quatorze sous pour un litre de blanc !

L'argument suprême. Il entra au bureau avec son litre : toutes les résistances faiblirent. Le chef, en buvant, dit d'un air supérieur :

– Ils y tiennent ? Il n'y a qu'à les changer de liste. Ils seront du prochain départ ! Si ça se découvre, on dira : « N'y comprenons rien... » Il est bon, il fait chaud au ventre ce petit vin-là !

L'agrégé était en admiration. Gaspard était redevenu ardent, enthousiaste ; il disait :

– Pantruche ! Après, les Boches ! Ça, ça me va, ça j'accepte ! Je leur ai donné qu'un bout de fesse gauche ; reste ma fesse droite, je la leur réserve ! Mais z'auront que ça ! Pantruche ? Jamais ! Pantruche pas pour von Kluck ! Pantruche, c'est pour ma gueule !

Il emmena Mousse à la cantine, ainsi que tous ceux qu'il rencontrait. Il y vida sa bourse, gardant juste le prix de son voyage. Puis il erra dans la cour, faisant la nique aux camarades :

– On va vous laisser là, dans votre château ! V's avez pas honte d'moisir là-nedans ? Où que sont vos nerfs ? V's êtes comme des nouilles !

Il questionnait même ceux qu'il n'avait jamais vus :

– Eh ! toi, l'affreux, ça te plaît comme ça de pourrir ici ? Ah ! ben, sans blague, t'es pas de la même fabrique que moi. Trois jours, Pantruche, et pis roulez : visite aux Boches ; ça c't'exister !

Sur ces mots, il se tourna vers le bâtiment de la trésorerie, où toute la journée griffonnaient une cinquantaine d'hommes, parmi des monceaux de paperasses, dans une tiédeur douce. Il reprit de plus belle :

– Et c'te turne-là ! Pleine d'embusqués ! Comment que ça vit ? Quelles croûtes que c'est ! Tiens, viens les voir, qu'on les admire !

Il marchait, entraînant son ami ; et il entra comme il disait. – Il y avait une porte vitrée. Il s'arrêta net ; puis montrant le bureau, à voix haute, il continuait d'expliquer :

– Vise-moi ça : ça fait pitié !... Et il y a le père Joffre... y a l'portrait d'Joffre, là, sur le mur !

Il en croisait les bras d'indignation, puis il lança d'un ton où il y avait de la stupeur :

– Qu'est-ce qu'il attend pour se retourner !

Il combla ainsi les longues heures de l'attente.

L'après-midi où on donna enfin les titres de permission, il regarda le sien et dit :

– Trois jours... juste ! Ça aurait-il usé leur porte-plume qu'ils m'en foutent un en supplément !

C'était son habitude, comme les bons chiens de garde, de grogner toujours de plaisir.

Dans le train, dès Versailles, il se mit à la portière ; à Malakoff, il était sur le marchepied ; et il sauta le premier de tous sur le quai de Montparnasse.

Puis il courut jusque chez lui.

Il arriva rue de la Gaîté à minuit, heureux de ne pas avoir prévenu. Il carillonna avec allégresse. Sa mère poussa un cri :

– C'est toi ?... Oh ! c'est toi !... Marie, c'est lui !

Et Marie répondit en accourant :

– C'est lui !... Comment, c'est lui ?... C'est vrai que c'est toi ?

Il les prit dans ses bras, les soulevant de terre et il dit :

– Hein ! ça s'appelle être asphyxiées !... Et le gosse, où qu'est le gosse ?

– Ben, il dort.

– Oh ! ce culot !

Il alla l'éveiller lui-même ; il le mangea de caresses, les larmes aux yeux ; et pendant que sa mère allumait des bougies partout, pendant que Marie commençait du café, criant :

– Alors, tu t'as battu ? Combien t'en as tué ? Quand ta balle elle t'a arrivé, comment que ça t'a fait ?

Lui, son moutard sur les bras, répondit, solennel :

– On va vous raconter ça, dans l'ordre !

Et il commença le récit de sa campagne, de sa vie d'hôpital et de dépôt.

– Ah ! je vous promets qu'on s'en fait pas !... Et on les tient !... Et pis faut voir ces gueules qu'ils ont ! Des vrais cochons : ah ça c't'à voir ! Et pis sans blague, une goujaterie ! Des mufles qui tirent sans vous prévenir ! Ils regardent pas si vous êtes là !... Je vous aurais rapporté d'leur couenne, mais c'est trop dur, c'est pas bouffable ! Et pis ça pue dans l'intérieur...

Son intérieur, il le regardait de tous ses yeux.

– Ah ! la cagna ! Revoir sa cagna !... C'est propre ici, et c'est mignon.

Marie dit avec un sourire :

– Quand y a pas d'homme, est-ce pas, c'est plus facile...

Le portrait de Joffre était sur le buffet. Gaspard dit négligemment :

– Ça y ressemble.

– Tu l'as vu ?

– J'ai vu une lettre ed'son chauffeur. Il paraît que c'est un bon bonhomme.

– Vrai ?

– L'cœur su la main. Poursoifs tout le temps.

Les femmes écoutaient, admiratives. Il dit à sa mère d'un ton plein d'émotion :

– Et c'te pauvre vieille, elle louche toujours ?

La mère répondit gaiement :

– Et toi, toujours ton nez de travers !

– Toujours... Quoique j'le chauffe. Quand je fume la pipe, je la fourre dessous ; quand le pif est chaud, je le remets d'aplomb ; et pis ça revient : tu sais ce que c'est.

Ils riaient tous trois. Puis, lui, de nouveau :

– Ah ! Pantruche ! Ah ! Paname ! Ah ! revoir toutes ses bricoles !

Soudain, il se leva.

– Et la boutique ? Les escargots ?

Avec une chandelle il descendit... Et il remonta mélancolique :

– C'est la guerre... Probable qu'eux aussi ils sont mobilisés !...

Il regardait Marie avec attendrissement. Il lui trouvait une honnête figure de femme sincère et sans rouerie. Il savait qu'elle n'avait jamais été très habile au commerce ; il s'était « mis avec elle » parce que, d'abord, le mioche était venu ; puis, elle lavait bien : elle était soigneuse et bonne, jamais colère. Un jour, il lui avait jeté la soupe à la tête ; elle avait pleuré, sans répondre ; et, honteux de soi, il avait dit : « Miaule pas ! Je vas en refaire une autre ! »

En cette nuit d'arrivée, après avoir bu le « jus » qu'elle venait de servir, tous les souvenirs un peu troublants remontaient au bord de sa mémoire. Il était radieux de retrouver son logement en ordre. Il regardait le lit où il allait dormir avec elle. Et comme il embrassait le petit, endormi sur son bras, il se sentit soudain tant de reconnaissance pour cette brave créature, qui le lui avait gardé, bien soigné, bien nourri, qu'il se mit à balbutier :

– Savez pas, vous autres... V'là qu'il me vient une idée... C'est la guerre... et la guerre donne des idées... C'est pas que j'étais un cerf-volant, mais enfin on se sent des idées... qu'on n'avait pas avant la guerre... Écoute, Bibiche (c'était Marie qu'il appelait Bibiche), crois-tu que ça serait pas mieux... que nous nous mariions ?

Elle était surprise. Elle fit :

– Mais... mais si...

Avec candeur, il reprit :

– J'y pense comme ça... Mais puisque j'y pense !... je crois qu'vaut mieux pas attendre... que j'y repense plus !

La mère demanda, inquiète :

– T'as-t-il peur, si t'y retournes, d'être tué ?

– Pensez-vous ! Gaspard tué ! Ça m'épaterait ! Non... mais voilà : quand on va faire l'grand nettoyage et pis qu'on va tout arranger, je trouve que soi faudrait aussi avoir son truc en règle. V'là un gosse qu'est ni chair ni poisson ; avant la guerre ça suffisait. Après... quand c'est qu'on aura lavé tout le linge sale, ça me ferait de la peine à moi qu'il soye pas légitime !

Et s'adressant au mioche :

– Est-ce pas, mon gosse, tu veux être légitime ?

Les deux femmes comprirent-elles bien sa pensée ? En tout cas, elles le regardaient avec de bons yeux, et la mère, drôlement coiffée ou décoiffée en tête de loup, répétait, le visage tout ému :

– Oui, mon garçon... T'as raison, va, mon garçon !

Alors, il n'en démordit pas. Permission de trois jours. Rien d'autre à faire. Pas le temps de se remettre aux escargots. Il allait se marier.

Le lendemain, dès neuf heures, il courut à la mairie.

Là, on lui annonça :

– Pas mèche en moins de cinq jours.

Il sortit des papiers.

– Pisque j'en ai que trois !

– Puisqu'il en faut cinq !

– Alors, à quoi ça sert la guerre ?

– Fichez-nous la paix !

Il rentra hors de lui. Son gosse vint dans ses jambes.

– Pépé, dis, pépé, tu te feras pas tuer, dis, à la guerre ?

De nouveau, il eut les larmes aux yeux, et, tapant la table :

– Je veux qu'il soye légitime, na ! Je veux que ça soye un gosse légitime !

Et il repartit.

Où ? A la mairie, faire quand même publier ses bans. Oui, il avait pris son parti : de sa propre autorité il s'octroyait cinq jours. Et il se fichait de tout ! La prison ? Pouh ! il repartirait directement voir les Boches.

Rayonnant, il revint dire à Marie et à sa « vieille » :

– C't arrangé. Je suis été à la Place... Y avait un général... Il m'a donné deux jours ed'pus !

Marie n'en revenait pas.

– Y a des chics généraux ; avant la guerre, on n'aurait pas cru ça.

Il reprit :

– Fallait la guerre : on savait rien en rien ! Moi, à l'hosteau, j'ai vu des demoiselles ed'la haute – et leur père il devait avoir du foin dans les bottes, – ben, elles me vidaient ma cuvette ! Voui, ma cuvette ! Ah, faut avoir vu ça !

Sans l'employé de mairie, qu'il trouvait « répugnant », il aurait cru à la bonté universelle.

Il se montra dans le quartier, exhibant sa capote trouée, exigeant qu'on tâtât sa fesse : « Dites, sentez-vous, le bifteck en moins ? » – Chez le père Criquenot, le patron du bar, il s'inquiéta de la loi de l'absinthe.

– Alors ?... plus de bleue ?

– Chut !... Aboule par ici !

L'autre l'emmena dans l'arrière-boutique. Ah, cette noce ! Jamais il n'en avait bu une pareille. Aussi, en retour, il lui fit des confidences : « Y a mon gosse que je vas légitimer... » Il le dit encore au boucher, au fruitier, à sa concierge. Il était si fier !

Puis, désirant, pour le jour du mariage, payer un chapeau à sa femme et un autre à sa « vieille », comme il n'avait pas un sou d'avance, qu'elles ne touchaient que leur allocation, et qu'on ne pouvait rien attendre des escargots – (bien mieux il parlait d'en donner, d'en rapporter au capitaine), – il prit un parti héroïque : vendre ce qu'il avait de plus cher... Oui, ses livres qu'il rangeait sous son lit et dont il disait à Mousse : « Ah ! c'est bath les bouquins, quand c'est bien raconté ! » Eh ! bien, pour son gosse, il les tira du coin d'ombre où ils dormaient dans la poussière depuis le 2 août ; il les prit tous, tout le père Dumas, tout le père Hugo, et les autres ; et ayant entassé poètes et prosateurs dans une voiture à bras, il descendit, traînant sa charge, jusqu'au quai des Grands-Augustins. Il avait le cœur gros, mais il sifflait, se disant toujours : « Moi, je veux le légitimer... »

De cinquante volumes, il tira huit francs. Il manqua se faire fourrer au poste, tant il injuria le bouquiniste :

– Tête de singe ! Vieille sangsue ! Aie pas peur, on te cédera aux Boches en échange ed l'Alsace-Lorraine !

L'autre était un juif hideux, que les injures n'empêchaient pas de compter ni d'éplucher minutieusement sa marchandise. Il resta d'abord muet et calme ; mais Gaspard aperçut soudain, sur un tas de vieux livres, un petit bouquin vert : *Morceaux choisis d'Eschyle, annotés par Gustave Mousse.* C'était de lui... de son copain ! Instinctivement, il mit la main dessus.

– Ça, c'est en tout cas, pour bibi !

Alors le juif se récria. Gaspard poussa la porte : le juif se mit à hurler. Gaspard se sauva : le juif appela à son secours Dieu et la garde. Et Gaspard, qu'on ne put rattraper, rentra chez lui avec le petit livre vert.

Il l'ouvrit à plusieurs pages. Il y vit des caractères grecs, à quoi il ne comprenait rien. Puis, il lut des notes comme celle-ci, qui semblaient pourtant en français : *« A ce vers commence la partie iambique des prières sur le tombeau »,* ou encore : *« Puisse Zeus Alexétérios devenir le bien nommé pour la ville des Cadméens. »*

Il ferma le livre en se grattant la tête, et dit :

– Faudra que j'y en cause...

Il donna les huit francs à ses deux femmes pour acheter chacune un chapeau, et il se maria le cinquième jour.

Il se maria à la mairie, et aussi à l'église. Sa « vieille » obtint de lui, sans gros effort, cette concession à ses idées. Il est vrai qu'elle avait dit tout de suite :

– J'ai une tirelire. Ce que ça coûte, c'est moi qui le paierai.

Mais le fait même qu'une messe coûtait quelque chose remit Gaspard sur le mauvais chemin de ses anciennes rancunes.

Il dit, en revenant :

– C'est pas pour dire... et je veux rien dire... parce que c'est pas à moi, à dire... Mais le marabout s'est foutu de nous... Vous prendre cinq francs pour ça, l'a vite gagné sa journée.

– Pisque c'est moi qu'a payé... dit timidement la mère.

– Oui, oh ! je m'en balance !... Mais ça fait rien, ma pauvre vieille, faut que tu sois cagot !

Marie écoutait ; elle avait presque envie de rire. Gaspard reprit :

– Enfin... pourquoi que tu m'as donné une religion que j'étais pas en âge de la raisonner ?

La « vieille » répliqua :

– Mais pourquoi tu veux pas croire au bon Dieu ?

– S'agit pas du bon Dieu. Moi, j'ai un gosse ! Je veux qu'ça soye un citoyen libre.

– Ah ! hi ! Ah ! hu ! fit à ce moment le petit, qui s'accrochait à ses jambes.

– Tu vois, il comprend, il dit voui, et ça c't'un gosse, que je veux pas qu'on le mène au curé. A quinze ans j'y dirai : choisis, t'es libre, et tu peux te faire juif si ça t'plaît. Mais je te le conseille pas... parce qu'ils ont de trop sales gueules !

Cette fois, Marie se mit à rire, et la mère reprit :

– Pourtant, t'as été bien soigné par les bonnes sœurs.

Il se dressa :

– Oh, les sœurs... c'est pas les curés ! Sœur Bénigne, je l'aurais eue à Paris qu'elle serait été de ma noce !

– Les curés c'est pareil.

– Y en a... J'en ai vu un, qui nous vidait sa cave.

– Tu vois, dit la mère.

– Voui, mais l'autre qu'a pris cent sous pour la messe...

– Parle donc d'autre chose, dit Marie.

Autre chose ! C'est qu'il ne pouvait pas dire ce qu'il pensait. Il pensait avec angoisse : « Y a quarante-huit heures que je devrais être rentré ! » Alors, il recommençait de s'étourdir avec des discussions sur les amputés. Vaut-il mieux perdre un bras ou une jambe ? Malgré l'avis général, il préférait un bras. Trotter, rouler sa bosse, ça c'était toute la vie. Puis, une fois de plus, il racontait ses faits et gestes, et les effets du 75 : « Si ça fait vite ! Ah, pis faut voir les autres cochons ! Vous parlez d'une polka ! » Et comme causer lui donnait soif, il buvait un verre à la santé de chaque personne qu'on rencontrait. Il avait donc acquis une douce béatitude, quand, avec sa « vieille », sa femme, et « son petit » désormais légitime, il demanda son billet à la gare Montparnasse. Au vu de sa permission, l'employé dit :

– En retard ? Vous allez être foutu dedans !

Il répondit :

– Assez ! Je te demande pas si on te paye pour être un malpoli !

Mais sa femme s'inquiétait. Alors, avec une bonne figure :

– Pisque je t'esplique que j'ai vu un général... Ces perms-là, comprends-tu, c'est comme les billets de bains d'mer : valables avec prolongation !

Il fallait payer deux sous pour passer sur le quai. La « vieille », le cœur gros, se sacrifia. Elle le serra de toutes ses forces, bredouillant contre sa joue, d'une voix qui tremblait comme son pauvre cœur de mère : « Au revoir mon grand gars !... Au revoir, mon garçon ! » Et elle resta avec le petit, tandis que sa femme le suivait.

Sa femme, devant le wagon, il l'embrassa longuement, tel un homme satisfait qui pense : « Elle est à moi. Plus d'erreur. Bien à moi. C't écrit à la mairerie ! » Puis, comme elle était pâle, il lui dit les trois mots, qui sont toute la philosophie des Parisiens, peut-être même de notre race, – trois petits mots qui veulent dire : on n'est plus des gosses ; il y a des ressources ; tout n'est pas perdu ; tout sera peut-être gagné ; presque tout s'arrange ; la terre tourne tranquillement ; et Dieu ne doit pas être... méchant homme ; – il y avait tout cela mêlé dans la cervelle de Gaspard quand, avant de monter dans le train, il dit tendrement :

– Bibiche... t'en fais pas !

Lorsqu'il arriva au dépôt avec cinquante-trois heures de retard, le fourrier s'écria :

– Ben, mon bonhomme, qu'est-ce qui t'attend !

Gaspard prit un air digne :

– D'abord, de quel droit que vous m'tutoyez ? Ensuite, il me semble que je vous cause pas... Êtes-vous le juteux ? Non ? Ben alors ?...

Mais le « juteux » accourait. Il n'en dormait plus, Dupouya, depuis deux nuits ! D'avance, il ruminait son rapport. Il bafouilla :

– Ben, ça va être yoli ! Vous, un homme mobiliyabe ! C'est le conyeil et les travaux publics !

Gaspard se campa :

– Je m'espliquerai devant les officiers.

Le lieutenant ne tarda pas à venir.

– Ah ! voilà le déserteur !... Eh ! bien, quoi donc ?

Gaspard, très raide, répondit :

– Je demande à parler au capitaine.

Le capitaine avait fait la guerre. Un Parisien et un ami de Puche. Alors, il n'avait pas peur du capitaine. Pourtant, quand il l'aborda, il ne lui trouva pas les yeux indulgents ; et il commença d'une voix confuse :

– Mon capitaine... c'est de la faute à la mairerie. Moi, je leur disais pour la permission ; eux ils m'ont dit qu'ça fesait rien, ou qu'alors mon gosse il resterait un bâtard ! Et c'est ça qui me turlupinait. Je pouvais pas revenir avec cette idée-là. Mon capitaine, je voulais pas qu'on dise, si je clameçais : « Gaspard, c'était un feignant, à preuve que son gosse il est bâtard. » Mon gosse, maintenant, il s'appelle Gaspard, et si les autres cochons ils recommencent dans vingt ans...

– Enfin, dit le capitaine, il y a un règlement, et je suis forcé de te fourrer en boîte.

– Mon capitaine, dit Gaspard, je demande à repartir tout de suite foute su la gueule aux Boches !

– Tout de suite, dit le capitaine. Il n'y a pas de départs toutes les trois minutes comme à ton tramway de Montparnasse. Pas avant dix jours !

– Écoutez, mon capitaine, c'est rapport à mon gosse...

– Il n'y a pas que ton gosse ! dit le capitaine. Il y a aussi une histoire de gendarme... Il est arrivé un rapport. Qu'est-ce que tu as fichu en t'en allant ? Tu as injurié un gendarme ?

– Injurié ? dit Gaspard. Ah, c'te carne !... Dites, mon capitaine, j'vas vous raconter, moi, comme c'est arrivé. Je m'en allais, est-ce pas. V'là que tout à coup j'aperçois un guignol derrière moi...

– Veux-tu employer des mots corrects !

– Donc... je l'aperçois et je presse el pas. Mais l'autre il fait pareil. Je l'entendais qui bottait, qui bottait... Moi, je le connaissais pas : était-il de ma famille ? Je me dis : « Philibert, ce client-là, il croit qu'il en tient un : il va voir ! » Quoi, c'est vrai, j'avais rien à me reprocher... Alors, je me mets à tricoter. Il tricote aussi, il me rattrape, et il me dit : « Pourquoi que vous courez ? » Je dis : « Pourquoi que je cours ? Parce que je suis pressé. » Alors il dit : « Qu'est-ce que vous avez à être pressé ? » Je dis : « Qu'est-ce que j'ai ? Ben, j'ai que je suis en retard. » Alors il me dit comme ça : « Vous me faites trotter depuis la place d'Armes : v's avez plutôt l'air de vous enfuir. » – « M'enfuir, que je dis, pourquoi que je m'enfuirais ? » Là-dessus il me dit : « Ben, est-ce que vous avez une permission ? » J'lui dis : « Si j'ai une permission ? Probabe que j'ai une permission. » Alors il me dit : « Comment que ça se fait que vous la montrez pas, si vous en avez une ? » – « Comment que ça se fait que j'la... »

– Dis donc, fit le capitaine, te payes-tu ma tête après celle du gendarme ? Tu l'as fait marcher, quoi ! Puis, de fil en aiguille, tu es arrivé à lui dire que tu aimerais mieux être Boche que gendarme !

– Mon capitaine, voilà...

– Assez ! Tu vas aller en boîte. Après, nous verrons !

C'était ferme et net. Il eut à peine le temps de serrer la main de son ami Mousse, qui, lui, revenu à l'heure, semblait navré de cette aventure. On conduisit Gaspard à la prison, et il y coucha. Il en sortit le lendemain : il avait une mine effrayante. Ses compagnons racontèrent qu'il avait pleuré une partie de la nuit, répétant :

– Y a plus de justice ! Je veux pas qu'un seul de mes gosses que j'aurai il soye légitime ! Ils seront tous des bâtards, pisque dans ce sale pays, pour qu'un enfant il soye légitime, faut qu'el père il couche en prison !

Mais le capitaine, touché de lui voir pareil visage, lui annonça :

– Gaspard, tu ne feras pas tes huit jours... complets. On demande vingt volontaires dans quarante-huit heures : en es-tu ?

– Si j'en suis ! cria Gaspard.

– Alors, pendant deux jours, tu aideras au magasin. Tu vas m'habiller mes bleus.

– Compris ! Ça me connaît !

Mais à ce moment, Dupouya parut. Il tenait le rapport, et il avait une petite flamme dans les yeux. Gaspard fronça les sourcils. – Oui... c'est que dans le rapport il était encore fortement question de Gaspard. Plainte de la préfecture de police.

Le capitaine devint rouge de colère.

– Allons, à Paris maintenant ! Avec un agent ! Plus de gendarme : tu t'es dédommagé sur un agent !

– Ah, mon capitaine, ça, pour le coup, alors ça c'est malheureux ; parce que ça c't'une histoire... Écoutez voir, mon capitaine : j'arrivais à Montparnasse avec ma vieille, mon gosse et Bibiche... Bibiche, c'est ma femme que j'appelle Bibiche... Enfin, dans la porte, je m'arrête à regarder une dernière fois la place. V'là un flic...

– Je t'ai déjà prié d'employer des mots convenables !

– V'là un... un chose, quoi, qui me dit : « Entrez, sortez, mais restez pas là. » Alors, j'ai peut-être eu tort, – je reconnais, – mais j'y ai dit : « Ça va bien, garde tes laïus pour el temps d'paix. Tu vas tout de même pas commander à un poilu ! » Là-dessus, il est devenu de la couleur d'mon képi, et il m'a demandé : nom, prénom, matricule, âge de ma mère... J'y ai donné tout, flatté que ça l'intéresse. Pis j'y ai dit : « Pouilleux, va !... Moi, je te d'mande pas ton nom : je sais bien que c'est "face moche", ni ce que tu fais, parce que t'as jamais rien foutu... »

– Tu lui as dit ça ?

– Ah, j'y ai dit !

– Et tu jubiles à le raconter ! Allez, allez, retourne en boîte, dit le capitaine. Illico. Demi-tour !

– Mais... habiller les bleus... risqua Gaspard.

– En boîte ! Rondement !

Il avait repris son teint en s'expliquant avec le capitaine : il le reperdit dès qu'on l'eut enfermé. Il avait juste eu le temps d'apercevoir Mousse, qui se traînait comme une âme en peine. – Mais on tira Gaspard de sa prison au bout de vingt-quatre heures au lieu de quarante-huit, le départ des volontaires étant avancé.

Le capitaine le fit venir :

– Tu pars tout de suite. Es-tu content ?

– Tout de suite ? Sans blague !... Mon capitaine vient avec nous ?

Cri du cœur. Le capitaine le comprit. Il lui serra la main avec force, lui souhaitant bon courage, puis :

– Tu viendras me revoir, quand tu seras équipé.

Gaspard avait oublié sa prison ; il exultait.

Mais... il n'avait pas quitté le bureau qu'une note arriva du commandant-major, accompagnée d'un rapport de la douane sur le soldat Gaspard, qui, à son retour de permission, ayant été surpris porteur d'un litre d'alcool, *«s'était montré incorrect et brutal envers les douaniers»*.

Ah, cette fois, le capitaine n'en revenait pas ! Il dit : «Il a le diable au corps !» En gros sur la feuille il écrivit : *«Parti pour le front»*, puis il s'écria :

– Faites-le décamper tout de suite ; qu'il ne reste pas une seconde de plus ! Il finirait par passer au conseil.

– Ye le lui ai dit, remarqua cauteleusement Dupouya.

– Et je ne veux le revoir sous aucun prétexte ! dit le capitaine. Qu'il me foute le camp !

On transmit à Gaspard cette décision ; il en fut atterré. Justement il était prêt : musette pleine, sac chargé, fusil sur l'épaule ; il allait se présenter. Alors il se confia à Moreau, pour qui il avait quelque dédain maintenant, mais quand on part, tant de choses s'oublient. Et il lui dit :

– Coute voir, mon pote... L'piston l'est colère. Je comprends. Je reconnais : j'ai fait des sales blagues ; mais... ça me fait quèque chose de m'en aller comme ça, parce qu'au fond... c't'un bon vieux, qu'a pas dû avoir la trouille devant les Boches... Alors, je vas t'dire, poteau : je voulais, au moment de le quitter, comprends-tu... en souvenir... y laisser des escargots que j'ai rapportés d'Pantruche, d'chez nous, quoi... du gros Bourgogne, quelque chose ed bath... Les v'là... prends-les... et tu y donneras, veux-tu ? Tu y diras : «Vous fâchez pas, ça vient de la noce à Gaspard, qui vous r'mercie de l'avoir espédié comme ça...» Voilà... Et pis tu m'écriras, hein, si... s'il a rigolé... Ça me ferait plaisir si... s'il a rigolé... Moi, tu vois, je pars, j'rigole... Et mon copain, m'sieur Mousse, qu'est un vrai copain, – ah ça, vieux, tous les deux on est copains, – ben regarde-le : il rigole aussi... Qu'est-ce tu veux, c'est comme à la fête : Messieurs les Boches, prenez vos places et vos billets... et dans cinq minutes on recommence !

Ils quittaient la caserne à vingt cette fois : ce n'était plus le grand départ pour la guerre ; c'était un petit renfort pour une compagnie du front. Seulement, avec Gaspard, même une poignée de vingt hommes prend tout de suite de l'allure.

Il était au premier rang, à côté de son troisième grand ami, et de nouveau il s'en allait, d'un pas cadencé, avec un air goguenard. – Mousse, qui ne savait pas se donner une attitude, écoutait curieusement battre son cœur en marchant, et il s'étonnait que cette petite ville médiocre, où il venait de vivre tant de journées lamentables, devînt soudain pour lui quelque chose d'important, qu'il avait presque peur de ne revoir jamais.

A la gare, un commandant attendait pour embarquer la petite troupe. La tête expressive de Gaspard retint ses yeux, et c'est à lui qu'il dit :

– Ah ! les volontaires ? Rien que des braves, des chics Français !

– Nous, dit Gaspard (il était devenu rouge de plaisir), on est rien que des copains, et on veut les avoir ! Alors on les aura, et on se fera tuer, et massacrer, et on s'en fout !

– Vive la France ! fit le commandant.

– Vive la France ! reprirent les hommes.

On les installa dans deux compartiments de troisième, et le commandant disparut. Gaspard, en déposant son fourniment, laissa tomber de son képi une photographie.

– Tu perds ta femme et ton mioche, lui dit tranquillement Mousse.

Ce mot impressionna Gaspard. Il répondit :

– Je les perds... mais je les retrouverai !

– Pis, si t'les retrouves pas, dit quelqu'un, y aura que d'mi-mal, pisque t'as raconté comme ça au commandant que ça te plairait de te faire zigouiller.

Gaspard dressa la tête. Est-ce qu'on lui reprochait son élan patriotique ?... N'avait-il pas, en fait, un peu fanfaronné !... Que pensait Mousse, qui, lui, était instruit, sentait finement les choses... et ne disait plus rien ?

Bref, il éprouva le besoin de concilier tout haut, devant les camarades, ses sentiments un peu contradictoires : désir d'être un vaillant, et crainte, peut-être, d'y rester. Alors, il confia bonnement, en brave cœur qu'il était :

– Le commandant, comprends-tu, c'est un mec du métier... Ben, s'il est bath, faut pas être rosse... Et... et moi, j'crois que ça y plaît d'entendre des trucs comme ça !

7

Après vingt heures de ballottements, de somnolences lourdes et de réveils empâtés, Gaspard et ses compagnons débarquèrent dans un vague pays gris, froid, brumeux, où une pluie fine les enveloppa. Sur le quai boueux d'une gare trempée, un gros territorial qui montait la garde leur dit :

– Ah, des gars qu'ont l'filon ! Vous venez-t-il du dépôt !

– Pis après, fit Gaspard.

– Ben, l'aurait mieux valu y rester !

– Essence de betterave, dit Gaspard... Fourneau économique !

Et le regardant sous le nez :

– Pourquoi t'es navet comme ça ?

– C'est bon, c'est bon, fit l'autre ; tu verras !

– Pis, qu'est ça peut me foute ! dit Gaspard.

– C'est le bois de la Tuerie, t'sais, ici ; on en sort pas, on y est vite frits !

– Et pis... et pis, qu'est ça peut me foute ! dit Gaspard.

– Allons, assez causé. Par quatre, et en avant, dit le sergent.

Le vent rabattait la pluie dans les yeux. On entendait tonner le canon. Mousse se sentait l'âme gelée. La petite troupe longea un bois tout étouffé de brume, les pieds collant à des paquets de feuilles mortes, puis elle déboucha sur une route plus large, et du brouillard, soudain, surgirent des artilleurs avec leurs chevaux, leurs caissons, leurs canons. – Les chevaux au long poil pataugeaient dans les mares ; l'eau des ornières giclait sous les roues lourdes ; et les hommes, dans leurs grands manteaux de guerre qui pendaient sur la croupe des bêtes, étaient tout éclaboussés de boue, avec des têtes fauves de brutes éreintées. – Pour encrotter vingt fantassins, il suffit d'un canon qui sache s'y prendre. Après le passage de deux batteries, Gaspard et sa bande avaient l'air échappés d'un marais limoneux. Ils criaient aux autres :

– Tas d'abrutis sur vos perchoirs !...

Et les autres passaient, indifférents, raides et figés, ayant l'air tout d'une pièce avec les chevaux et les caissons, silhouettes massives dans cette grisaille de brume, forts, carrés, lourds et tristes, et traînant leur ferraille qui grondait sur la route. A côté, qu'est-ce qu'un groupe d'hommes à pied, qui s'en viennent faire la guerre avec de minces fusils ? Ils le sentirent.

Ils marchèrent un quart d'heure en silence, et ils arrivèrent devant des ruines de maisons, qui, même écroulées, gardaient un nom de village. Quelques murs restaient debout, les pièces étaient devenues des cours, et il y avait des entassements de pierres, noircies et rougies, avec des poutres qui surgissaient comme des bras levés pour dire : « Au secours ! » – Au secours de quoi ? C'était fini. Rien ne vivait plus. – Pourtant, on eût dit que des pierres remuaient, et qu'il surgissait des hommes de ce vaste écrasement.

– Quoi qu'on voit ? dit quelqu'un.

– C'est des poilus, dit Gaspard.

– Qu'est-ce qu'ils fabriquent là-dedans ? demanda Mousse.

– Ils cantonnent, expliqua le sergent. Et on va faire comme eux.

Il arrêta ses hommes devant un pan de muraille, avec une fenêtre qui ne fermait plus rien et une persienne qui pendait. Il dit :

– C'est là. Suivez...

Ils tournèrent le mur et, parmi les grosses pierres, ils virent un trou dans le sol, avec une échelle qui dépassait.

– Allez-y, un à un, sans vous casser les abattis.

Mousse demanda :

– Est-ce l'entrée des enfers ?

Le sergent répliqua :

– C'est la 10e compagnie.

De ce trou, il montait une odeur fétide de vieille pipe, de mangeaille et de suint, et, en s'y enfournant, on se trouvait dans une cave où flottait un faux jour de soupirail, parmi des formes sombres, accroupies ou couchées.

Ce ne fut qu'un cri :

– Tiens, d'la bleusaille !

Un cri plutôt grogné que poussé ; et Gaspard, reniflant le mauvais air, dit tout de suite :

– Ça fouette, là-d'dans... Y a-t-il au moins quèque mec qu'est d'la rue de la Gaîté ?

– Hop ! Par ici, mon gars !

Un bonhomme surgissait d'un coin d'ombre. Ils se serrèrent d'abord la main en riant. Puis, Gaspard essaya de distinguer mieux cette tête qui lui faisait joyeux accueil, et il reprit, l'œil méfiant :

– Toi, de la rue de la Gaîté ?

L'autre, qui avait une bouche sans dents, perdue dans du poil jaune, répondit, en l'ouvrant toute grande :

– Mon gars, y a point d'erreur : j'suis de tout près du canal.

– Du canal ?

– A côté de la Fernande.

– La Fernande ?

Il lui mit la main sur l'épaule :

– Tu te fous d'moi. D'quel patelin qu't'es ?

– Ben, pardi, j'sis de La Louve !

Alors, Gaspard le singea :

– Ben, pardi, j'sis de La Louve !... Sacrée andouille, et c'est ça que tu nommes la rue de la Gaîté !... Saucisson à pattes !... Dire que c't électeur !

Mousse s'était assis déjà. Gaspard vint s'étendre auprès de lui. Il y avait par terre une paille humide et terreuse.

– Ça m'a plutôt l'air vaseux, dit Gaspard.

– M'sieur sort peut-être d'un lit de plume, dit une voix.

– T'en fais pas ; tu vas en baver ! dit une autre.

– Ah, pis, ça va bien, je m'en fous ! reprit Gaspard.

Il se tut. On entendait trois hommes qui jouaient aux cartes : « Trente, – trente-deux, – je passe, – trente-cinq, trente-huit, – ah ! la bête brute ! – quarante, je te laisse... quel veau mort-né ! » Dans le silence, le bruit d'un filet d'eau, qui s'étranglait par le soupirail, rappelant la saison d'hiver, et Mousse avait froid dans les os. Il dit paisiblement :

– On va crever ici...

Gaspard reprit :

– Pauv'mère ! Si tu voyais ton fils.

Puis il dit :

– Quand c'est qu'on bouffe ?

Le paysan à barbe jaune revint montrer sa tête, à la fois farouche et avenante :

– On a becqueté, mon gars !

Gaspard fit avec colère :

– Quand c'est qu'on a becqueté ? Grand mahaut ! De quoi que tu te mêles ? Moi, j'ai bouffé un biscuit, comprends-tu, et qu'est-ce que tu veux que je foute d'un biscuit dans l'estomac, un jour ed flotte ? Le gouvernement, il me possède ; mais faut qu'il me nourrisse, ou, sans ça, je fais du pétard ! Les ministres, sois tranquille, ils sont gras : ils rongent pas des os.

– Veux-tu un bout de chocolat ? lui dit Mousse.

– J'veux la nourriture au gouvernement !

Le sergent, qui était sorti, redégringolait dans le trou par l'échelle, et il cria :

– En tenue, là-dedans ; faut du renfort.

– Où ça ?

– On va attaquer.

Alors, on entendit un grognement qui se traînait, des soupirs, des jurons, des : « Moi, j'suis malade... Moi aussi... Moi, je bouge plus, j'attends les marmites ici. »

Puis tous, un à un, ils s'apprêtèrent quand même, et, s'injuriant les uns les autres, bâillant, chargés, pesants, ils grimpèrent l'échelle qui craquait sous leurs lourdes chaussures.

– Mais nous, fit Gaspard, nous, on arrive, on n'y va pas ?

– Tiens, fit le sergent, vous êtes exempts de vous faire ouvrir en deux !

– S'agit pas de ça. On a rien bouffé.

– Allez, allez, dehors, et tout de suite ; vous me faites l'effet d'un tire-au-flanc.

– D'un quoi ? fit Gaspard. Ah, ça !... ça, répète pas ça... parce que ça... non, t'sais, ça, tout sergent que tu es...

– Aussi, pourquoi que vous rouspétez ?

– Je rouspète pas. Je demande à bouffer !

– Et qu'est-ce que j'ai, moi, à vous donner à bouffer ? Vous voulez-t-il mes pattes d'épaule ?

– Oh ! ça va bien ! Nous la fais pas à l'adjudant !

– Comment que vous dites... Ah, ça... ça non... répétez pas ça... parce que ça, tout Parisien que vous êtes...

Bjjj ! Rangg !

– Cré bon Dieu !

Une marmite... sur le village... à cinquante mètres. L'oreille de Gaspard retrouvait tout à coup le terrible bruit de la guerre, et Mousse, qui montait l'échelle, resta figé par la violence de l'éclatement.

Dehors, les hommes n'avaient pas l'air ému. Plusieurs bourraient des pipes.

– En route ! fit le sergent.

Ils étaient une cinquantaine, des pieux à la main. Ils se mirent tant bien que mal quatre par quatre, et ils suivirent d'un pas lent, dans la boue.

Bjjj !... Vvvv ! Bong ! Rangg !

Encore une. A cent mètres, la chaussée de la route explosa dans toute sa longueur.

– Mais... mais on est foutus, dit Gaspard.

Et il regrogna encore : « Pauv'mère, si tu voyais ton fils ! »

Quelqu'un dit :

– T'en fais pas : on va prendre el boyau.

Trois pas dans un champ, où les pieds enfonçaient jusqu'aux chevilles, et l'on descendit entre deux sillons, dans un mince couloir où l'on enfonçait jusqu'aux genoux. Ce n'était plus de la terre, mais de la vase, et le boyau, plus haut qu'un homme, était si étroit que sac et fusil s'accrochaient.

– V'là mon flingue bouché ! dit Gaspard.

– Zut, dit Mousse, mon képi dans l'eau.

– Allez-vous avancer, la bleusaille ? fit un poilu derrière.

Avancer ? On piétinait dans une pâte gluante, dont il fallait, à chaque pas, ressortir. Le pied glissait ; la main s'agrippait aux parois : elle aussi s'enfonçait dans la boue. Le fusil tombait de l'épaule : la main boueuse le rattrapait et l'emplâtrait. En moins de cinq minutes, armes et vêtements, l'homme tout entier était empâté, englué, et ces cinquante soldats qui se suivaient à la file, dans une crevasse de terre inégale et tortueuse, avaient l'air de lutter pour que le champ ne se refermât pas sur eux. Des coudes, des pieds, des mains, des reins, de la tête, ils étaient comme des pétrisseurs de boue, enlisés, puis se désenlisant, n'acceptant point d'être enterrés, geignant, pestant, se décollant et émergeant, hommes devenus taupes, vers de terre dans une tombe, où vivants, ils rampaient, se raccrochaient, bourbeux, fangeux, désespérés, mais volontaires.

Le boyau débouchait à la lisière d'un bois déchiqueté, où il n'y avait plus que des branches mortes, des troncs ouverts, des moignons d'arbres ; mais c'était un abri suffisant pour que l'on pût se montrer. – Les hommes se hissèrent à la surface.

Et à peine s'étaient-ils dégagés du boyau qu'ils croisèrent une compagnie qui sortait des tranchées.

Ah ! ceux-là étaient plus boueux encore, avec des têtes plus ravagées, la peau terreuse, les yeux agrandis, pleins d'un vague effarement. Et ils avaient aussi des pieux pour appuyer leur misère, mais, forts pourtant, ils portaient tout un bagage souillé, maculé, déterré. Ils s'en venaient d'un champ aux sillons argileux, où l'on voyait une rangée de croix avec des képis dessus, et on eût pu se dire que c'était la relève des morts, qui tout à coup s'étaient dressés, et qui remontaient de leurs fosses, l'œil fatal, avec de la terre plein la barbe.

Gaspard dit : « Cré Bon Dieu ! »

Mousse était trop essoufflé pour rien dire.

Ce sol visqueux et gras, qui les tirait par les pieds, s'enfonçait tout à coup en un vaste entonnoir, où croupissait une eau jaunâtre. Les hommes s'arrêtèrent ; et le sergent commanda : « Allez... emplissez les bidons. »

– Sans blague ? dit Gaspard.

Mais les autres parurent encore plus surpris de son étonnement. Son voisin, qui avait une mine brouillée, pleine de poils hérissés, lui dit : « C'est peut-être que m'sieur l'baron boit d'l'eau filtrée ? »

Gaspard fit en secouant deux blocs de boue :

– Et ta sœur !

Puis il plongea son bidon dans la mare, et Mousse fit comme lui.

Mousse se sentait dans un étrange état. Il n'avait plus envie de bâiller comme au dépôt, mais crispé d'angoisse, il lui semblait certain qu'il marchait à la mort. Hiver, brouillards, un pays envasé, le tout couleur de terre ; l'eau et même les visages. De la boue, tout en boue : elle vous couvrait jusque sur l'âme.

Quand il redescendit dans un second boyau, qui les amena à une tranchée de première ligne, il eut l'impression d'un dernier enfoncement dont il ne sortirait plus. L'eau, de nouveau, rentrait dans ses chaussures, l'eau froide qui, lui glaçant les pieds, lui saisissait tout le corps, et il entendit Gaspard redire encore simplement : « Cré Bon Dieu ! »

La tranchée où ils s'arrêtèrent, et au-dessus de laquelle des balles filaient en chantant, n'était ni plus abritée, ni plus sèche que les boyaux où, dans la fange, ils venaient de faire leur chemin. – Il y avait pourtant un parapet de pierre et une banquette de boue. Les hommes s'y assirent ; ils avaient de l'eau jusqu'aux chevilles et ne disaient rien.

Gaspard était entre Mousse et le grand paysan, dont la bouche ricanait :

– T'as peur qu'on va te faire neyer, mon gars ?

– Ah... cré Bon Dieu ! répondit Gaspard.

Deux hommes avaient été désignés pour la garde des créneaux. Les autres, en silence, fumaient, bâillaient, s'enfonçant bien sur la banquette qui tournait le dos à l'ennemi ; et quelques-uns, de leurs mains boueuses, tiraient d'une poche un morceau de boule, qu'ils se mettaient à mastiquer de leurs mâchoires lasses, mais tenaces.

Une marmite vint tomber tout près, avec un bruit mou, comme si la terre gluante l'étouffait tout de suite. Gaspard, la tête dans ses mains, crachait dans l'eau où ses pieds clapotaient.

Mousse se racla les doigts avec son couteau de poche, puis il sortit de sa capote un bout de papier et un crayon, et il se mit à écrire fébrilement.

Gaspard le regardait. Il dit :

– T'écris ?

– Oui, reprit l'autre, c'est pour toi.

– Pour moi ?

– Écoute ! j'ai idée que je n'en reviendrai pas.

– Ah ?...

– Si toi tu reviens, mets ça dans ta poche et, par amitié, porte-le à Paris à l'adresse ci-dessus.

– Chez ta poule ?

– Non... un ami.

– Ah ?...

– C'est une petite question littéraire que je tiens à régler, dit Mousse. Il s'agit d'une édition de Sophocle...

– De quoi ? fit Gaspard.

– De Sophocle. Je te raconte des choses qui ne t'intéressent pas.

– Pourquoi ? Je ne suis pas une tourte !

– Non, mais...

– Ça va, ferme ça !

Il se tourna de l'autre côté. Mais il avait pris le papier et il le glissa dans le fond de son képi, où il y avait déjà le portrait du gosse. De l'autre côté, le paysan qui s'emplissait la bouche de pain, soupira :

– Moi... ce qui m'soucie, tiens voir, c'est ma maison.

Une marmite sifflait en l'air. Gaspard leva son nez curieux, puis demanda :

– Qu'est-ce qui t'a arrivé ? Ta femme a accouché d'un rhinocéros ?

– Non, mais c't'une femme... et elle sait point.

– Elle sait point quoi ?

– Point y faire.

– A quoi ?

– Ell' m'écrit que l'père Placide, il y a pris quarante sous pour sa vache qu'elle y menait.

– Pourquoi qu'elle y menait ?

– Bé, à son taureau !

– Et alors, c'est de l'argent qu'tu voulais me donner ?

– Te l'donner, mon pauv'e gars ! Oui, j'suis prêt d'te l'donner ! Et les poulains, qu'est qu'c'est qu'ils deviennent ?

– C't'à moi que tu demandes ça ?

– C'est qu'un poulain, mon gars, c'est c'qu'il y a de plus casuel.

– Moi, je m'en fous !

– Tu t'en fous, tu t'en fous, et pis t'es comme tout l'monde ! Cent sous c'est ben cent sous !

– Et un croquant c'est un croquant.

Gaspard se tourna du côté de Mousse et il dit :

– Ah, ces Normands, qué saligauds ça fait avec leur « boune argent ! » Ils mordent là-d'dans comme dans une poire blette !

Puis, contemplant toujours ses pieds qui gelaient dans l'eau, il ajouta encore et toujours :

– Cré Bon Dieu !

Balles. Marmites. Éclatements. Effritements. Et les quarts d'heure s'écoulaient, grain à grain, au sablier désespérant de cette vie nouvelle, où des hommes aux idées vagues, aux corps souffrants, attendaient dans le brouillard, la froidure et la boue, les arrêts du Destin. – Sous leur front, il passait confusément des images de chez eux, mais leur chair était gelée, et gourds, dans leurs capotes raidies, ils roulaient des pensées mornes ne sachant pas au juste pourquoi ils pâtissaient, maugréant, jurant, gelant, mourant, par discipline, par habitude, comme tout le monde...

Un jour de brume d'hiver est en soi si mortel, que lorsque la nuit tombe, l'homme à peine s'en effraie. Gaspard mit sur sa tête sa couverture mouillée ; et Mousse, qui tremblait de froid, se serra contre lui. – La tranchée, toute la nuit, remue autant que le jour. Les hommes ronflent, mais ils grelottent et se cherchent l'un l'autre. Pelotonnés, ramassés, genoux serrés, coudes au corps, comme s'ils voulaient retenir leur tiédeur, ils pressent le voisin, d'une épaule qui mendie : fraternité physique, émouvante et la plus sincère.

Le petit jour qui revient sur ces grelottements, c'est l'heure blafarde plus sinistre que les nuits. A cet instant-là, on ne s'étonne pas de mourir ; le voile de la mort vous frôle les yeux. L'estomac vide et la bouche tremblante, on reçoit l'ordre de se tenir prêt à l'attaque et de mettre baïonnette au canon. Le cliquetis des armes donne froid. Elles brillent dans l'air blême. Et quand on s'appelle Mousse, on se tait ; on songe qu'en sautant la tranchée, on va sans doute faire un bond prodigieux dans l'autre monde. Mais quand on est Gaspard, du revers de sa main on s'essuie la moustache glacée de givre, et on répète l'éternel : « Cré Bon Dieu ! »

C'est un refrain.

La tranchée, lorsqu'on croit vivre sa dernière minute, est dure à escalader pour les reins. Puis, il y a la surprise de n'être plus enfoui ; on se trouve plus grand ; et, serrant son fusil, les doigts crispés, on marche gravement avec des yeux qui cherchent les balles. Elles arrivent tout à coup, balayant l'air, et quelques hommes s'effondrent, sans un cri ; mais leur chute en avant est suspendue par l'arme, qui glisse et se fiche en terre, en sorte que le soldat tombe dessus, arrêté, empalé, dans une effrayante attitude, – mort et presque debout, atroce à voir, comme tous les cadavres qui n'ont pas l'air au repos.

Mousse, dès que les balles chantèrent, redit à Gaspard :

– Hein... tu n'oublieras pas ma lettre ?...

Et presque aussitôt des marmites commencèrent d'éclater autour d'eux. L'ennemi était à trois cents mètres ; ils le virent surgir de terre, par petits paquets d'hommes qui se rejoignaient formant une muraille en marche. On allait donc se joindre, se heurter, entrer les uns dans les autres. Les Français, malgré les balles, serrèrent les rangs.

Le mur allemand devenait plus noir et plus proche. Il s'éclairait de quelques trous, des soldats qui tombaient. On distinguait maintenant les casques à pointe. On ne tirait plus, et les hommes, sans un cri, marchaient toujours gravement des deux côtés. – Mais... quand les deux troupes furent proches de cinquante mètres, comme si quelqu'un d'en haut les dirigeait, on les vit s'incliner, l'une à droite, l'autre à gauche, en un mouvement tournant qui semblait là comme une entente, ou plutôt une terreur pareille de s'aborder sans s'être vus. Il fallait se tâter d'abord, se regarder, prendre le temps de se haïr ; ils faisaient comme les chiens qui se flairent et tournent, avant de se sauter à la gorge.

Seulement, sur ce calme tragique s'abattirent de nouvelles marmites, qui déchirèrent, mutilèrent, emportèrent des morceaux de champ et d'hommes.

L'une d'elles jeta violemment sur le sol Gaspard et Mousse.

Quand l'épais nuage de sa puante fumée fut dissipé, Gaspard, hébété, tenta de se remettre debout. Il retomba et fit :

– Ah !... ma jambe !... Cré Bon Dieu !

Sa jambe droite, au-dessous du genou, était brisée, molle, et pendait, la culotte arrachée et sanglante, et il regardait, stupide, tandis que les camarades, en se hâtant, tête en avant, épaule haute, passaient sans prendre garde.

Il appela d'une voix creuse :

– Mousse... où que t'es ?

Une voix répondit :

– L'est là, par terre... L'a l'crâne ouvert, comme un vol-au-vent...

Gaspard eut un cri, puis il ne se sentit plus le courage de rien dire. – Il perdait du sang, qu'il regardait couler et faire une tache noire sur le sol. Français et Boches s'assassinaient : on entendait des hurlements. Une nouvelle marmite s'abattit, éclata ; le champ s'ouvrit, puis il se souleva, et une énorme vague de terre vint s'abattre mollement sur le corps de Mousse. On ne le vit plus. Les canons allemands l'avaient tué : ils l'enterraient. La mitraille lui avait fait une horrible blessure : elle lui creusait une tombe, l'y étendait et le recouvrait. La terre le reprenait, sans que la main de l'homme aidât. La guerre le frappait, mais elle le gardait. Le repos tout de suite, après la mort. Pas de corps palpé ni de poches fouillées ; pas de plaintes ; pas de phrases. Soldat Mousse : disparu...

Gaspard se mit à geindre :

– Ah !... Ah ! Guillaume !... Si je le tenais, ce cochon-là !

Deux brancardiers s'approchaient qui le prirent vivement, l'un sous les reins, l'autre par les aisselles.

– Te raidis pas ; laisse-toi porter !

Il dit :

– Voui... bon, v's êtes des poteaux ; mais si je le tenais... ah ! ce cochon-là !

Sur un brancard à roues, malgré les marmites qui s'écrasaient autour d'eux, ils le roulèrent jusqu'à une route, où d'autres infirmiers se chargèrent de le conduire à l'ambulance. – Elle était installée parmi des maisons en ruines, dans une cave de ferme crevée d'obus.

On y descendit Gaspard qui commençait à souffrir de sa jambe et qui, brusquement, se soulevait de douleur sur la toile du brancard.

Deux majors s'approchèrent. Ils dirent tout de suite :

– Oh ! toi, pauvre vieux... faudra couper.

– Couper ? répéta machinalement Gaspard.

– Oui, il faudra couper là, dit le premier major.

– Je ne crois pas : il vaut mieux couper là, dit le second major.

– Pourquoi là ? dit le premier major.

– A votre guise, coupez là... dit le deuxième major.

– Non, non, ça m'est égal. Coupons là... dit le premier major.

Gaspard les regardait de tous ses yeux, faisant une affreuse grimace, et crispant les poings. Puis il laissa aller sa tête en murmurant une fois de plus :

– Ah !... Cré Bon Dieu !

Sa campagne d'hiver avait duré vingt-quatre heures.

8

L'hiver avait été cruel pour Gaspard. Le printemps lui fut léger. Il le vit naître et s'épanouir dans le vaste parc de M. le Marquis de Clerpaquec, dont le château, sur le flanc de Mortagne, domine toute la verte campagne normande. Verte et blanche et rose, quand, aux premiers jours de mai, pommiers et poiriers sont en fleurs ; et Mortagne est une petite sous-préfecture curieuse et charmante, perchée, tassée sur son gros pâté de terre qui domine le pays. – On ne s'est pas battu depuis la Ligue dans ces herbages frais, dont le sol est riche et gras ; et Gaspard, amputé, pensa tout de suite que la vie en Normandie, avec une jambe, était beaucoup plus douce qu'en Argonne avec deux.

Il se trouvait en convalescence chez le marquis de Clerpaquec, un homme vieux, riche, attendri, qui avait mis son billard, un salon et une véranda à la disposition de la Croix-Rouge, disant :

– Envoyez-moi ceux qui sont remis... pour qu'ils se remettent.

Il avait les cheveux pommadés, de petits favoris courts, le teint rose, la voix aigrelette. Il était propret et comique. Et il s'amusait, ce marquis, à bien nourrir et à gâter quelques soldats du peuple, dont la bonne humeur et l'argot le faisaient rire.

Mais souvent les soldats riaient encore plus que lui. Quand il était rentré dans ses appartements, ils s'exclamaient entre eux :

– Dis, l'est crevant, l'vieux frère !

Et Gaspard ajoutait :

– Quel acrobate !

Gaspard, à Mortagne, avait divisé sa vie.

A l'heure du lit, à l'heure des repas, il était occupé chez le marquis à refaire sa santé, et il la refaisait bien.

Puis, il sautait sur ses béquilles, et grâce à elles, de son seul pied, il traversait d'un trait la petite ville jusqu'au Café des Hirondelles, au coin de la place d'Armes.

Là, il s'installait, buvant et parlant, et il commandait, il conseillait, il recevait, il trônait, il régnait. Ce Parisien avait conquis cette province.

Au début, on s'était apitoyé sur sa mutilation ; mais il paraissait si joyeux, il montrait un tel oubli des horreurs de la guerre, disant : « Un bras, ça m'aurait embêté, parce que les mains, c'est bath pour farfouiller partout, mais une jambe ! C'est si bête un pied ! » – enfin, il portait son malheur avec une telle aisance, qu'on négligea bien vite de le plaindre pour s'égayer seulement de ses propos gaillards. – Cette bonne humeur, au reste, n'avait rien de surprenant : l'homme est admirable de résistance. Vous le tuez à demi : il jouit de son reste. Vous lui coupez une patte : est-ce cela qui l'empêche de se frotter les mains ? Il marchait : il apprend à sauter. Il s'adapte, s'arrange, il vit ! Vivre, c'est l'essentiel. Et tant qu'on vit, il faut être content de vivre, aimer le soleil et les rieurs.

Gaspard avait donc choisi le Café des Hirondelles parce que c'est le plus gai de Mortagne, un petit café tout en vitres, à l'encoignure d'une place. Le jour, la place l'éclaire ; le soir, il éclaire la place. Le jour, on est bien dedans ; le soir, on ne passe pas dehors sans griller d'entrer. Il est pourtant bien provincial, mais il a le charme d'une chose vieillotte, avec ses colonnes habillées de glaces, ses frises couleur crème où l'on voit l'Amour qui lance des flèches, son billard usé, son Bottin taché, et ses deux chats noirs, égoïstes, voluptueux et ronronnants, qui marquent, par l'impassibilité de leurs prunelles dorées, tout le mépris qu'on peut avoir des hommes, de leurs boissons et de leurs paroles.

Gaspard ne se laissa pas troubler par ces animaux supérieurs.

Il entrait tous les jours en chantant :

Elle s'a cassé sa jambe de bois,
Sa jambe de bois.
En montant d'ssus les ch'vaux d'bois,
Elle a cassé sa jambe,
Sa jambe,
Sa jambe de bois !

Le patron, qui était un limonadier habile dans son commerce, Normand roublard, aux yeux bridés, accourait en riant, empressé et flatteur :

– Ah, voilà m'sieur Gaspard ! Toujours gai, m'sieur Gaspard ? Ça va bien, m'sieur Gaspard ? Qu'est-ce qu'on vous sert, hein, m'sieur Gaspard ?

– Un vermouth-cassis, un !... Et présenté par mam'selle Annette !

Mlle Annette, il ne se cachait point pour dire tout haut qu'il la trouvait de son goût. C'était la bonne du café : vingt ans à peine, blonde, niaise, mais des lèvres fraîches et le trottinement drôle. Gaspard la regardait servir et soupirait :

– Nom d'une pipe ! J'en jouerais bien un air !

Elle ne venait jamais près de lui sans qu'il lui parlât, la chatouillât, lui prît les mains, les bras, la taille. Et alors, le patron riait d'un rire jaune. Non qu'il fût spécialement pudique, le patron, mais il était prudent ; on lui avait confié cette fille-là ; il ne voulait pas d'histoires. La nuit, il l'enfermait à double tour. Le jour, il n'aimait point qu'on lui fît des galanteries trop pressantes.

Gaspard, lui, subissait une crise printanière.

Un mois avant, à l'hôpital, il avait vu sa femme, sa Bibiche. Il en parlait dans des termes assez peu amoureux ; il disait :

– Oh ! je l'aime bien, mais elle m'poisse !... J'espère qu'elle reviendra pas d'si tôt. Elle peut pus me voir sans pleurer. Et « mon pauv'e loup » par-ci, et « mon poulet » par-là, et « si c'est pas affreux comme ils t'ont arrangé !... » Ah ! je l'ai envoyée paître !... Elle cherche tout le temps la jambe qu'y est plus. J'ai dit : « Regarde au moins l'autre, pisqu'il en reste une ! » Je t'en fiche ! « Mon tit loup, mon pauv'e tit loup, hi hi !... Qu'est-ce qu'on va devenir, hi hi !... Ton métier, hi hi !... l'est fichu, hi hi !... » Qu'est ça peut me foute à moi ; y en a-t-il pas six cent mille des métiers ? Je peux plus bouger, ben je serai ministre : on les balade dans des laudaus !

Et appelant « mam'selle Annette ! », il continuait :

– Mam'selle Annette, je veux divorcer... Veux vous épouser... Tous les deux, on rigolera tout le temps !

Puis il chantait :

Il m'dit des bêtises,
Des mots qui me grisent ;
Il va m'embrasser :
Qu'est-ce qu'il va s'passer ?

Mlle Annette riait, regardant les autres. Alors, il envoyait des baisers bruyants, jusqu'à ce qu'elle se tournât vers lui. – Le patron arrivait pour changer la conversation :

– Ainsi, m'sieur Gaspard, vous ne souffrez plus de votre jambe ?

– Ma jambe ! Faut pas me raser avec ma jambe ; elle m'a assez fait endêver ! La carne !

– Était-elle très abîmée !

– Ah ! une saleté, une infection ! Je me dégoûtais !

Et il riait encore. Puis, attirant la bonne par son tablier, il l'embrassait, et rechantait :

Elle s'a cassé sa jambe de bois,
Sa jambe de bois,
En montant d'ssus les ch'vaux d'bois
Elle a cassé sa jambe...

Le patron, d'un rire forcé, s'exclamait :

– L'est épatant, ce m'sieur Gaspard !

Mais l'autre se levait, et sautant sur une patte, à travers le café, continuait :

Sa jambe,
Sa jambe de bois !

Il poursuivait la bonne jusque dans l'ombre de la cuisine, et là, il faisait avidement :

– Hum !... Veux vous embrasser encore !

Les chats noirs filaient, effrayés.

Il revenait à sa table. Il commandait :

– Un autre vermouth-cassis, un !

Puis il racontait sa vie dans son second hôpital à l'huissier et au bijoutier qui sirotaient des cafés chauds :

– Ah ! les amis, ce qu'on était bath ! Autant de cadeaux que d'heures su l'cadran : tabac, crottes à la crème, cosmétique pour moustaches. Moi, dans mon lit, je me bidonnais. Quand je voyais s'amener les donateurs, je disais : « Ça biche ! Core du bénef ! » Je faisais semblant de pioncer, pis j'ouvrais l'œil ; je poussais un soupir. Aux soupirs, les dames résistaient pas. Elles disaient comme ça : « Mon pauv'l'ami, quoi c'est qu'vous avez envie ? » J'avais qu'à dire. Hop ! ça s'amenait, pis servi chaud. Et alors, comme visites, un défilé ! Des dames avec des gants, des généraux, des bon'hommes ayant des crachats su l'ventre, pis l'évêque, le préfet, des journalisses... Ah ! les journalisses, ce qu'ils m'ont fait rigoler ! « Comment que ça va, *monsieur* ? Vous souffrez-t-il, *monsieur* ? Racontez-nous ça, *monsieur.* » Et alors, si la plume elle ronflait sous ma dictée !... Moi, j'avais cru que pour être célèbre fallait quèque chose ed plus qu'les autres ; pas la peine : suffit de quèque chose ed moins !

Il goûtait son vermouth, s'essuyait la moustache, criait :

– Patron, il sent rien votre truc ; faudrait pas me servir ça comme pour une tite pucelle !

Le patron, crispé, répondait : « Voilà... je viens... »

Gaspard haussait les épaules : « Sacré pirate ! », et poursuivait :

– Après l'hosteau, en convalo au château (tiens, c'est des vers ; ça fait mignon !). Là alors, on est heureux comme des lentilles dans l'eau ! J'me crois millionnaire : un lit à trois personnes, des savons qui sentent l'actrice ; pis des repas... qu'on voudrait êt'e ruminant ! Quant au marquis, c't'une vieille baderne, mais l'est bon zig comme pain bénit. L'matin, il vient nous voir au pieu. Il dit comme ça en bavant : « Alors ?... Alors ?... » J'y sors mon moignon ; j'y fais : « Ben alors... alors... ça a pas encore repoussé c'te nuit ! » et il se met à se tordre comme une tite folle. Qué numéro !

Gaspard, par ses récits verveux, devint célèbre dans Mortagne. La clientèle du Café des Hirondelles s'augmentait. L'huissier amena le juge de paix, le bijoutier, le marchand de grains. Et le patron, rayonnant, commença de devenir moins sévère sur la vertu de sa bonne...

Mais un dimanche, Gaspard se fit photographier avec elle. Le photographe mit la carte postale dans sa devanture. – Alors, le limonadier s'alarma. Si la mère d'Annette, qui venait le jour du marché vendre des œufs, découvrait sa fille avec un soldat !... Il eut peur pour la réputation de son café.

Que faire ? Il réfléchit et trouva. Il envoya la carte postale à la femme de Gaspard, avec ces simples mots anonymes : « Le militaire fidèle. »

L'effet ne se fit pas attendre. Bibiche courut à la mairie du XIVe demander un quart de place pour aller voir son mari blessé, et elle débarqua dans Mortagne sans avoir prévenu.

Elle était plus triste que furieuse. Elle avait envie de pleurer. Elle sentait sa vie finie : dans sa simple jugeote, elle le croyait déjà marié avec une autre, et elle venait voir, s'assurer, pour écrire à la « vieille » qui gardait le gosse à Paris, affolée et gémissante.

Bibiche se présenta d'abord chez le marquis. On la renvoya au petit café.

Elle entra, timide. Son mari était là, qui tournait le dos, pérorant.

Il tourna la tête, et il resta hébété, balbutiant :

– C'est-il que je rêve ?... Non mais... sans blague ?

Bibiche était très rouge. Elle bredouillait :

– Oui, c'est moi... Oui, me v'là... Oui, j'étais trop soucieuse !

Alors, soudain, il songea à la bonne et il dit, méchamment :

– J'parie qu't'es venue inspecter par ici ?... Je parie qu'on t'a mouchardé quèque chose ?... Ben pisque c'est ça... tiens, pisque c'est ça... d'abord tu paieras mes vermouths-cassis, pis bonsoir ; arrange-toi ; moi je rentre dans mon château !

Il fut tout de suite dehors, et il filait, filait, courant sur ses trois pattes, jambe et béquilles.

Bibiche, en larmes, dut mendier un lit à la concierge du marquis, qui lui donna celui de son fils, parti au feu.

Gaspard l'apprit : il sortit le lendemain par la porte du potager, sans que sa femme l'ait vu, et il arriva au Café des Hirondelles. Plus de bonne. La bouche mielleuse, le patron lui annonça que maintenant Annette était en place chez son beau-frère, à Alençon.

– A Alençon ? dit Gaspard, c'est bon, j'y vais.

Et le voilà parti pour la gare.

– Cours vite, dit le limonadier à sa femme, cours prévenir mâme Gaspard. N'y a un train dans une demi-heure ; qu'elle se dépêche et le rattrape !

La femme se hâta. Bibiche se remit à pleurer. Puis, comme la concierge de M. de Clerpaquec l'engageait aussi à se défendre et à se venger, elle s'élança à son tour dans la direction de la gare.

Elle arriva à bout de souffle. Gaspard était sur le quai ; il causait avec le chauffeur. Le chauffeur disait :

– Combien que t'en as tué ?

Il répondait :

– Je sais pas ; ai pas compté, mais z'avaient pas le temps de faire des p'tits !

Bibiche s'approcha résolument, et, le tirant par sa capote : « J'ai à te causer. »

Il fit :

– Non ?... Encore toi !

Alors, elle éclata, et elle se mit à crier :

– Tu vas la voir ? Ben t'iras pas ! C'est moi ta femme et je t'empêcherai ! Menteur ! Sournois ! Monsieur... Vous croiriez pas, monsieur !...

Et elle se mit à conter la chose au chauffeur. Un homme d'équipe s'en venait, qui écouta : elle recommença pour lui, avec tous les détails.

Et Gaspard... la regardait simplement. Cette rage inattendue chez une femme d'ordinaire sans défense, l'avait cloué sur place. Puis, une idée démoniaque lui poussa sous le front, et il dit d'un ton tranquille :

– Ben, t'en as, toi, des besoins de te faire de la mousse ! Pourquoi que tu chiales comme ça, au lieu de me dire les choses ?... Je suis pas venu prendre el train ; je suis venu voir un ami.

– Oh, dit Bibiche, fais pas c't'air-là, maintenant ! Fais pas c't'air-là !

Alors, il eut un rire de gorge en haussant les épaules ; puis, sans rien ajouter, le plus naturel du monde, pas honteux, sifflotant, il se dirigea vers la sortie de la gare.

Bibiche suivit. On croisait des voyageurs. Exprès, elle continuait de crier :

– T'as qu'une jambe, mais ça te suffit pour aller au vice ! A ton âge, si c'est pas honteux !

Ils remontèrent toute la rue très vite, car il sautait devant elle, et voulait l'essouffler. Mais de lui voir la langue muette, la colère de Bibiche en croissait, et elle répétait, pour être entendue des boutiquières :

– Trompeur ! Fraudeur ! Courir les jupons quand on est marié, quand on a un enfant !

Lui n'avait pas l'air d'entendre : il faisait « bonjour » aux femmes.

Ils rentrèrent au château. Bibiche s'écroula sur une chaise, chez la concierge.

– Ah, vous l'avez... vous le tenez ? bredouillait celle-ci.

Jusqu'au soir elles discutèrent sur la perfidie des hommes, tout le mal que fait la guerre, et la nécessité pour les femmes de se défendre, coûte que coûte.

Vers huit heures, un soldat convalescent, qui venait chaque soir tailler une bavette avec la concierge, raconta, en se tenant les côtes (il ne connaissait pas Bibiche), que Gaspard « avait chipé la clé du potager et venait de partir pour la gare : il découchait ; il allait à Alençon où une petite femme l'attendait ». Et il avait dit : « Que quelqu'un de vous aille donc le dire à la concierge : ça la fera rigoler ! »

La concierge bondit :

– C'est trop fort !

Bibiche balbutiait :

– Oh ça... ça !...

Il lui venait des larmes. Mais elle ne se sentait plus de force pour lutter. Deux fois le même jour ! Que faire ?

– Y retourner ! dit la concierge. Faut pas se lasser, pas plus que lui !

– C't'effrayant !... c'est terrible ! faisait Bibiche d'une voix lamentable.

Et elle repartit pour la gare.

Il faisait une soirée douce et étoilée. Gaspard goûtait-il le charme de l'heure ? En tout cas, il s'en allait cette fois lentement, car sa femme le rattrapa. Il ne se sauvait point, comme un homme fautif qui cherche à se dérober ; il faisait joyeusement taper ses béquilles sur le pavé. Ce détail augmenta la confusion de Bibiche. Elle n'osa l'aborder. Elle le suivit à vingt pas. Elle pensait : « Faut que j'soye sûre c'te fois... Faut même que je le laisse monter dans son train... Sans ça, il m'mentirait encore ! » – Et c'est elle qui rasait les murs.

Il entra dans la gare, prit un billet, monta dans un wagon de troisième. Puis, tout seul, il se mit à rire, parce que, depuis le tournant de la grand' route, il avait aperçu sa femme, et qu'il était en train de réussir un projet diabolique.

Il se disait : « Ce coup-ci, elle va vouloir me pincer à Alençon ! » Alors, il s'attendait à ce qu'elle prît le train, comme lui. De ses yeux de loup qui guettaient dans l'ombre, il eut la joie de l'entrevoir sur le quai ; elle venait, elle montait.

– Ah dis donc !

Il s'en donna une claque sur la cuisse de plaisir.

Puis, lorsqu'on ferma les portières, il descendit vite à contre-voie, jetant d'abord ses béquilles sur le ballast ; il laissa filer le train ; et, tranquillement, il rentra au château, où il s'endormit du sommeil du juste.

Le lendemain, de bonne heure, il se présenta chez la concierge. Il avait une figure de bon garçon aimable ; il dit doucement à cette femme, stupéfaite de le voir :

– Bibiche... elle est pas là, s'il vous plaît ?

L'autre balbutia :

– Euh... c'est-à-dire...

Il fit tout de suite des yeux sévères :

– C'est-il qu'elle découcherait ? C'est-il qu'elle me ferait des traits ? Non, mais... oh, mais... ben, z'allons voir ça, par exemple...

Il sortit, sans s'attarder à rien dire de plus, et il redescendit jusqu'à la gare où, fumant sa bouffarde, il attendit en paix le premier train d'Alençon.

Bibiche en descendit sens dessus dessous. Il lui barra le chemin carrément.

– Te v'là ! Vraiment, te v'là ! Et d'où que tu viens ? Et qu'est-ce que t'as fait ? Ah, tiens, ah, tiens, spèce de trompeuse, vipère à pattes !

Les voyageurs s'arrêtaient pour écouter :

– On est mariés ! On épouse une femme qu'est mère ed famille ! On y achète des meubles ! Et v'là comment que ça vous traite ! Ça fraude la loi du mariage !

Il serrait Bibiche par le bras, et, la poussant devant lui, il haussait le ton. On les suivait. Sur la route, il dit :

– Si ça vaut la peine d's'être fait démolir par les Boches pour retrouver ça chez soi ! Être amputé, pis être cocu !

Il en crachait de fureur.

Les gens ressortaient sur leurs portes, comme la veille, quand ils remontaient, et que Bibiche était hors d'elle ; mais les boutiquières, maintenant, faisaient « Ah !... Oh !... » et elles s'indignaient presque, et... Bibiche, égarée, se mit à sangloter sans pouvoir rien dire.

– A ton âge, faisait encore Gaspard ; quand t'as déjà cuit les trois quarts de ton pain ! Quand t'as presque du ventre et les doigts de pieds en tire-bouchon, tu trompes ton homme, et tu cours les galants !

Et il quêtait des regards approbateurs, et les femmes faisaient écho, murmurant : « Ça, c'est vrai... oh, c'est vrai... »

Bibiche, de honte et de rage, pleura toute la journée. Par deux fois, la concierge lui fit boire du tilleul.

Mais, vers la fin de l'après-midi, le convalescent bavard et colporteur d'histoires vint apporter une nouvelle si stupéfiante que le chagrin de Bibiche, du coup, s'envola.

– Savez pas ? Y a un Américain qu'est venu voir Gaspard !

– Un Américain ? dit la concierge.

– Rasé, avec des bottines jaunes.

– Mais il venait pour monsieur le marquis.

– Il v'nait pour Gaspard ! Il y a dit comme ça qu'il savait du marquis qu'il était débrouillard, avec du bagout, et qu'alors, pisqu'il avait une patte ed'moins, s'il voulait, il l'enrôlait dans sa maison, qu'est une maison de jambes articulées. Ah ! alors !... Gaspard, qui pourtant s'épate pas, il en bavait des ronds de chapeau !... parce que... v's savez pas combien qu'il le paiera : dites voir un peu...

– Combien ? dit Bibiche, dont la respiration s'arrêtait.

– Trois cents francs par mois !

– Oh ? fit Bibiche.

– Non ? fit la concierge.

– J'vous le dis, et lui aussi va vous le dire... Et s'il est heureux ! Pis alors, il dit que c'est bath, la guerre, et l'a pas tort, parce que maintenant, pour lui, c'est la bonne vie !

La bonne vie ! Bibiche écoutait, le cœur battant. Et elle ne se sentait plus fâchée du tout, mais admirative, et tremblante d'espérance, n'ayant qu'une idée : oublier, demander pardon, s'humilier. Trois cents francs ! La femme d'un homme qui gagne trois cents francs !

Elle attendait Gaspard. Il vint, très sûr de son effet. Mais il avait l'air de ne s'adresser qu'à la concierge :

– Alors ?... On vous a dit !... C'est pas mal, hein, ça peut aller ?

Il ajouta, l'index sur la poitrine :

– Ce petit-là, quoique l'gouvernement il ait supprimé l'absinthe, il y regardera plus pour un apéritif !

Bibiche, qui rougissait de sa propre bassesse, murmura :

– Oh, tu sais te débrouiller, ça, t'as toujours bien su... Trois cents francs !

– Pis deux pour cent su chaque guibole vendue, fit Gaspard, d'un air important. Ah, le bonhomme ! J'avais envie de l'embrasser su la bouche ! Pis il m'en a montré une, qu'il avait dans une valise : si c'est bath à voir ! Au genou, y a un levier, tu fonctionnes ça, et ça fait toc ; pis, dans le pied, une bascule tenue par un catchouc. Faudrait un sale caractère pour se plaindre avec ça.

Bibiche le regardait, ouvrant des yeux d'esclave. Lui ne la regardait toujours pas ; mais il dit encore, et très simplement :

– Alors, voilà ; c'est fini de la convalo. Le bonhomme il a combiné ça avec el marquis ; on rentre demain à Pantruche... Et après-demain... tu peux commencer à beurrer les épinards !...

Cette fois, il la regardait, et elle en avait les prunelles humides, de penser que c'était bien elle que Gaspard remmenait, qu'il n'était plus question de la bonne, que tout le mal de la guerre, en somme, était réparé, et qu'on allait recommencer à vivre ensemble, rue de la Gaîté, avec des sous dans les tiroirs. Et elle songea : « Sa vieille, elle doit avoir raison : y a un bon Dieu... »

Rue de la Gaîté, une lettre attendait Gaspard, une lettre à bordure noire, d'un papier coquet, dont il pensa tout de suite :

– Ça... ça doit encore être d'un millionnaire.

Il l'ouvrit : c'était de Mme Burette. Par exemple ! La veuve de son premier ami, à qui il n'avait jamais eu le courage d'écrire, pour lui dire... justement, il ne savait pas quoi lui dire. Burette, trop souvent, avait parlé de sa femme en termes amoureux et attendris. L'autre, tout secoué par les détails de sa mort et de la bataille, s'était dit après : « Je peux pas... Je peux pas y raconter tout ça ! » Mais maintenant, c'est elle qui mendiait des détails. Elle disait savoir d'un sergent que Gaspard, Gaspard seul, s'était occupé de son « cher mari ». Quand, où, comment pourrait-elle le voir ? D'avance, elle le remerciait et elle lui donnait les deux mains.

Ah ! comme il fut ému par cette simple lettre ! Il la relut dix fois ; il en admirait l'écriture fine ; il disait, la passant à Bibiche et à sa mère :

– Pauv'e tite femme : elle doit être mignonne quand même !... Ça, Burette, il le disait... chaque fois qu'il en causait... Alors, y a pas, il faut que j'y aille... Mais comment lui raconter ça ?

Il se revoyait sous un feu terrible, portant son ami qui gémissait. Il le voyait se roulant à terre ; il le voyait tout blême des sueurs de l'agonie.

– Ça fait rien, dit-il encore, il faut que j'y aille !

Il avait aussi à voir un M. Farinet, professeur à la faculté des Lettres, à l'adresse de qui il traînait une lettre du malheureux Mousse depuis trois mois déjà.

Bref, il devait, lui sorti de la tourmente, s'acquitter d'une dernière dette envers la mémoire de deux camarades de combat, à qui il ne pensait jamais sans que son cœur se gonflât de haine contre les Boches.

Il profita de son dernier jour de liberté.

Comme il faisait un après-midi de juin, à la fois triomphal et tendre, il dit à sa vieille, à Bibiche et au gosse :

– V's allez pas rester à moisir dans votre cagibi ? Fait bath dehors, amenez-vous avec moi. Quand je monterai, vous resterez su les bancs.

Les deux femmes acceptèrent. Il leur semblait que c'était une promenade glorieuse d'accompagner leur mutilé, qui s'en allait, fidèle à ses promesses, raconter aux parents et aux amis des « copains » comment ils étaient tombés.

On se dirigea donc en cortège vers la petite rue Nicole, près de l'Observatoire, où habitait M. Farinet. – On prit le tramway. Une vieille dame tint à payer pour Gaspard, disant :

– Ça portera bonheur à mon fils, là-bas, dans les tranchées.

– Oh ! faut pas vous en faire ! dit Gaspard. L'arrive que ce qu'il arrive !

– Oui, mais quand est-ce que ça finira ! soupira la vieille dame. De là-haut, le bon Dieu ne nous voit donc pas !

– Le bon Dieu, dit Gaspard, je crois qu'il est mort, depuis l'temps.

– Mort, dit la vieille dame, mais il est éternel !

– Alors, il ferait pas mal de nous renvoyer un petit Jésus, dit doucement Gaspard, y en a besoin...

Quand il sonna chez M. Farinet, il avait de l'émotion. Il regardait son enveloppe : *Professeur à la faculté des Lettres,* et il se disait : « Ça doit être un vieux bonze épatant. » La porte s'ouvrit. Il se trouva devant un petit homme affreux, tout poils, l'œil méfiant, doigts crochus, et dont le lorgnon, comme la cravate, s'en allait de travers, donnant à ce vieux sans soin un aspect de désordre qui complétait son air cuistre.

Gaspard lui tendit la lettre et s'expliqua. Le vieux fit : « Ah ?... Ah ! merci ! » Restant dans la porte, il déchira le papier et il lut, puis il dit :

– Oui... Bon... Bien... Alors, il est mort ?

– L'est mort, fit Gaspard d'un ton désolé.

– Et... il ne vous a rien dit pour ce qu'il met là, sur les tournures homériques et les verbes intransitifs !

– Comment ça ? fit Gaspard.

– Ça ne fait rien... Je verrai l'éditeur...

Et il louchait, le vieux, barrant toujours sa porte, comme s'il avait peur d'un soldat chez lui. Il dit encore de la même voix pointue :

– Vous, c'est la jambe qu'on vous a coupée ?

Puis, brusquement :

– Est-ce que, là-bas, vous aviez des poux ?

– Ah !... y en avait qu'en avaient...

– Mon frère, de l'Académie des sciences, a fait un rapport sur les poux germaniques, plus bruns, paraît-il, que les autres.

– Plus bruns ? dit Gaspard. Pouh ! Des poux, c'est des poux.

– Pardon... Il y a le pou vulgaire, et puis le pou...

– Pour gradés ? Ça, je le connais pas, dit Gaspard ; mais, quant aux poilus, je sais qu'on leur fournit pas des vers à soie !

– Ah ?... oui... oui, reprit le professeur. Enfin, je vois... merci pour la lettre... et... au revoir.

La porte était refermée, avant que Gaspard eût le temps de répondre.

Il revint trouver ses femmes, qui l'attendaient boulevard Port-Royal, et il dit, stupéfait et révolté :

– Ben, en v'là une volaille ! Un vrai nid d'ours ! Comment que Mousse il connaissait des mecs comme ça ? Avec une plume de paon dans le derrière, j'ai idée qu'il aurait l'air d'un oiseau rare !

Mais il restait à voir Mme Burette. Et il la devinait charmante, et il dit allégrement :

– Allez ! Refoutons-nous dans l'tramway !

Mme Burette avait déménagé, fuyant l'avenue du Maine. Elle habitait maintenant chez une tante, dans une petite rue, derrière l'Élysée.

Il faisait chaud ; c'était loin ; Gaspard, faubourg Saint-Honoré, entra avec tout son monde dans un bar, où étaient assis déjà d'autres soldats. Il se rafraîchit et parla de la guerre. Puis, il dit à sa mère et à Bibiche : « Restez là ; j'en ai pour un quart d'heure. » Et il les laissa. Sur ses béquilles, il se lançait à chaque pas comme une balançoire entre deux portants. Il était comique et satisfait.

Il arriva chez Mme Burette à la fin de l'après-midi, entre chien et loup, à l'heure où les femmes qui sont jolies prennent une grâce plus touchante. Leurs yeux nous semblent plus profonds ; leurs traits ont la douceur des demiteintes ; et, au lieu de penser : « Voici la nuit qui tombe », tout homme, même marchand d'escargots, se dit confusément : « Comme cette femme a du charme !... »

Mme Burette était une grande brune : les brunes semblent toujours plus en deuil que les autres. Elle avait une de ces peaux mates qui conviennent aux douleurs contenues, de longs cils comme pour retenir les larmes, et ses cheveux abondants, qui cachaient les oreilles et se tordaient en un lourd chignon sur la nuque, lui donnaient un air à la fois las et angoissé.

Elle entra, fit un petit salut, et, les yeux secs, mais la voix blanche, elle dit tout de suite :

– Monsieur Gaspard... c'est vous !... Comme vous êtes bon !...

Il balbutia :

– Oh ! madame... pensez voir, madame...

Il la trouvait tout de suite jeune et gentille, et, sentant qu'il allait lui parler de ce qui, à coup sûr, lui ferait battre le cœur, il lui venait une tendresse que la mort d'un ami n'expliquait pas tout entière.

Elle fit, d'un ton navré :

– Vous aussi, je vois que vous avez souffert...

– Oh, moi !... dit-il.

– Asseyez-vous... Êtes-vous bien ?... Prenez le fauteuil...

Et il répétait : « Pensez voir, madame... Non... non... non... je suis très bien, madame. »

Elle s'assit en face de lui. Et elle reprit, d'une bouche qui tremblait :

– Alors, monsieur... comment mon mari est-il mort ?

Gaspard tournait son képi dans ses mains. Deux serins pépiaient derrière, dans une cage. Gaspard pensait, pour la dernière fois : « Comment... comment lui raconter ça ? » Et il commença presque machinalement :

– Madame, voilà : c'est pas histoire de vous dorer la pilule, ni de vous conter des boniments... mais votre mari, qu'était mon camarade, et mon meilleur camarade, eh bien, madame, j'vous le dis, l'est mort en brave, et pis sans sourciller !

Elle fit : « Ah ? » Elle était un peu étouffée ; elle roulait nerveusement son mouchoir dans sa main.

– Dites, monsieur, où a-t-il reçu sa balle ?

La question était nette. Plus de détours possibles... Mais, soudain, le cœur de Gaspard lui suggéra la trouvaille que sa cervelle cherchait en vain. Et, tranquille, il répondit :

– Là, madame, t't'à fait comme ça...

L'index sur le front, il approchait la tête, comme pour qu'elle vît mieux. Elle parut fort surprise :

– Au front ? Son sergent m'a écrit : au ventre.

– Au ventre ! Ah, ça, madame, c'est malheureux de dire des choses pareilles ! Qu'est-ce qu'il en sait, le sergent ? Y a que moi, madame, qui l'a vu ; y a que moi !

Elle reprit vivement :

– Ça, le sergent me l'a écrit. Il a même ajouté : « Monsieur Gaspard était un frère pour votre mari. »

Gaspard eut un trouble léger.

– Oh ! est-ce pas... c'est que Burette, c'était un bon copain : chaque fois qu'on distribuait un coup de vin...

Elle l'interrompit :

– A-t-il souffert ?

Il haussa les épaules, presque joyeusement.

– Souffert ! Pensez voir ! Il a tombé d'un coup, comme ça... v'lan ! tel qu'on voit su les cartes postales ; un héros, quoi, je vous dis. Moi, j'étais à côté, madame ; il a poussé un petit cri d'souris, pis ça été tout.

Alors, elle fit encore : « Ah ?... Ah ? » ; ses yeux se mouillèrent, en même temps que sa figure s'éclairait, puis, se mouchant, elle dit d'une voix coupée :

– Il n'a pas eu le temps... de vous parler de moi ?

Gaspard reprit avec vivacité :

– Si, si !... oh, si !... mais avant, est-ce pas... Il me disait toujours : « Si j'y reste, Gaspard, tu diras à ma femme combien que j'ai pensé à elle. »

– Il vous disait ça ?

– Et c'était vrai, c'était pas du chiqué !... Pis, alors, y a encore ça qu'est arrivé, madame ; comme il venait d'tomber, est-ce pas, un obus s'en est venu péter tout contre.

– Mon Dieu !... Alors ?

– Ça a levé une masse de terre, et ça l'a enterré net, d'un coup... C'était quèque chose ed voir ça !... On n'avait pas eu l'temps d'y toucher : on voyait pus rien ; l'était disparu, tranquille, c'te fois, avec tout son bagage, fusil, madame, et l'sac, et les affaires que vous aviez pu y donner.

Elle se leva et lui tendit les deux mains, comme dans sa lettre.

– Monsieur Gaspard, je comprends ce qu'écrivait mon mari : vous êtes un cœur d'or !... Je veux... je vais vous chercher sa photographie.

Elle passa à côté. Gaspard se leva et se regarda dans la glace. Et sa propre image avait l'air de causer avec lui et de lui dire : « Mais... satané type, c'est la mort de l'autre que tu lui as racontée là ? » Et le vrai Gaspard répondait paisiblement : « Je m'en doute, parbleu !... Mais, est-ce qu'elle ira y voir ? L'autre, l'était vieux garçon ; alors, histoire perdue ; à qui que ça profiterait qu'il soye bien mort ? »

La bonne entra. Mme Burette revenait aussi. Elle fit à la domestique :

– Marie... Marie... Monsieur est un militaire ami de monsieur... Monsieur a eu une bien belle mort,

Marie... Il est tombé une balle au front. Puis, un obus a éclaté, et monsieur Gaspard dit que la terre, en se soulevant, l'a recouvert comme une vague...

Sa voix tremblait, mais elle était très digne. La bonne hocha la tête :

– Ainsi !... Ah, voyez donc, madame ! Ainsi !...

Et il y eut un long silence, où l'émotion faisait battre ensemble les cœurs de ces deux êtres si différents, ce marchand d'escargots, homme du peuple aux inventions généreuses, et cette jeune femme, si fière d'une belle mort inventée.

Seuls, les serins, qui ne comprennent rien à l'honneur, pépiaient toujours avec joie ; et ils avaient l'air de dire sottement :

– Même en cage, couic-couic, la vie vaut mieux que la mort, couic-couic, couic-couic.

Quand il sortit de chez Mme Burette, Gaspard avait les yeux brillants.

Sa mère lui demanda :

– Alors ?... T'as pu y raconter tout de même ?

Il dit :

– J'y ai fait avaler avec une sauce à moi.

Puis, il emmena sa famille aux Champs-Élysées, où se traînait une fin de beau jour. Tout semblait doré : la chaussée, les arbres, les promeneuses. Et Gaspard, dans l'air pur de cette soirée charmante, se sentit heureux soudain d'avoir fait tout ce qu'il devait faire pour son pays, pour ses amis, et d'être avec sa vieille, son gosse, sa femme. Pauvre vieille qui l'avait mis au monde, élevé, qui avait tant trimé toujours, restant si bonne, tout émue pour un rien, et sa Bibiche dont il aimait les yeux tendres, et les petits cheveux blonds qui frisaient sur l'oreille. – Seulement, il avait aussi comme un regret cuisant que tout ne fût pas réglé, que la guerre durât encore et que des hommes se fissent tuer, partout, toujours.

Un manchot criait : *Intransigeant... Liberté.*

Il dit :

– Rien de neuf, non ? Les Russes, ils reculent, voui ?... Ah ! quand c'est... quand c'est qu'on leur-z'y foutra la vraie pile !

Bibiche soupira. Et le gosse, haut comme une botte, reprit, singeant son père :

– Quand c'est ?... Quand c'est ?...

– Dis donc, toi, crapaud, dit Gaspard, tâche à pas te foute de moi, ou j'vas te faire rougir le derrière.

– Ah ! Ah ! Avec quoi ? ricana le gosse.

– Non, mais sans blague !

Il accéléra la cadence de ses béquilles et il voulait rattraper le moutard qui trottait devant lui. De son seul pied, il essaya de l'atteindre, mais le môme se remit à rire et lui fit la nique.

Sacrebleu ! De quoi riait-il ? Gaspard cria :

– Bibiche, calotte-moi ça, pis jusqu'au sang !

La grand'mère dit :

– Oh ! laisse-le, laisse-le donc !

– Bibiche, calotte-moi ça !

Bibiche calotta. Et le petit de hurler. Alors Gaspard, roulant des yeux de colère :

– Sale mioche, va, il commence à me taper su la croquignole ! L'est tout de même vicieux, ce gosse-là ! Ah ! le morveux, ça vient d'naître, ça vous a encore de la coque su l'nez, et ça veut le faire à la pose !

– Oh, à la pose !... dit la grand'mère.

– Parfaitement, à la pose, parce qu'il a ses deux pattes, tandis que moi, je suis plus qu'un trois quarts de poilu ! Mais lui, lui... qu'est-ce qu'il est ? Un têtard, un rien du tout !... Regarde-moi c't'air, comment que ça marche ! Ça voudrait peut-être apprendre à son père à faire un enfant !

Le petit ne pleurait plus. Il dressait la tête, rageur et impertinent. Les deux femmes ne disaient rien. Ils tournèrent tous quatre à l'avenue Alexandre III.

Gaspard, en avançant, regarda son pied, son unique pied, et il dit à mi-voix :

– Nous, on se sera fait esquinter, pis ces gosses-là, qu'auront l'profit, ils nous grimperont dessus !...

Mais, entre les deux Palais, il respira largement ; et, tout haut cette fois, il reprit d'une voix mâle :

– Seulement, ça fait rien ! Eux, ils hériteront, ils s'engraisseront, ils boufferont que de la dinde truffée, mais les Boches... ben, les Boches, c'est toujours nous qui leur aura tanné la peau !...

Et, levant le nez, il avait l'air de s'expliquer fièrement avec le dôme glorieux des Invalides.